LES CHEMINS DE LA GLOIRE

Paru dans Le Livre de Poche :

L'ANGE GABRIEL

L'EMPEREUR DES RATS
1. L'Empereur des rats
2. Le Prince héritier

LES ENFANTS DE SALONIQUE
1. Les Enfants de Salonique
2. La Femme secrète
3. Diane

ENNEMI

LA FORTUNE DES LAUFER

LA GAGNE

LA GUERRE DES CERVEAUX

HIRAM

LES MAÎTRES DU PAIN

LA NUIT DES ENFANTS ROIS

LE SECRET

SUBSTANCE B

VOL AVEC EFFRACTION DOUCE

VOYANTE

BERNARD LENTERIC

Les Chemins de la gloire

ROMAN

ÉDITIONS DU ROCHER

À Catherine B.

Première partie

Antoine

I

Sur les pentes du mont Cano, les bergeries et les pacages d'été, bientôt roussis par le gel, retournent à leur solitude. Le mois de septembre touche à sa fin. La procession de la Vierge est passée depuis longtemps. Le torrent laineux des brebis noires et blanches dévale la montagne corse jusqu'à la lisière d'une châtaigneraie. Les hommes ont l'habitude d'y faire étape la nuit précédant leur retour au village d'Alziprato.

De courtes rafales de vent attisent le feu autour duquel les bergers se sont regroupés. Au-dessus des braises, la *pulenta*, farine de châtaigne, cuit dans le chaudron rempli d'eau salée. Ange, le plus jeune, l'orphelin, s'endort, ivre de fatigue. Il a quinze ans, le teint noir comme une olive, le visage ovale et des yeux frangés de longs cils qui le font ressembler à une madone. Il se tient assis près de Fabio, le doyen, dont le costume de velours brun porte des odeurs de sang caillé et de bruyère. La course de la journée a creusé les orbites, marqué les traits. Dominique le bègue tire de son sac l'accordéon à boutons qui ne le quitte jamais, en passe vivement les bretelles et se met à jouer une rengaine.

— Arrête ça !

Orso-Paolo Gritti n'a pas envie d'entendre cette

musique. Le regard fiévreux, dur comme une pointe de silex, étonne chez ce jeune homme qui n'a pas vingt ans. Fils du paysan le plus prospère de la vallée, il a dérogé à la coutume qui range d'un côté les bergers sans terre et de l'autre les fermiers. Dès l'enfance, il s'est mêlé de tondre et de traire comme si jamais n'avait coulé d'autre sang dans ses veines que celui des pâtres. Et son père, malgré tout, l'a béni, car il met autant d'ardeur à rentrer les moissons et presser le raisin qu'à courir le maquis.

Orso-Paolo entonne de sa voix rauque un chant de la montagne, non pas la *paghiella* aux accents tragiques, mais le cantique païen des bergers qui annonce depuis des siècles la fin de leur exil. Il crie plus qu'il ne chante. Les autres l'accompagnent à voix basse, gagnés par l'émotion. Un seul se tient à l'écart, Antoine Forte. Ici, à Alziprato, on l'appelle Tonio.

Vingt ans lui aussi, il s'emploie dans les bergeries faute de terres à labourer. D'humeur égale, parlant peu, il ne rechigne pas à l'ouvrage mais se montre insaisissable. Avec lui, ni accolades ni empoignades. Jamais il n'élève la voix, jamais aucun berger n'en est venu aux mains avec lui. Il ne dispute rien à personne, pas même l'ascendant qu'exerce Orso-Paolo sur le groupe. Malgré cette obéissance apparente, par son calme et son détachement, il semble appartenir à un autre monde.

Orso-Paolo s'est tu. Il jette un coup d'œil vers la silhouette de Tonio qui leur tourne le dos. Depuis toujours, ces deux-là se frôlent, se coudoient sans jamais se livrer de front.

Dominique a repris sa rengaine en sourdine. Orso-Paolo quitte le cercle, et vient se camper devant Tonio.

Les poings serrés au fond de ses poches, Tonio le fixe froidement. Orso murmure entre ses dents.

— Ne t'approche plus d'Anna, sinon...

— Sinon quoi ? Anna est ta sœur, pas ta femme.

Fabio surgit à cet instant et s'interpose.

— Allez, pas de bêtises. Orso, viens, et toi aussi, Tonio.

Orso hésite un court instant puis crache sur le sol. Fabio le pousse par l'épaule. Tonio respire un grand coup, leur tourne le dos et disparaît dans la forêt.

II

Dominique a rangé son accordéon et dévore la polenta à belles dents. C'est le dernier bivouac. Les hommes vont se séparer. Les langues se délient. Des sentiments jusqu'alors refoulés affleurent malgré eux.

Adossé à un arbre, François, un natif de Sartène venu se réfugier au village sous l'occupation italienne, se met à rêver à voix haute :

— Trois mois que je ne l'ai pas touchée... Demain, je vais dévorer Adèle comme une brioche.

Ange se moque :

— Et tu crois qu'elle est restée là, tranquille, à t'attendre ? Un autre l'a peut-être croquée.

Le Sarténois s'emporte.

— Qu'est-ce que tu connais aux femmes, toi ? s'écrie-t-il.

Sa voix vole jusqu'à la colline voisine. Aussitôt, l'écho leur renvoie un cri guttural. C'est le signal de la conversation entre bergers, qui s'interpellent d'un campement à l'autre : *chiamé i rispondu* — demandes et réponses.

— Eh, petit frère, toujours puceau ?

— Plus depuis hier. Ta femme m'a rendu visite !

— Dis plutôt que c'était une chèvre !

La réplique a servi depuis des générations mais les

rires fusent d'un versant à l'autre. Ange ne l'a pas volé. Orso-Paolo donne une bourrade au garçon puis, emporté par l'élan, tape dans les mains de ses compagnons avant de jeter un regard furieux vers les ténèbres qui les entourent. Tonio ne s'est pas montré de tout le repas.

Le vent est tombé. La châtaigneraie n'est plus qu'un manteau noir jeté sur la rocaille. Le troupeau semble assoupi. Fabio rassemble les braises du foyer et les recouvre de cendres. Pour ce dernier bivouac, les bergers dorment enroulés dans leur couverture, à l'abri d'une toile goudronnée tendue entre des branches.

Orso revient s'allonger près du foyer sans trouver le sommeil. Il ne dort jamais que d'un œil mais, ce soir, son instinct lui commande de rester vigilant. Là-haut, les tâches n'ont pas manqué, répétitives, usantes. Les bras et les reins souffrent à tirer matin et soir le lait des brebis, plus réticentes que les chèvres. Et il faut s'abriter dans des cagnas exigus et sombres quand rôdent les orages ou monte le brouillard qui vous prend la poitrine et vous raidit comme un mauvais présage.

Enveloppé dans son manteau de laine rêche, Orso tente d'étirer ses jambes. Pas question de baisser la garde. A ses côtés, Fabio a sombré dans un demi-sommeil. Les autres, sous la bâche, ronflent de concert.

Soudain, à l'orée du bois, un long cri sinistre, à la fois plainte et menace, se fait entendre. Puis un piétinement de bêtes affolées. Orso bondit de sa couche, se saisit d'un pieu et donne l'alerte. Fabio se lève à son tour. On attaque le troupeau !

— Allumez les torches ! ordonne Orso-Paolo.

Laissant à Fabio le soin d'organiser la battue, Orso se rue à travers les buissons vers le lieu d'où le cri a surgi. Derrière lui, le cliquetis des fusils qu'on arme. Les brebis, serrées les unes contre les autres, refluent sous le couvert des arbres, s'empêtrant dans les fougères, trébuchant au milieu des branches mortes. Orso tente de les calmer de la voix, puis se jette dans le maquis bordant la forêt. Fabio le rejoint avec une lampe. Le pinceau lumineux court de droite à gauche, auscultant les parages.

— Là !

Orso désigne du bras des herbes écrasées, s'accroupit, retient son souffle, tâte le sol de sa main, la retire, poissée de sang.

Les bergers ont accouru derrière eux. Orso se relève, cherche à lire le chemin qu'a suivi la bête en traînant la proie qu'elle vient d'égorger. Son avance est courte. La piste est fraîche, odorante. Elle excite la fureur des hommes. Ange s'est collé à Fabio. Haletant. C'est sa première bataille. Une chasse nocturne menée dans un maquis touffu, caillouteux, hérissé de branchages. Un labyrinthe hanté par un Minotaure aux dents acérées. Orso, le pieu à la main, bat les broussailles, épaules rentrées, prêt à fondre sur le prédateur devenu gibier. La course s'interrompt brusquement devant un éboulis de roches. Fabio braque sa lampe, lâche un juron. Une ombre se tient tapie sous des genêts. Souffle puant, fourrure d'ébène.

La bête, cernée, a lâché la brebis pantelante et fait face aux humains. Trois fusils la tiennent en joue. L'énorme créature a une gueule et des yeux de loup, un monstre écumant de bave, tous crocs dehors, ses fortes pattes griffues arrimées dans la terre.

— Ne tirez pas !

Orso-Paolo empoigne le pieu à deux mains, écarte Fabio qui tente de le retenir. Seul, il s'avance vers les yeux jaunes qui l'observent fixement. La bête, poils hérissés, se ramasse sur elle-même. Orso n'a pas le temps de parer l'attaque. Le monstre jaillit sur son flanc gauche, là où le bras s'est écarté pour assurer la prise du bâton. Tous deux roulent à terre. Dans un rugissement, Orso parvient à saisir d'une main la gorge de l'animal, repoussant les mâchoires acérées, et l'embroche de son pieu. La bête reste suspendue dans le vide. Orso relâche son étreinte mais le carnassier, dans un dernier sursaut, referme sa gueule sur le cou de son adversaire. Ses crocs déchirent les chairs. Un coup de feu retentit. L'animal tressaute sous l'impact et s'affaisse, foudroyé.

Fabio se penche vers Orso-Paolo et l'aide à se relever. Un autre berger s'approche et flanque un coup de pied au cadavre de l'animal. Puis toute la bande se met à donner de la semelle, à maudire et à souiller de crachats la dépouille.

Un foulard pressé sur sa plaie, Orso, chancelant, refuse l'épaule de Fabio. Il ordonne que cesse la curée. La fureur qui broie ses entrailles s'adresse à celui qui a déserté. Plus que la morsure, l'absence de Tonio le brûle comme un fer porté au rouge. S'il a quitté le campement, c'est pour la revoir, revoir Anna, la posséder !

Tandis que la petite troupe rebrousse chemin vers la forêt, Orso-Paolo fait signe à Livio Bonanza de le rejoindre. Cet échalas lui a emboîté le pas dès qu'ils ont su marcher. Leurs familles sont apparentées par la branche paternelle, alliées depuis toujours. Livio doit épouser Anna Gritti, même si la jeune fille répugne à cette union. Les Gritti ont jeté leur dévolu sur ce garçon dont les terres jouxtent leur propriété. C'est le meilleur parti. Le moins risqué aux yeux d'Orso-Paolo. Un mariage qui arrange tout le monde.

— Livio, tu vas me retrouver Tonio. Il a dû couper par le sentier du col d'Anzio pour rejoindre la cahute, au-dessus de la ferme des Conti. C'est là qu'ils se rencontrent. Le lâche pas ou tu n'auras plus de promise !

Livio étouffe un juron. Ça ne lui plaît qu'à demi d'avoir à courir le maquis par cette nuit noire. Sans compter qu'il n'aimerait pas rencontrer Tonio seul en chemin.

— Vas-y toi-même. Après tout, c'est ta sœur.

Orso se retient de taper cette mule. Livio peut regimber, il n'a pas le choix. Il finit toujours par obéir.

— Assez perdu de temps. File !

Livio Bonanza s'éloigne, Orso-Paolo rumine l'offense. Tonio Forte, il lui réglera son compte le moment venu.

III

L'averse a surpris Antoine, mais peu lui importe. Il dégringole le raidillon et saute à travers un lit de cailloux qui roulent et sonnent sous ses pieds. Enfin il rejoint un sentier de chevrier qui court le long d'un vallon encaissé. L'ombre de la cabane se découpe, éclairée par la lune qui réapparaît après l'averse.

La resserre en planches, aussi noire qu'une barge échouée dans la vase, se trouve en retrait d'un chemin qui conduit aux premières maisons d'Alziprato. De nuit, on ne discerne presque rien du village tout proche, sinon des ombres denses que trouent par instants le halo d'une lanterne ou un phare de motocyclette.

Antoine a ôté sa chemise et se frotte le torse et les épaules. Il allumerait bien un feu, mais cela signalerait sa présence. Il fait quelques pas, puis il se laisse choir et s'adosse à un fût, un étrange sourire aux lèvres. Devant ses yeux mi-clos passe une ombre légère. L'ombre de celle qu'il attend.

Anna s'est glissée comme un chat en dehors de sa maison, foulant sans bruit l'herbe mouillée. Elle a franchi la grille du jardin sans inquiéter les molosses. Son odeur leur est familière. Ils se sont contentés de gémir en faisant tinter leurs chaînes. Elle se fond à présent dans l'obscurité.

Avant même d'entendre ses pas, Antoine la voit courir sur le chemin. Elle boitille un peu, effaçant d'un gracieux mouvement d'épaule cette claudication qu'elle a de naissance. Sa main s'est posée sur sa poitrine tant le cœur lui bat. Dans sa hâte, son lourd chignon s'est défait, libérant le flot soyeux de sa chevelure.

Antoine s'est relevé, sort de la cabane. Elle est là, se jette aussitôt dans ses bras, s'enivre de ses baisers. Lui, l'étreint sans mesurer sa force, ébloui par cet abandon.

Ils se parlent tout bas.

— Orso t'a vu partir ?

Il serre les poings.

— Je n'aime pas me cacher, tu le sais.

Ils s'enlacent à nouveau. Antoine tente de se dégager mais elle l'en empêche et l'attire dans la cabane où ils tombent ensemble sur la paille. Elle rit, le feu aux joues. Jamais ils ne se sont embrassés ainsi. Jamais elle ne s'est livrée au point de rompre toutes les digues, toutes les peurs. Plus rien ne freine son ardeur.

— Anna !

Il la repousse. Il faut briser le sortilège, la protéger, la mettre en garde. Sa volonté vacille. Un baiser de plus et il sera emporté à son tour. Devant cette bouche, cette gorge, ce ventre offerts et baignés d'amour, il s'insurge alors avec sauvagerie :

— Non, je ne veux pas. Pas comme ça !

Un œil collé entre les planches disjointes, Livio retient son souffle. Ce qu'il croit deviner de la scène qui se joue dans la cabane le rend fou.

IV

Antoine relève Anna et garde ses mains dans les siennes.

— Nous devons attendre. Je veux te mériter. Je n'ai rien. Je dois partir, quitter le village.

Anna se serre contre lui. Antoine lui caresse les cheveux et poursuit :

— Tu seras mienne, je te le jure, mais pas dans le secret, pas dans la honte. Je veux devenir quelqu'un. A mon retour, personne ne pourra m'empêcher de t'épouser. Personne.

Anna resserre encore son étreinte, à l'étouffer.

— Auras-tu la force de m'attendre ?

Anna pose un doigt sur ses lèvres.

— Va, mon amour. Les femmes sont les mères de tous les hommes.

Antoine a la gorge serrée. C'est à peine s'il ose lui jeter un dernier regard avant de disparaître dans le maquis.

Anna, demeurée seule dans la cabane, remet de l'ordre dans ses vêtements. Ses doigts agiles volettent pour remettre en forme son chignon. Elle ferme les yeux et sourit.

Un bruit venu du dehors la fait tressaillir. Peut-être Tonio revient-il vers elle. Elle ne reconnaît pas la silhouette qui surgit dans la cabane.

— Livio !

Elle crie, moins d'effroi que de surprise. Il ne lui laisse pas le temps de réagir. Il la gifle et lui crache au visage.

— Putain ! Tu n'es qu'une putain !

Anna le repousse et le toise en essuyant sa joue d'une main rageuse. La colère incendie ses yeux.

— Sauve-toi, malheureux ! Si Tonio apprend que tu m'as touchée, il te tue !

— C'est moi qui le tuerai ! C'est à moi que tu appartiens !

Il hurle et la fixe d'un regard de bête. Anna sent le cœur lui manquer. La peur l'envahit. Puis une masse s'abat sur elle, la culbute, l'étouffe. Livio veut la souiller, la détruire. Anna a l'impression que son dos, sa nuque se brisent sous le poids de cet homme qui la plaque au sol, lui arrache son corsage et retrousse sa jupe. Anna ferme les yeux. La douleur, la fureur ont chassé la peur.

La jeune fille parvient à dégager un bras, tâtonne de la main, et trouve sur le sol une pierre à aiguiser. Elle s'en saisit. Livio s'apprête à la forcer. Elle le frappe au visage. Un coup, un seul, d'une violence inouïe. La pointe de la pierre s'enfonce dans l'œil du berger.

V

Dès l'aube, les bergers ont rassemblé leurs affaires. Orso-Paolo a noué son foulard autour du cou pour cacher la morsure de la bête. Ils débattent des événements de la nuit, quand survient Antoine, dont les plus excités veulent la peau. Il n'a plus sa place parmi eux.

Il sait ce qui l'attend. Il n'éprouve ni remords ni crainte d'avoir à soutenir leurs regards. Mais il refuse de passer pour un lâche.

A son approche, les bergers se taisent et font mine de l'ignorer. Chez ces hommes tenus par l'honneur, ce silence appelle la violence. Seul Ange ne peut s'empêcher de tourner la tête du côté de l'intrus et de le dévisager avec une expression de surprise.

Ils le guettaient pourtant, sûrs qu'il ne reviendrait pas. Avides d'en découdre.

Brusquement, sans qu'aucun signe ne soit donné, l'un d'eux lui lance une bordée d'injures, imité par les autres. Orso n'a pas bronché. Il tient sa meute. Antoine s'applique à ne rien leur céder, ne fût-ce que par un infime fléchissement des épaules. Il s'avance vers eux, les bras plaqués le long du corps, le front haut. Les insultes continuent à fuser. C'est avec Orso qu'il veut se battre. Mais le berger se tient en retrait. La besogne est trop basse pour qu'il s'en mêle.

Ils sont dix à se porter à la rencontre d'Antoine. Plusieurs d'entre eux sont armés d'un bâton.

VI

Assises en cercle à l'ombre d'un grand parasol, les femmes d'Alziprato bavardent en attendant de confier leurs cheveux aux ciseaux du coiffeur ambulant. Les plus jeunes arborent des robes aux couleurs pimpantes mais ce sont les plus âgées, vêtues de mantes noires, qui guident le train de la conversation. Indifférent à leur bavardage, le coiffeur s'attaque à l'épaisse et sombre chevelure de Félicie Gritti. Le bonhomme a trente ans de métier, la paupière lourde, le torse engoncé dans un gilet de soie, vieux souvenir de ses brillants débuts sur le continent. Il s'est résigné à cette clientèle qui ne lui réclamera jamais les boucles de Danielle Darrieux ni cette coiffure à la Jeanne d'Arc apparue dans le dernier numéro de *Cinémonde*. Alors, il se venge et taille avec bravoure dans ce qui fut des tresses, des nattes, des bandeaux. Et Félicie, l'épouse de Sylvain Gritti, matrone à l'aimable physionomie, toute de droiture et de dévouement, subit cet assaut capillaire sans ciller, les mains posément croisées sur ses genoux.

Debout à ses côtés se tient sa fille Anna, dont le magnifique chignon n'a jamais connu de coupe ni de fer à friser. La jeune fille affiche un air grave qui s'adoucit dès qu'elle pose un regard sur sa mère. Félicie se tourne un instant vers elle pour lire une approbation dans ses yeux. Anna esquisse un sourire mi-tendre, mi-moqueur.

— Même pour papa tu n'as jamais été aussi coquette. Qu'est-ce qu'il a de plus que moi, mon frère ?

Le coiffeur opère un léger mouvement de recul, renifle bruyamment et, d'un geste qu'il sait rendre délicat, invite sa cliente à pencher la nuque vers l'avant. Mais Félicie s'est redressée.

— Je veux qu'à son retour il soit fier de sa mère. Et c'est mon seul fils.

— Alors, toi aussi, tu es du côté des hommes ?

En ce jour de marché, tout le village d'Alziprato attend l'arrivée des bergers partis avant l'été sur les hautes terres, après le sevrage des agneaux.

Assis sur une ligne de crête, dans la montagne corse, Alziprato s'égrène en un semis de hameaux dont les habitations, rarement accolées, sont autant de bastions tenus par des clans que l'exode rural n'a pas encore ruinés. Quand la dénivellation du terrain s'y prêtait, leurs propriétaires ont aménagé des remblais portant de courtes terrasses, pergolas festonnées de glycines et de chèvrefeuille d'où le regard plonge vers la vallée.

Couronné de bois de châtaigniers et de chênes verts, ce vaste amphithéâtre abrité des vents frais évoque une corne d'abondance. On y cultive la vigne, l'oranger, l'olivier, le miel. Depuis la fin de la guerre, les parcelles les moins accessibles sont abandonnées aux ronces et aux chardons. Dans le pays, les bras commencent à manquer. Après la moisson, de vieux paysans s'échinent à battre le blé au fléau. Ils en repiqueront les graines à contre-pente derrière une paire de bœufs tirant le rouleau de pierre. Mais, en cette année 1947, rien ou presque n'a changé depuis l'époque où l'huile et le vin étaient vendus à bon prix aux négociants génois. La vallée résiste encore aux assauts du maquis. Ses paysages ont conservé leur splendeur élégiaque. Une île au cœur de la grande île.

De solides bâtisses, édifiées à l'écart du village, en gardent les abords. Ces demeures d'allure féodale appartiennent aux familles les plus riches du voisinage, les Gritti et les Bonanza, ou qui l'ont été, comme les Forte. L'hospitalité est la règle dans le pays, mais nul n'approche de ces domaines autrement qu'en parent, qu'en allié ou qu'en obligé. Pour les autres, les chiens veillent.

Ce matin-là, avant que l'aube lilas n'annonce une belle journée d'automne, fourgons et guimbardes de marchands forains ont gravi la route empierrée qui conduit au village. Brinquebalant, le convoi s'est engagé dans l'unique rue carrossable pour se ranger à proximité de l'église. A la lueur des phares et des lampes à pétrole, les nouveaux arrivants ont monté les piquets et tendu de la toile comme une troupe appelée à cantonner.

Derrière les façades de granit gris percées de fenêtres étroites comme des boutonnières, aux premières lueurs du jour, les femmes se sont mises à l'ouvrage. Elles ont lessivé les dalles, ravaudé la toile des paillasses, disposé dans la buanderie les brocs et le tub en étain, pour accueillir le fils, le frère, le mari attendus ce jour-là. Et le ménage ne sera pas fini pour autant, car le marché doit occuper une bonne partie de la matinée.

Dès que les camelots ont sorti leurs ustensiles et leurs boniments, les villageois ont couru au spectacle, fascinés par le hachoir à viande et le presse-légumes. Quand le commerçant fait tinter la porcelaine, on sait qu'il s'apprête à brader sa vaisselle au plus offrant, mais personne ne suit l'enchère. On attend qu'il casse une puis deux assiettes, faisant mine de sacrifier la pile entière, et qu'un tel gâchis fasse pitié pour emporter le lot. Plus loin, d'autres chalands succombent à la vue des éventaires garnis de *prisuttu*, le jambon cru, de *figatellis*, de *salsiccia*, de savoureux *brocciu*, un fromage blanc au lait de brebis et de chèvre. Plus loin encore et plus tard, on fera provision de confiture d'arbouses avant de régaler sa progéniture de bonbons au cédrat et à la myrte que le confiseur enfourne prestement dans un cornet en papier journal.

Près du café, des colporteurs, quincaillier, mercier, bimbelotier, ont ouvert leur parapluie et calé les tréteaux où s'alignent des articles de bazar bientôt mis en vrac par des doigts impatients et fureteurs. Le boutiquier a beau pester, affirmant qu'il a mieux à faire que de remettre tout en place, bassines, lingerie, torchons, coupons de tissu et jusqu'aux potions médicinales, rien n'échappe au tourbillon que fait naître ce commerce joyeux et sensuel. Les villageoises essayent en riant des cotonnades imprimées et des blouses en nylon, si faciles d'entretien, si jeunes, si modernes. Tout près, les enfants ont aussi leur stand et s'habillent de neuf, à grand renfort de baisers et de taloches.

A l'ombre du grand parasol, le coiffeur époussette le col de Félicie Gritti tout en lui glissant un flacon d'eau de toilette sous les yeux.

— Sentez-moi ce parfum, madame... « Bagatelle » ... Je n'en ai que des compliments.

Avec un sourire modeste, Félicie laisse entendre qu'elle n'est pas intéressée. Le coiffeur a l'habitude.

Ici, la rose ne prend pas. La violette, parfois. Mais la rose, elles en ont peur comme du péché. Passons. Le bonhomme se tourne vers Anna.

— Et pour la demoiselle ?

A ces mots, le visage de Félicie change d'expression. Son sourire a chaviré. Elle a mal entendu. Il parle à une enfant. Devant ce regard ahuri, le coiffeur sent qu'il y a méprise et se reprend.

— Oui, pour la petite, ce sera quoi ? Seulement les pointes ?

Un éclat de rire lui répond aussitôt, un rire joyeux, insolent, qui surprend les commères alentour et les fait taire. Anna Gritti, qui n'a pas encore fêté ses dix-sept ans, vient de se faire remarquer.

VII

L'altière demeure des Forte, défendue par un rideau d'arbres séculaires, contient tout ce qui subsiste de l'ancienne opulence de la famille. Cyprien Forte, le père d'Antoine, mobilisé en 1939, fait prisonnier dans l'Aisne par les troupes allemandes, s'était évadé trois ans plus tard et avait rejoint la 1re armée des Forces françaises libres en Afrique. Il n'était jamais rentré au pays. Sous-officier dans le corps des tirailleurs, il avait été tué dans les combats de Monte Cassino, en juillet 43. Sa maigre pension de veuve n'a pas permis à Maria de garder la propriété dans sa totalité. Antoine, leur unique enfant, a quitté l'école à quatorze ans, malgré les protestations du maître, pour suivre les bergers dans la montagne.

Les hommes et leurs troupeaux ne sont attendus que dans l'après-midi mais, tôt ce matin-là, Maria se tient près d'une fenêtre, à l'étage, pour guetter l'arrivée de son Tonio.

A quarante-six ans, cette femme à l'allure patricienne porte l'empreinte d'une vie bouleversée par le deuil de son mari. Malgré la présence d'un fils qu'elle chérit depuis sa naissance, le secret du bonheur s'est perdu. Elle a dû se séparer des terres qui faisaient l'orgueil des Forte et se retirer dans une solitude toute de modestie et de dignité.

Il y a dans cette figure griffée par l'âge autant d'énergie que de lassitude. Désormais, Maria Forte répond d'abord à son cœur plutôt qu'à des principes. Sa bonté est sans bornes.

Et ce visage soudain s'éclaire, pour s'assombrir aussitôt. Elle vient d'apercevoir Antoine sauter un muret et courir vers la maison ou plutôt boitiller, les vêtements en loques. Elle ouvre la fenêtre, l'appelle. Il lève la tête, stupéfait d'être attendu à cette heure. Maria étouffe un cri. Le visage du garçon est méconnaissable, couvert d'ecchymoses, de sang et de boue. Elle se précipite dans l'escalier pour le rejoindre et le prendre dans ses bras.

Malgré ses blessures, le garçon exulte. Il échappe à sa mère qui n'ose plus le toucher. Il lui lance en riant :

— Ils s'y sont mis à dix et je les ai rossés. Tu m'aurais vu !

— Tu n'as tué personne au moins ?

Toujours, elle sera inquiète de trop de force, de trop de violence maîtrisées chez lui, un volcan sans cesse au bord de l'éruption. Elle reprend :

— Tu n'en as pas tué ?

Il tente un sourire, puis grimace, porte la main à sa bouche et, devant l'inquiétude de sa mère, essaie de la rassurer. Il a reçu autant de coups qu'il en a donné, mais les siens ont fait plus de dégâts. Ça passera, rien de cassé, les paupières gonflées et bleuies pour quelques jours, les côtes endolories, mais les autres ne sont pas prêts de revenir se frotter à lui.

Mais qui ? Lesquels ? Pourquoi, mon Dieu ? Tout en lui passant un linge humide sur le front et les joues, sa mère tente de comprendre ce qui lui vaut de retrouver son fils dans un état aussi misérable, après tous ces mois de travail, là-haut.

— J'aime Anna Gritti. Et elle m'aime.

Elle s'en doutait. Ces deux-là s'étaient choisis avant même de le vouloir.

— Et c'est à cause de cela qu'ils...

— A cause d'Orso. Il a monté les bergers contre moi, il est jaloux, et puis moi, à quoi puis-je prétendre dans ma situation ? Sa famille ne voudra jamais. Les Gritti ont déjà tout arrangé avec les parents de Livio Bonanza.

— Pauvre enfant. Tu ne lui as rien promis, dis-moi ?

Antoine n'a jamais menti à sa mère. Oui, il a promis. Il a fait le serment de revenir chercher la jeune fille quand il se sera fait une vie meilleure et digne d'elle. Et cette vie est ailleurs, sur le continent, peut-être plus loin encore. Il ne sera pas le premier dans l'île à tenter sa chance ailleurs. Anna l'a bien compris.

Sa mère le laisse parler, le linge entre ses mains qu'elle tord et chiffonne lui imprimant la douleur qui s'est emparée d'elle. Elle retient ses larmes. Antoine la prend dans ses bras et lui murmure :

— Tu seras fière de moi.

VIII

Derrière les volets clos, Antoine perçoit la dure lumière du jour qui filtre à travers les lames de bois. Ecrasé de fatigue, il s'est jeté sur son lit et a dormi tout habillé jusqu'au milieu de l'après-midi. Son corps ankylosé se ressent des coups reçus dans la nuit. Il bouge les mâchoires. De ce côté-là, ça fonctionne. Les bras aussi. Il se lève en prenant appui sur ses coudes. La tête lui tourne un instant. Il a l'estomac vide.

En bas de l'escalier, il retrouve sa mère dans la salle à manger. Elle dresse la table en son honneur. Un jambon cuit l'attend et de la soupe de fèves. Maria l'accueille avec un sourire inquiet. Il la voit pour la première fois avec un corsage blanc, elle, vêtue de noir depuis si longtemps.

— Comment te sens-tu ?

Il plie les jambes, étire le cou, écarquille les yeux. Il fait peur à voir, malgré tout.

— Ne t'en fais pas. J'ai la peau dure. Et j'ai faim !

Maria détaille son Tonio et lui sourit.

— Au fait, un courrier est arrivé pour toi la semaine dernière. Je l'ai posé sur le buffet.

Antoine se saisit de la lettre et la décachette. C'est un papier administratif à en-tête du ministère des Armées. Sa convocation pour le conseil de révision.

Il doit se rendre à la mi-octobre dans une caserne d'Ajaccio. L'aubaine. Quinze jours à patienter avant de partir. Le temps de retrouver meilleure figure.

Sa mère s'est assise face à lui. Elle l'observe en silence. Elle ne veut rien perdre du peu de temps qu'il lui reste à le voir dans cette maison. Il lui tend la lettre de convocation.

— Après, dit-il d'une voix sourde, j'embarquerai pour Marseille. C'est l'occasion, pour moi.

— Tu as des cousins à Paris, des cousins éloignés mais on s'entendait bien. Les Toussaint sont de braves gens. Lui est maçon, peut-être que... En attendant que tu rejoignes ton régiment ?

Antoine acquiesce de la tête tout en coupant le pain. Voici des mois qu'il voyage en rêve vers Paris. Et puis, l'armée... Il connaît un type qui a fait une école de pilote, au Maroc. L'armée de l'air, pourquoi pas ? Si on s'accroche, si on monte en grade, ce métier-là en vaut bien un autre. Il faut se battre, mériter Anna, la sauver de ce pays où seuls les morts ont le droit de s'aimer.

— Tu ne manges plus ?

Maria maîtrise ses larmes. Elle mesure la solitude accablante qui l'envahira après le départ, l'exil de son Tonio chéri, son unique fils.

— Mais si, mais si.

Antoine essaie de s'imaginer à bord d'un avion de chasse, mais ça l'intrigue plus que ça ne l'attire. A-t-il seulement la vocation militaire ? Il n'en est pas sûr. Il y a d'autres métiers. Il apprendra vite. Il ne sait pas grand-chose mais il a de la mémoire et du goût pour apprendre.

Son regard se pose sur le portrait du père, accroché au-dessus de la cheminée et barré d'un ruban de crêpe noir. Une photo de cérémonie où Cyprien Forte porte cravate et col de chemise amidonné. Maria a caché l'autre portrait, pris à la caserne. Mais Antoine l'a retrouvé dans un tiroir du buffet, avec un petit carnet en moleskine auquel il n'a pas touché. Sur ce cliché, le caporal-chef du 2e régiment de transmission a rasé sa moustache. Il paraît plus jeune, amaigri. Sans doute lui a-t-on demandé de poser devant ce hangar, au débotté, pour un souvenir qu'on enverrait à la famille. L'opérateur a dû déclencher la prise de vue sans prévenir, car Cyprien Forte n'a pas eu le temps de fixer des yeux l'appareil. Son regard s'en trouve insaisissable. Mais ce regard flou a longtemps été la seule chose, dans la solitude de cette grande maison, qui parlait à Antoine. Ce regard reflétait le sien quand une rage sourde le prenait d'être prisonnier dans cet Alziprato où la splendeur des Forte s'était évanouie.

Après s'être restauré, Antoine brûle de rejoindre Anna. Mais c'est impossible, aujourd'hui, alors que tout le monde fête le retour des troupeaux. Sa mère n'a pas besoin de le raisonner. S'il met un pied dehors, ce n'est pas à des bâtons qu'il aura à faire, mais au canon d'un fusil pointé dans son dos.

IX

Les trois hommes peinent à gravir la pente, s'arrêtent, reprennent leur souffle, s'épongent le front. Le soleil est au zénith. A cette heure, personne n'aurait l'idée de manger de la poussière sur ce sentier de contrebandiers qui serpente sous les arbousiers. Et certainement pas en souliers de ville, costume et cravate. Celui qui marche en tête porte un chapeau de feutre sombre à liseré gris, les deux autres sont en casquette.

Les hommes n'ont pas échangé trois mots tout le long de leur excursion. Ils connaissent visiblement les lieux. Font halte en silence une dernière fois, puis, sur un signe de l'homme au chapeau, disparaissent dans l'ombre d'un vallon en faisant sonner leurs bouts ferrés sur la caillasse.

Sous l'arche d'un pont, au bord du lit d'un torrent à sec, un vieil homme à la figure craquelée comme une faïence ancienne se tient assis sur une grosse pierre, les mains posées sur une canne au pommeau de nacre. Il porte une lourde cape brune.

Ses yeux, deux émeraudes brillantes, fixent sans ciller le trio venu le rejoindre. Sa canne frappe deux fois le sol en guise de salut. L'un après l'autre, les hommes s'agenouillent devant lui et baisent la main qu'il leur tend d'un geste de prélat. Puis ils se rangent à côté de lui, droits comme des cierges. L'homme au chapeau demande alors la permission d'allumer une cigarette. Requête acceptée. Ses compagnons en profitent pour retirer leur coiffe. L'un d'eux brosse du revers de la main les pans poussiéreux de sa veste. Le patriarche n'a pas bougé. Il attend.

Son nom est Gabriel. La rumeur le prétend sorcier, jeteur de sorts. Il est l'oracle, le conseiller secret et le juge de paix des familles du nord de l'île. Une ombre tutélaire. Pas un *capo mafioso* ou un caïd de la pègre locale ne se lance dans une affaire, n'arrange un mariage, ou ne déclenche une vendetta de quelque importance sans le consulter. Et malheur à celui qui aurait l'imprudence de ne pas se soumettre à ses « conseils ».

Gabriel est à la fois le grand-oncle et le parrain d'Orso-Paolo Gritti.

Un discret bruissement de feuillage signale l'approche de celui qu'ils attendent. La silhouette massive d'Orso-Paolo se dresse brusquement sous l'arche de pierre. Les trois « hommes d'honneur » s'écartent un instant. Gabriel s'est levé, a donné une brève accolade au jeune homme, a décliné solennellement ses nom, prénoms, liens de parenté, puis laisse la parole à Orso-Paolo qui formule aussitôt sa demande.

— Je désire être admis dans votre *famille*.

Les trois mafiosi baissent les yeux comme s'ils avaient à débattre intérieurement de la chose, puis ils inclinent la tête et étreignent le jeune homme à tour de rôle. C'est leur façon de le recevoir en leur fraternité. La cérémonie, qui n'a pas duré deux minutes, s'est déroulée sous le regard impérieux de Gabriel. Après quoi, chacun se sent libre de parler. Propos anodins. On donne des nouvelles d'un parent ou d'une relation commune. L'homme au chapeau offre une cigarette à Orso, une « américaine », précise-t-il. La conversation se poursuit un moment puis s'interrompt brusquement sur un signe du Padre. Le trio prend alors congé de Gabriel et de son filleul.

Resté seul avec son grand-oncle, Orso-Paolo retire le foulard qui était noué autour de son cou. Les traces de la morsure sont encore bien visibles. Il se penche vers Gabriel et les lui montre en l'interrogeant.

— Reconnais-tu cette empreinte ? Quelle bête peut faire ça ?

Le vieil homme lève le nez vers la cicatrice, l'examine un court instant.

— Son père est un loup, sa mère est une chienne habitée par le diable.

Orso se redresse. Gabriel, dans un soupir, ferme les paupières.

— Dis-moi plutôt ce qui te préoccupe, garçon.

— Antoine Forte tourne autour d'Anna.

— Et Anna, elle le permet ?

— Elle est promise à Livio.

— Il y a l'honneur. Et les sentiments.

Son visage s'anime. Il émet un petit rire sarcastique et poursuit :

— Bien entendu, le premier devoir est l'honneur. Sans quoi, il n'y a plus d'ordre.

X

Ce qui le surprend, ce ne sont pas les usines, ces grands monuments de brique et de métal qui bordent la voie ferrée, ni les faubourgs endeuillés par le crépi des façades noir de suie, c'est d'entrer dans l'hiver aux premiers jours d'octobre. De la fenêtre du compartiment, Antoine promène maintenant son regard sur des champs labourés et déjà gorgés d'eau, des alignements de peupliers déjà dépouillées de leur feuillage, un pays devenu plat sous un ciel bourrelé de nuages. Il pleut par rafales. Le train est à l'arrêt. On attend le passage d'un autre convoi.

Assis face à lui, un prêtre en soutane élimée, chaussé d'épais godillots, lit son bréviaire. De temps à autre, il secoue la tête de gauche à droite. Antoine se retient de sourire. Le prêtre n'a pas l'air d'accord avec les offices.

— Pardon, monsieur, auriez-vous l'amabilité de m'aider à descendre ma valise ?

Antoine se penche vers le gamin installé à ses côtés qui vient de s'adresser à lui. Il ne doit pas avoir treize ans et flotte dans un costume de premier communiant. Que fait-il là, seul, à voyager dans ce train ? Il s'exprime comme un vieillard. D'ailleurs, il en a presque l'allure, si frêle, hésitant. Antoine se lève aussitôt pour se saisir de la valise placée dans le filet et manque se démettre l'épaule. Le bagage pèse bien plus lourd que le sien. Un juron lui échappe.

— Bon Dieu ! Oh, pardon, mon père.

Le prêtre, tiré de sa lecture, s'amuse de voir le gaillard, un sourire aux lèvres, tenter de déposer son fardeau avec précaution entre les jambes des voyageurs.

— Il n'y a pas de mal, mon fils, quand on rend service à plus jeune que soi... Mais que transportes-tu là-dedans, petit, pour tordre les reins à notre ami ?

L'enfant se mord les lèvres et baisse les yeux. Puis il lâche d'une voix qui n'a pas encore mué mais dont le timbre se fait grave :

— Des livres, rien que livres.

Et le gamin s'accroupit pour entrouvrir sa malle aux trésors. Le bagage ne contient aucun linge, rien d'utile, pas même une trousse de toilette. Il est bourré d'albums de Zig et Puce et de Bibi Fricotin. La dame en guipure qui se tient près du couloir manque s'étouffer d'indignation. Cet enfant doit être intoxiqué de bandes dessinées. Antoine sourit, émerveillé à la vue d'une bibliothèque qu'il aurait rêvé de posséder au même âge. L'ecclésiastique hoche la tête, partagé entre la surprise et l'attendrissement. Le gamin, tout à sa joie, a retrouvé son vocabulaire :

— Toute la collection de mon frangin ! Il me l'a donnée à cause... à cause que ça lui disait plus rien d'avoir ça avec lui. Il part à l'armée.

Un homme entre deux âges, proprement habillé, qui affichait jusqu'alors un air renfrogné, déclare :

— Bravo ! L'armée, ça vous forme un homme.

Puis il retourne à ses pensées, sans même accorder un regard à la dame en guipure qui se félicite d'un tel avis en agitant son lorgnon. Le prêtre se contente d'aider le petit à extirper un album et à refermer la valise. Antoine, lui, a tourné son visage vers la vitre embuée par les averses. L'armée, il vient d'en sortir avant même d'y être entré.

Il y a moins d'une semaine, il passait le conseil de révision dans la caserne d'Ajaccio. Pour lui, trois jours de liberté. Une première escale avant le continent. Les semaines précédentes, il les avait vécues dans une quasi-clandestinité, enfermé chez sa mère à panser ses plaies et à guetter jour et nuit les bruits suspects venus du dehors. Et bien sûr, pas moyen de revoir Anna ni même de lui faire signe. Emmuré vivant. Orso-Paolo et les autres bergers se relayaient pour épier la maison et ses alentours. Antoine Forte n'avait plus le droit d'aller au village, ni même de se montrer sur la colline. Il était devenu le lièvre qu'on tire après les vendanges.

Mais là, dans Ajaccio, passé la guérite où se tenait la sentinelle de garde, il se trouvait en sécurité, dans un sanctuaire où l'on donne asile à toute une classe de clampins et d'énergumènes, plusieurs fois l'an, et toujours pour la même cérémonie. Après la douche de rigueur, dans le cortège des conscrits, à poil et en file indienne venus subir l'examen médical, Antoine avait pris son tour en tenue d'Adam, au milieu d'une centaine de futurs appelés rigolards, exhibitionnistes ou gênés.

Il y avait là un échantillonnage de tous les particularismes insulaires. Du grand rouquin aux pommettes saillantes, ambulancier de son état, au gominé à la Tino qui se faisait déjà traiter de tapette dans son dos, au râblé velu et noiraud prétendant descendre des Bonaparte par une branche ignorée des historiens.

Chacun prenait son mal en patience, à se trémousser et à se dandiner dans le corridor. Antoine avait repéré dans le groupe deux ou trois garçons dont les visages lui étaient familiers. L'un d'eux venait s'employer comme journalier dans les oliveraies, à la saison de la cueillette. Une figure plate, lunaire, avec des moustaches taillées en guidon de vélo. Celui-là ne le quittait pas des yeux. Il avait fini par lui adresser un sourire de connivence. Antoine lui avait répondu d'un signe de tête. Il n'aurait pas aimé avoir à saluer un berger de sa montagne.

Le premier soir, dans la chambrée, Antoine avait découvert qu'il était entouré de camarades venus de tous les coins de l'île et qui appartenaient, pour certains d'entre eux, à des sphères de la société dont il soupçonnait à peine l'existence. Ainsi le nommé Raymond, fils d'un magistrat de Bastia. Un drôle de zèbre, facétieux et austère à la fois. Déroutant. Le jeune monsieur imitait à la perfection la voix d'Yvonne Printemps, d'après ceux qui avaient vu ses films, ce qui n'était pas le cas d'Antoine, et racontait dans le détail les petites manies sexuelles des notables de la cité. Mais à l'heure de s'endormir, Raymond s'était s'agenouillé au pied du lit pour marmonner ses prières du soir, comme un enfant sage, au milieu des quolibets.

Le lendemain les attendaient les exercices écrits qui permettent d'évaluer le niveau et les aptitudes intellectuelles des conscrits. Le capitaine Angeli surveillait l'examen. Un officier à tête d'instituteur. Il demandait aux cancres affalés devant leur table de se tenir droits, mais n'accordait aucune attention à ce qu'ils pouvaient coucher sur le papier. Beaucoup peinaient à seulement tracer les lettres de leur nom.

Le surlendemain, Antoine ne les avait pas vus davantage à leur affaire dans les épreuves physiques. Lui-même s'y était prêté sans enthousiasme. Course à pied, sauts, montée de corde, ça manquait de concurrents sérieux et le parcours du combattant l'avait déçu. Une gentille escapade de mômes. Même si la plupart de ses compagnons enduraient le martyre et demandaient grâce au pied de la palanque.

Le dernier jour, au moment où Antoine s'apprêtait à quitter la caserne, le capitaine Angeli l'avait fait appeler à son bureau pour le soumettre à une nouvelle série de tests. Il semblait plus concerné que l'avant-veille. Après avoir corrigé les résultats, il fronça les sourcils, manifestement troublé.

— Mon garçon, je vais vous apprendre une sacré nouvelle : vous êtes plus intelligent que moi... Et que la totalité des rustauds que j'examine depuis trois jours. Voulez-vous être officier ? Vous pourriez faire une brillante carrière.

Antoine, sidéré, n'avait su que répondre. C'était bien la première fois de sa vie qu'on lui promettait un avenir.

Mais en feuilletant son dossier, le capitaine Angeli avait changé de mine. Le père du jeune homme était mort au combat, à Cassino, dans les rangs de la 1re armée. Fils unique, Antoine Forte était soutien de famille et, à ce titre, exempté du service militaire. Il ne serait jamais appelé sous les drapeaux.

Sur le coup, Antoine n'avait pas compris. Puis il s'était rebiffé, sans se soucier des galons que portait l'homme qui le renvoyait après l'avoir distingué parmi tous les autres.

— Et pourquoi ? Pourquoi je n'ai pas le droit de servir ma patrie ? Mon père l'a bien fait. Il s'est même évadé pour ça et personne ne lui a demandé s'il avait une famille à nourrir.

Le capitaine, d'un geste las, lui avait signifié son impuissance. Les lois étaient ainsi faites.

— Avec vos capacités, vous aurez d'autres occasions d'avancer dans la vie. Songez-y. Ne vous découragez pas, Forte.

Antoine s'était levé, dépité, mais le capitaine lui avait fait signe de se rasseoir.

— Que comptez-vous faire en sortant d'ici ?

— Aller à Paris. J'ai un cousin là-bas qui travaille dans la maçonnerie. Je trouverai bien à m'employer sur des chantiers.

— Paris est une grande ville. On s'y perd vite. Ecoutez, tout ce que je peux faire, c'est rédiger un mot à l'attention d'un de mes amis pour vous recommander à lui. Il est de chez moi, de Cargèse. Il occupe un poste haut placé à la préfecture de Police.

Une secousse projette Antoine en avant, suivi d'un chuintement de vapeur et du grincement des boggies qui se remettent en branle. Le train repart enfin. D'un geste furtif, Antoine palpe la poche intérieure de sa veste. La lettre du capitaine Angeli s'y trouve, coincée entre le portefeuille et une autre enveloppe qui contient une mèche des cheveux d'Anna.

XI

A Paris, le pavé luisant de la nuit glisse sous les semelles. Antoine, sa sacoche à l'épaule, ne sait trop quel chemin prendre dans ce fouillis de phares, de néons, de boutiques, de passants qui se pressent. A la sortie des bouches de métro, ce flot le déborde, le bouscule, le noie dans ses remous. Il s'efforce de garder un cap, s'amuse d'aller ainsi à contre-courant de la foule des citadins qui regagnent leurs pénates. Lui descend d'un train venu des bords de la Méditerranée et eux sortent du bureau ou de l'atelier.

— Eh, le tondu, t'as peur de tomber du trottoir !

Antoine sourit du sobriquet. C'est vrai qu'il a les cheveux coupés aussi ras que s'il avait eu des poux, une vraie tête de paysan.

A cette heure, dans la grande demeure, sa mère a déjà rangé son ouvrage dans l'armoire et soufflé la chandelle quand, ici, les gens se bousculent encore sous les réverbères. Antoine avise un café d'aspect convenable à l'angle d'une rue et y entre. Il a besoin d'être assis quelque part, de reprendre son souffle et de manger. La salle est presque vide. Antoine choisit une place près de la fenêtre, derrière un pilier. Le serveur vient prendre la commande, un verre de vin rouge, une carafe d'eau et une omelette. Une main glissée dans le gilet, l'autre portant un chiffon et le plateau calé sous un bras, il regarde droit devant lui. Un grognard au repos. Après le départ du serveur, un vieux bonhomme au teint gris accoudé à une table voisine devant une Suze interpelle Antoine.

— Corse ?

— De la montagne. D'Alziprato.

— Connais pas. Mon voisin de palier est corse. Il a quitté son île avant même de savoir se moucher proprement, mais il parle comme toi. C'est un accent qui me plaît bien, remarque. C'est bon pour les artères, ça repose du tournis.

Et l'homme désigne du menton les silhouettes qui se pressent devant les vitres du bistrot et le ballet des parapluies qui s'ouvrent sous une nouvelle averse.

— Et vous, demande Antoine, d'où êtes-vous ?

— D'un patelin de l'Eure, mon gars, autant dire de nulle part.

— La place Ravignan, vous connaissez ?

Le bonhomme se gratte le nez.

— Station Abbesses, tu changes à Pigalle, direction Porte-de-La-Chapelle.

Antoine prend un air ahuri et garde le silence.

— T'as jamais pris le métro ?

— Jamais.

— Alors, le bus de la ligne 24, c'est direct, tu descends Place-Blanche, devant le Moulin-Rouge.

— Ça ira. Merci du renseignement.

Le gardien de l'hôtel remplit la fiche et retire du tableau la clef de la chambre numéro 11. Avant de la tendre à Antoine, il lui fait les recommandations d'usage.

— Pas de cuisine dans la chambre, pas de linge au balcon. On n'est pas un meublé. Voilà votre clef. Bonne nuit.

Dans l'escalier, Antoine rencontre un chat gris tigré de roux qui vient se frotter à son pantalon. Il se penche pour le caresser. Le contact de la fourrure le fait frissonner. La laine de ses moutons était plus rêche, mais cette présence animale le ramène brusquement dans une autre vie.

La chambre est exiguë mais propre, tapissée d'un papier blanc à rayures jaunes. Le mobilier comporte un lit à barreaux, une table, une armoire et une chaise cannelée. Des voilages masquent la fenêtre. Un lavabo à l'émail craquelé trône dans un coin de la pièce. La glace a disparu. Antoine ignore qu'il occupe ce soir-là un logement contigu à ceux où séjournèrent, près d'un demi-siècle plus tôt, deux peintres faméliques, Picasso et Modigliani. Tout ce qu'il sait, c'est que l'hôtel a accueilli avant lui tous les émigrés d'Alziprato venus poser leur baluchon dans Paris.

Il résiste à l'envie de s'allonger sur le lit, malgré la fatigue du voyage qui lui plombe les paupières. Il ôte ses souliers, s'asperge d'eau le visage. Puis il défait ses affaires, les range dans l'armoire en prenant soin de ne pas froisser son unique chemise de ville. Enfin il s'assied pour écrire à Anna sa première lettre d'exilé.

Un quart d'heure plus tard, il dort, la tête posée sur la table.

Le lendemain, tard dans la matinée, des coups frappés à la porte le réveillent en sursaut. Il ouvre les yeux, il ne comprend pas ce qu'il fait là. Il se voit couché sur un édredon, à demi dévêtu, dans une chambre dont l'ampoule du plafond est restée allumée toute la nuit.

On frappe à nouveau. Il se lève précipitamment, enfile son pantalon et tourne le verrou de la porte. Qui cela peut-il être ? Il n'attend personne.

XII

La jeune fille en manteau de pluie, un béret sur la tête, entre sans plus attendre et lui applique deux gros baisers sur les joues.

— Ta mère disait vrai, mon cousin. Tu ressembles à l'oncle Giuseppe, le plus beau de la famille !

Antoine recule d'un pas, confus, réalisant soudain qu'il est en maillot de corps, pas rasé et pieds nus. Il a l'air fin devant cette cousine tombée du ciel qui vient le tirer du lit et le regarde comme un animal de foire.

— Eh bien, réveille-toi ! Tu n'as pas l'air de comprendre que c'est moi, Jeanne. Jeanne Toussaint, la fille d'Amédée. Depuis quand es-tu arrivé ?

— Hier soir.

— Habille-toi vite, les parents nous attendent à Nogent pour le déjeuner. Tu te souviens qu'on est un dimanche, au moins ?

Il voudrait la voir sortir, le temps de faire un brin de toilette et de passer du linge propre. Mais elle reste plantée là, au milieu de la chambre, avec ses belles jambes bien galbées, sa taille marquée et ce visage radieux, effronté, qu'encadre un flot de mèches brunes. Elle a deviné.

— T'inquiète pas, je tourne le dos. Tiens, je vais à la fenêtre.

Il la voit alors plonger la main dans son sac et en sortir un étui à cigarettes.

— Ça ne te dérange pas que je fume ? Papa n'apprécie pas. Il est un peu vieux jeu.

Dans le train de banlieue qui roule vers Nogent en longeant la Marne, Antoine ne se lasse pas d'observer en douce les manières de Jeanne, sa façon de bouger, de rire, de parler, d'aller sans gêne s'asseoir sur la banquette, jambes haut croisées, manteau défait sur un pull si fin qu'il laisse deviner la pointe des seins. Jamais il n'a vu chez lui les filles de son âge montrer autant d'aisance en public. Cela n'enlève en rien la fraîcheur de ses vingt ans. Son visage au teint mat ne porte ni fard à paupières, ni poudre, ni rouge à lèvres. Et ses ongles, coupés court, sont ceux d'une enfant.

Elle lui raconte son unique séjour au pays, dans le village des grands-parents maternels. Elle avait treize ans. Elle n'est jamais montée à Alziprato. C'était au mois de septembre, la guerre a éclaté et le père a voulu reprendre aussitôt un bateau pour Marseille.

— C'est dommage, tu m'aurais fait voir tes montagnes.

Antoine se prend à le regretter aussi. Jeanne ne devait pas être le genre de fille à pleurnicher pour s'être égratigné les jambes dans le maquis. Il lui aurait appris à tendre les collets et à marauder dans les vergers. Aujourd'hui, c'est elle qui le guide et qui lui enseigne à déchiffrer le langage des villes.

La maison des Toussaint n'est guère éloignée de la gare. C'est une bâtisse neuve, étroite, toute blanche, avec une terrasse qui court en façade, au premier étage, et de larges ouvertures. Elle dispose d'un petit jardin aménagé avec soin où Amédée cultive un potager.

— Je l'ai construite de mes mains, avec les compagnons. Ça m'a coûté des soucis, tu peux me croire. Les matériaux, on n'en trouvait plus. Les Allemands nous prenaient tout, sans compter les bombardements. Le quartier a reçu aussi.

Amédée Toussaint a accueilli Antoine comme un fils, agréablement surpris par l'allure du garçon. Il ne l'imaginait pas si grand et si solide. L'autre ne cache pas non plus sa joie de rencontrer un parent qui lui parle avec l'accent du pays.

— J'ai bien connu ton père, Cyprien. En 39, il est venu loger chez nous, dans l'ancienne maison, à Cachan. C'était un bon gars, il n'avait pas froid aux yeux, celui-là. Il s'est rudement bien battu.

La voix d'Amédée s'étrangle. Il parvient à poursuivre.

— Bon sang, c'est pas juste ce qui lui est arrivé. Quand on voit ces charognards tenir le haut du pavé et même les médailles qu'on leur a collées au veston, non, c'est pas juste !

— Allez, les hommes, la table est mise.

La mère de Jeanne les rappelle à l'ordre. Il lui tarde de voir le « petit » nouer sa serviette et se régaler de son bourguignon.

A la fin du repas, Antoine, épanoui par le festin, ne se fait pas prier pour goûter l'alcool de poire que lui sert Amédée.

— La bouteille, faut la tenir dans la glacière. Ça se boit frappé.

Jeanne vient d'allumer une cigarette. La mère fronce les sourcils. Amédée fait sa grosse voix.

— Je n'aime pas cette manie, Jeanne, tu le sais. De

mon temps, une jeune fille qui fumait, les hommes ne lui marquaient pas de respect.

— Tu veux dire que c'était une grue ? Les temps changent, papa. Aujourd'hui, c'est chic.

— Non mais, tu entends ça, Antoine ! La jeunesse d'ici, elle vit comme les Américains. Attends de rencontrer un mari, Jeannette, il t'apprendra à te tenir.

Et le père de lancer un clin d'œil appuyé au garçon. Antoine a rougi. Et Jeanne s'en aperçoit.

XIII

L'affaire s'est vite conclue. Le soir même, Antoine est embauché comme apprenti.

— Tu viendras lundi avec moi. Ce mois-ci, je travaille sur un pavillon, à La Ferté. On monte la première dalle. Tu auras à gâcher le mortier et nettoyer les outils. Le métier commence par là. Pour le salaire, c'est à la semaine. Ne te mets pas en retard, sinon je te retiens la journée sur ta feuille de paye.

Antoine accepte ces conditions. Pour lui, c'est déjà une victoire. Amédée propose alors de trinquer pour fêter leur accord.

— Tu verras, c'est dur au début, mais pour un gars comme toi qui a suivi les troupeaux, ce n'est pas d'être dehors qui va te faire peur.

Le lendemain, le nouvel employé découvre que l'oncle si hospitalier et disert se mue en peau de vache dès qu'il endosse sa tenue de chantier. Il ne passe rien aux cinq ouvriers de l'équipe. Trois sont corses, un catalan, et le dernier, lui aussi apprenti, blague avec l'accent nasillard des faubourgs. Quand Amédée Toussaint se fâche, et il se fâche à la moindre bavure, les gars font le gros dos. Lors d'une colère, le Catalan glisse à l'oreille d'Antoine :

— Un jour, le patron, il va se péter les veines du cou.

Mais le travail avance et Antoine s'y donne à corps perdu. Chaque instant de cette journée le soulage comme une délivrance. En charriant les sacs de ciment, il s'arrache à tout ce qui l'étouffait auparavant. A l'heure du casse-croûte, il sort une saucisse sèche, la dernière qu'il ait emportée de chez lui, et la partage avec ses compagnons. Le soir, au moment de monter dans la camionnette, on lui fait sentir qu'il est accepté et le patron, d'une bourrade dans le dos, l'adoube à son tour.

Un mois plus tard, tandis qu'il vient prendre son repas du dimanche chez les Toussaint, un rituel devenu immuable, Amédée propose à son neveu de le loger. La maison est assez grande.

— Y a de quoi te coucher au rez-de-chaussée, derrière la cuisine. Je voulais en faire une buanderie, mais ma femme préfère s'embêter à faire la lessive au premier, à cause de la terrasse. Elle dit que ça lui sert à suspendre le linge. Et puis ça te ferait moins de frais. Qu'en dis-tu ?

— Merci de l'offre, mais j'ai pris mes habitudes à l'hôtel. Le quartier me plaît, surtout le Tertre et les rues derrière la basilique. J'ai besoin d'être en hauteur, vous comprenez. Le soir, quand je me promène, c'est comme d'aller au cinéma.

— Je vois. A ton âge, on aime traîner.

— Non, ne pensez pas ça. Dans Paris, je tends l'oreille, j'observe, je sens les choses qui m'entourent, j'ai besoin de m'instruire.

Amédée écarquille les yeux. Ce garçon si vaillant et si bon camarade sur les chantiers continue de l'intriguer. Il tourne des phrases qui ne lui seraient jamais venues à l'esprit. Et il tient fichtrement à son indépendance.

— Au moins, reste ici les fins de semaine. Vous vous entendez bien avec Jeanne, elle te fera connaître ses amis. Sans compter qu'avec toi, je serai plus rassuré de la voir sortir, tu me suis ?

— D'accord. Mais Jeanne, vous croyez qu'elle accepterait de m'apprendre la comptabilité ?

— Alors, ça !

XIV

— Articule, mais n'accentue pas trop les finales.

Antoine s'humecte les lèvres du bout de la langue, déglutit, se racle la gorge et reprend sa lecture :

— *Où suis-je ? Qu'ai-je fait ? Que dois-je faire encore ?*
Quel transport me saisit ? Quel chagrin me dévore ?
Errante et sans dessein, je cours dans ce palais.
Ah ! ne puis-je savoir si j'aime ou si je hais ?

— C'est mieux mais, quand tu aimes et quand tu hais, c'est comme si Hermione bêlait avec tes chèvres.

— Moque-toi ! Ton Hermione est une princesse, pas moi. Je veux bien corriger mon accent mais tu ne me feras pas monter sur les planches.

Jeanne éclate de rire. Antoine rit à son tour de se trouver assis de guingois sur un tabouret de cuisine, un Classique Larousse à la main, devant une répétitrice en socquettes blanches et jupe plissée, qui tente d'améliorer sa diction en lui faisant lire du Racine. Il se penche en avant et lui tend le petit livre aux pages écornées.

— Aide-moi plutôt à me mettre en tête les « comptes avec report » ?

— Ah, toi et tes chiffres ! On dirait que tu as passé un pacte avec le diable. Une vraie machine à calcul.

— Tu ne savais pas qu'un berger passe son temps à compter et recompter ses moutons !

Antoine la blague, mais Jeanne dit vrai. En moins d'un semestre, son cousin a appris à jongler avec les chiffres mieux qu'elle n'a jamais su le faire, malgré son brevet et sa formation de secrétaire-comptable.

Au cours de ces soirées studieuses, s'est établie entre les jeunes gens une camaraderie qu'Antoine apprécie en toute innocence. Il se dégourdit au contact de cette « frangine » de la ville et s'amuse de son bagout et de ses foucades de demoiselle affranchie. Il s'étonne toujours des invraisemblables bibis qu'elle épingle à ses cheveux avec un vrai chic parisien. Plus secrètement, il lui sait gré de ne l'avoir jamais traité en parent pauvre ou en paysan inculte.

— Papa ferait mieux de t'employer à tenir ses registres plutôt qu'à te faire monter des murs.

— Si c'était le cas, tu serais au chômage.

La jeune fille ne sait que répondre. Une vision lui traverse l'esprit qui la prend de court et la rend sotte : Amédée Toussaint associe Antoine à ses affaires et lui accorde la main de sa fille.

— Bon, on le fait, ce bilan ?

Un vendredi soir, à l'heure de débaucher, Amédée prend Antoine par l'épaule.

— La semaine prochaine, j'augmente ta paye.

L'apprenti est devenu ouvrier. Le ton est bourru. Le patron n'est pas homme à se répandre, excepté quand il a un coup de sang. Antoine remercie et fouille dans sa poche de blouson pour en sortir un paquet de Gauloises.

— Jette-moi ça ! Décidément, Jeanne ne t'apprend pas que les bonnes manières.

Le paquet rentre dans la poche.

— Allez, viens plutôt boire un verre pour fêter ça. Je connais un bistrotier à Nogent qui fait venir son anisette directement de Calvi. Tu m'en diras des nouvelles.

Au sortir du café, assis dans la camionnette à côté de son oncle, Antoine étire ses bras et ses jambes.

— Fourbu, mon gars ?

— Ça peut aller. En fait, je pensais à ces préfabriqués qu'on installe derrière les maraîchages.

— Dis plutôt des boîtes d'allumettes. Ça tiendra pas debout deux hivers.

— N'empêche, ça se monte vite, c'est sain et les gens font la queue pour s'y loger.

— Tu veux me mettre en colère ? C'est pas des maisons de maçon, ces saloperies. Même un plombier, il saurait les construire.

— Imaginez qu'on fasse le travail proprement, certains éléments seraient préfabriqués en usine, les cloisons par exemple et les ouvertures. On soigne les fondations, la semelle, enfin tout ce qui assure la solidité et l'étanchéité du bâti. Bref, on prend le meilleur de l'industrie et on garde le tour de main de l'artisan.

Devant eux, un cycliste fait un écart pour éviter un nid-de-poule. Surpris alors qu'il s'apprêtait à dépasser l'homme à vélo, Amédée donne un coup de volant si brusque qu'il précipite Antoine contre la portière. Le fourgon n'a pas quitté la route mais son conducteur est furieux.

— Eh merde ! J'écoute tes bêtises et voilà ! S'en est fallu d'un cheveu qu'il passe sous mes roues.

Antoine se frotte le coude avec un sourire en coin. L'oncle a surtout forcé sur l'anisette. Mais il n'en a pas fini avec le jeunot.

— Je ne dis pas que tu ne sais pas raisonner, mais le jeu de cubes que tu nous fabriques là, c'est bon pour les Gitans et les Polonais. Tu ne vendras jamais ça à des Français. Mes clients, ils veulent de la meulière et du ciment de chez nous. Et je pense comme eux. Une maison, on la construit pour ses enfants.

— Jeanne, elle restera toujours sous votre toit ?

Cette fois, c'est à Amédée d'esquisser un petit sourire. Mais il s'en tiendra là. Pour aujourd'hui.

XV

— Il t'a dit ça ?

— Oui, il m'a dit que j'étais son deuxième meilleur ouvrier, après Gustin.

— Qu'il emploie depuis quinze ans.

— Si longtemps ?

— Je le vois sur les chantiers depuis que je suis toute petite.

Jeanne n'en revient pas. Mais Antoine fronce les sourcils.

— Quinze ans à ses côtés et même pas associé. Moi, à la place de Gustin...

— Tu aurais déjà racheté la maison du patron, épousé sa fille et construit des barrages.

— Idiote ! Les barrages hydroélectriques, ce sont des ingénieurs qui les font. Il faut des diplômes.

La jeune fille, devinant la pensée du jeune homme, réprime un soupir. Antoine Forte, né ailleurs que dans sa montagne, ne l'aurait peut-être jamais regardée.

— Allez, ne fais pas cette figure, Jeannette. Ma promotion, je te la dois aussi. Et d'ailleurs, demain à midi, je t'invite. Et pas dans une guinguette ! Place de Clichy, où on sert des huîtres et des langoustes.

En quittant la brasserie, Antoine a pris spontanément

le bras de sa cousine. La tête lui tourne un peu et ses jambes le portent comme un somnambule. Les huîtres étaient fameuses et ce vin d'Alsace... C'est sûr, il n'aurait pas dû se laisser aller à en boire autant. Jeanne non plus. Quel phénomène, cette fille ! D'aussi jolies, on n'en voit pas souvent qui font le pitre et ne refusent rien de ce qu'on met dans leur assiette.

— Et si on allait voir un film ?

Jeanne ne dit ni oui ni non. Elle se sent légère, les arbres des boulevards tamisent les rayons d'un soleil printanier. Pourquoi pas Montmartre ? Antoine acquiesce d'un battement de paupières, fier de jouer à son tour les guides. Il arpente si souvent la Butte qu'il la connaît aussi bien que ses collines d'Alziprato. Jeanne n'en revient pas.

Un quart d'heure plus tard, tandis qu'il lui fait dévaler les escaliers menant au square de Caulaincourt, Jeanne demande grâce. Ses souliers, de gentils escarpins aussi finement dessinés que les pieds qu'ils chaussent, ne sont pas de ceux qu'on porte pour gambader. Ils lui font mal et l'obligent à boiter. Curieusement, Antoine n'y prête aucune attention. La jeune fille s'en indigne.

— Tu comptes me voir ramper derrière toi ? Pardon, mais je n'en peux plus. Mon royaume pour un bain de pieds !

Et elle se dirige vers un banc en claudiquant du mieux qu'elle peut. Antoine vient s'asseoir près d'elle.

— Tu as vraiment mal ?

— Mufle ! Si tu étais aussi fort et généreux que tu t'en donnes l'air, tu m'emporterais dans tes bras, comme un pauvre petit agnelet perdu dans les rochers, pour me rendre à ma mère.

Antoine s'esclaffe et, d'un geste affectueux, lui ébouriffe les cheveux qui bouclent sur sa nuque.

— Pauvre biche ! Pour te soulager, je n'ai rien de mieux à t'offrir que la méchante bassine que j'ai dans ma cambuse.

— Merci, brave homme, on fera avec.

Les voilà partis, lui, prenant soin de marcher à pas lents, elle, traînant la jambe, un peu, pas trop, ragaillardie mais ne voulant pas qu'il sache la joie qu'il lui fait, l'émotion qui la gagne et lui donne à nouveau des ailes.

Le soleil donne en plein dans la chambre de l'hôtel. Jeanne cligne des yeux. Antoine tire les rideaux puis s'adosse à l'armoire. Il se sent encore un peu ivre et coule un regard attendri vers cette silhouette qui s'incline pour se masser les chevilles et les jambes, sans souci de plisser le bas qui les gaine. La vision est un peu floue, touchante. Jeanne se redresse. Ses lèvres tremblent. Elle s'avance vers le jeune homme immobile et vient poser la tête sur son épaule, sans rien ajouter, en silence.

Antoine ferme un court instant les yeux. Il sent alors la bouche de Jeanne s'emparer de la sienne, et les doigts effilés courir sur ses joues, sur ses tempes, caresser ses cheveux. Il lui rend aussitôt son étreinte et son baiser. Il la veut, mais soudain surgit une image qui le poignarde. Le visage d'Anna... Antoine se dégage brutalement des bras de Jeanne puis revient vers elle et lui parle avec douceur.

— Il ne faut pas, petite cousine. Tu es une fille merveilleuse, mais mon cœur est pris.

C'est compter sans leur désir, sans l'ivresse de cette journée et sans l'irrépressible jeunesse de leur cœur. Pour Jeanne, peu importent les mots que prononce

Antoine, c'est sa voix qu'elle entend, cet accent un peu rauque qui la trouble et la fait fondre comme jamais.

Elle l'enlace à nouveau, se colle à lui et l'entraîne vers le lit étroit.

XVI

Sur les pentes douces de la vallée, en bordure des garrigues sèches, s'alignent des milliers d'oliviers, rangés comme des bataillons sur un champ de manœuvre. Les houppes cendrées des feuillages frémissent à perte de vue sous le vent d'ouest, le vent marin, en cette journée d'avril. De loin en loin, bornant les jeunes arbres robustes, se dressent de vieux oliviers aux courtes ramures et d'autres, plus vieux encore, au tronc creux et aux racines presque dépouillées. Leurs silhouettes plusieurs fois centenaires se découpent telles des figures héraldiques sur le blason du ciel. Ils sont l'orgueil et la mémoire des Gritti. Aussi loin qu'on remonte dans les archives paroissiales d'Alziprato, dans les documents notariés et dans les livres d'heures de la propriété, il s'est toujours trouvé un Gritti pour planter des oliviers et en tirer profit.

En cette saison, une multitude d'ouvriers s'affairent, juchés sur des escabeaux, à la taille des arbres. Chacun d'eux répare les outrages de l'hiver et guide la sève à venir vers les branches les plus prometteuses. L'arbre ne produira son effort qu'un mois plus tard. Les gestes sont rapides, précis, on s'interpelle et on fredonne pour se donner du cœur à l'ouvrage. L'œil à tout et à tous, un contremaître surnommé la Belette veille à ce que l'on tienne la cadence. Une branche casse, le voilà qui accourt, mi-furieux mi-goguenard.

— Tu passeras le balai, peut-être ? Allez, file au suivant avant que je me fâche !

Les soins de taille ne sont pas de ceux qu'on effectue, d'une main légère, comme s'il s'agissait de rabattre des tiges de renoncules. Et la Belette y veille. Mais les gens d'ici savent que d'une bonne taille dépend le port des fruits, leur abondance et leur saveur. A l'heure de la récolte, tout se paie. Dans six ou sept mois, les arbres diront s'ils ont été bien soignés.

Le maître des lieux, Sylvain Gritti, a pour habitude de suivre l'affaire de loin, ne venant contrôler le travail qu'en fin de journée, quand la lumière rasante dessine nettement les branchages et lui donne, un court instant, l'impression d'accroître encore la puissance et l'harmonie du monde que lui ont léguées ses ancêtres. Impression qu'il garde muette mais qui le remplit d'aise. Sylvain règne paisiblement, obstinément, sur cet univers immuable, réglé depuis des siècles par les mêmes tâches, les mêmes soins, le même respect des cycles naturels et, parfois, des mêmes calamités : le gel inaccoutumé sous ces climats, les pluies mal venues et l'orage de grêle qui frappe comme la main du démon, épargnant la jachère et ruinant le verger.

Ce matin-là, vêtu d'un pantalon de toile écrue et d'un chandail porté à même la peau, Sylvain Gritti n'a qu'un souci en tête, régler la carburation d'un motoculteur aussi rétif à l'ouvrage qu'une mule en chaleur. L'engin n'est pas d'un modèle courant et avait suscité la curiosité et la convoitise de ses voisins quand il en avait fait l'acquisition auprès d'un négociant en grains de Calvi. Dans une région à peu près dépourvue de machines agricoles, un motoculteur de marque anglaise ne pouvait passer inaperçu. Mais la mécanique se montre défaillante. Elle était faite pour le brouillard, la bruine et les terres grasses du Nord. La terre ocrée, poudreuse d'Alziprato ne lui réussit guère. Sylvain, les poignets noirs de cambouis, ausculte le moteur. En le voyant courbé sous le capot, on pourrait le prendre pour un simple mécanicien agricole, mais, dès qu'il se redresse, sa haute stature, les rides qui coupent son visage, comme tracées par une lame de sabre, font à nouveau de lui le seigneur de la vallée. Deux heures plus tard, le moteur répond enfin à l'espoir qu'il plaçait en lui. Jusqu'à la prochaine panne.

Le fils aîné des Gritti, Orso-Paolo, et Anna, sa sœur, se tiennent au bord de la rivière, près du moulin à huile et de ses énormes meules de pierre. A l'automne, une noria d'ouvriers chargés de sacs de jute viennent déposer les olives près du pressoir. Ce matin-là, l'endroit est désert. Accroupi devant le courant d'eau, Orso s'emploie à aiguiser des cisailles avec une pierre. Il met dans ce travail lancinant la même énergie que dans tout ce qu'il entreprend. Anna s'est assise dans l'herbe, sur la rive opposée, et le regarde faire. La jeune fille est descendue de la maison pour aider à installer les tables du déjeuner et se trouve maintenant désœuvrée. Le bruit de la pierre frottant le métal semble l'hypnotiser. Orso s'acharne encore, passe un doigt sur le fil pour en vérifier le tranchant, puis s'interrompt, le front couvert de sueur. Anna se penche en avant pour secouer sa chevelure et s'éventer, puis tourne ses grands yeux sombres vers la montagne qui défend l'horizon. A cet instant, l'éclat de son regard semble illuminer la vie tout entière. Orso plonge alors les mains dans le ruisseau et se met à asperger sa sœur en poussant des cris d'orfraie. Anna s'enfuit en riant et en hurlant qu'il n'est qu'un idiot de berger, un vrai sauvage.

Une cloche aigrelette annonce la pause du déjeuner. Le soleil déjà haut assèche l'atmosphère. De longues tables montées sur tréteaux ont été disposées à l'ombre des châtaigniers. Les ouvriers gagnent les bancs, un à un, pour s'y asseoir lourdement et sortir le couteau.

Le repas est copieux, polenta, fromage de chèvre, jambon de pays, arrosé d'un petit vin frais et âpre. Il provient des collines de Calenzana où la famille de Livio Bonanza, le promis d'Anna, cultive des vignes.

A la table des maîtres, recouverte d'une nappe blanche, les verres ont remplacé les timbales et les gobelets. Sylvain Gritti la préside, entouré de son épouse Félicie, d'Anna, d'Orso-Paolo et des contremaîtres. La conversation roule sur la journée, les arbres, le temps trop sec qui annonce des fruits précoces mais peu charnus. Et puis les cours de l'huile qui ne sont plus ceux d'avant la guerre, les négociants qui crient famine pour mieux tenir les prix. A la fin du repas, Orso échange un bref regard avec son père. A lui de régaler les convives d'une histoire qui fasse honneur au clan. Autour de la table, chacun y va de son couplet. Le patriarche fait tinter la lame d'un couteau sur le rebord de son assiette.

— A toi, fils, raconte-nous comment tu as vu le loup.

Chacun a déjà entendu le récit du combat entre Orso et la bête venue attaquer le troupeau dans la châtaigneraie. Et chacun veut en connaître de nouveaux détails. Orso les donne sans se faire prier. Il n'a pas à inventer. Des témoins sont là qui peuvent jurer de la véracité des faits. Mais un loup, un loup égaré dans la montagne corse !

— C'en était un, tu en es sûr ?

La question, posée sans ironie par un des contremaîtres, loin de désarçonner Orso, amène aisément sa réponse.

— Incroyable, non ? On n'y croyait pas encore le lendemain, avant d'enterrer la dépouille. Là, on l'a bien vu, à la clarté du jour. C'était un loup, pas de doute. Pour moi, l'animal est venu tout petit dans un cargo des Allemands. Ils en ont chez eux, à ce qu'on dit.

— Ah, ceux-là, soupire Félicie Gritti, ils nous auront apporté toutes les misères.

— Et les Italiens, leurs morpions, lance une voix égrillarde.

Du regard, le patron le rappelle à l'ordre et le coupable s'excuse aussitôt auprès des dames. Orso reprend la parole et poursuit son récit avant de conclure en apportant la preuve, la preuve irréfutable qu'il n'a pas rêvé l'aventure. Il tend le cou, exhibant la cicatrice.

— C'est pas d'un loup, ça ?

— Et c'est mon fils qui a eu sa peau ! souligne Sylvain Gritti après avoir vidé son verre. Oui, c'est mon fils !

Il se penche alors pour lui donner l'accolade puis se tourne vers sa fille et l'embrasse en ajoutant :

— Toi aussi, Anna, tu aurais triomphé du loup. Tu n'as peur de rien.

A ces mots, Orso-Paolo lâche d'une voix sourde :

— Tu te trompes, père. Anna est un agneau et un loup veut nous la prendre.

Le visage d'Anna, jusqu'alors souriant, devient soudain pâle. Elle chancelle.

A ce moment précis, très loin de la vallée, dans la pénombre d'une chambre d'hôtel, Antoine et Jeanne Toussaint font l'amour.

XVII

A la gare de Saint-Mandé, Antoine est descendu du train qui ramenait Jeanne vers Nogent. La raccompagner chez ses parents, en brave garçon, après ce qu'ils avaient vécu dans l'après-midi, non, décidément, ça le gênait trop. Il ne se voyait pas franchir le palier et poser deux grosses bises sur les joues de la cousine tandis que le père le retiendrait à dîner. Il essaie de le faire comprendre à Jeanne.

— Je ne sais pas faire semblant. Tes parents, je les respecte. Et toi aussi, Jeanne.

La jeune fille l'a regardé avec un petit sourire ironique. Les garçons ont des scrupules qui l'amusent parfois. Elle sait qu'il a surtout besoin d'être seul, qu'ils en ont besoin tous les deux. Ils se sont aimés si fort et si soudainement que leurs corps demandent à se reprendre, à s'isoler. Elle le rassure :

— Ne t'en fais pas, je leur dirai que tu voulais dormir tôt ce soir. Papa trouvera ça très raisonnable.

Ils se sont encore envoyé des baisers à travers la vitre du compartiment. Puis Jeanne a tendu le pouce comme pour lui signifier qu'elle était fière de lui, fière d'eux, et elle a souri.

Maintenant, il marche le long des pelouses qui bordent le bois de Vincennes. Son plaisir n'est entaché d'aucun remords. Il vient de vivre sa première aventure d'homme. Et la jeune fille s'est montrée si experte qu'il est certain de n'avoir pas été le premier. Il n'a pas fait le mal. Ils se sont fait du bien. Un klaxon d'automobile le ramène brusquement sur le trottoir. Il est ivre, ivre de satiété, de bonheur. Le sommeil le prendra tôt ce soir.

La sonnerie du réveil l'a jeté à bas du lit. Six heures. On l'attend sur le chantier une heure et demie plus tard. D'ordinaire, Antoine se lève et fait sa toilette le cœur léger. Il est du matin et se rue vers la journée qui l'attend avec un appétit d'enfant. Mais, ce jour-là, sa conscience soudain lui pèse.

Arrivé sur le chantier, l'énergie lui revient. Travailler le met à l'aise. Il monte un coffrage avec l'apprenti. Ils plaisantent un peu. Le gamin est en verve, d'autant que le patron ne viendra pas de la matinée, il est allé visiter des clients. A l'heure du casse-croûte, Antoine sort sa gamelle, du riz gluant et une saucisse. L'estomac ne lui manque pas, mais il éprouve le besoin de manger à part, de réfléchir en mastiquant, comme dans sa vie de berger. Manger, c'est le seul moment, là-haut, où l'on peut se confier des pensées qui ne viendront ni dans la journée, à l'étable, ni dans la nuit où l'on dort comme une brute.

Devra-t-il se confesser à Anna et demander son pardon, ou bien tenter d'oublier cette défaillance d'un jour ?

— Ce quignon, tu me le donnes ?

L'un des ouvriers, un Corse d'Ajaccio, veut du pain pour saucer son plat. Antoine lui tend le morceau sans un regard. L'autre s'offusque.

— Eh, Tonio, je suis pas ton chien !

— Non, mais tu m'emmerdes.

La gamelle lui vole aussitôt dans les gencives. Le Corse, furieux, s'est jeté sur Antoine, qui le repousse du bras avant de lui expédier un coup de poing qui manque l'assommer pour de bon. Aussitôt, les autres ouvriers s'interposent. Le Catalan s'est saisi d'Antoine et le sermonne comme une mère :

— Qu'est-ce qui t'arrive, petit ? On fait pas ça aux copains.

Antoine sent la tête lui tourner. La honte le submerge. Il ne comprend pas ce qui lui a pris, cette violence qui l'a jeté dans cette bagarre imbécile. Le Corse aussi semble sidéré par cet accès de folie. Sa mâchoire endolorie le fait grimacer de façon comique. L'apprenti retrouve sa gouaille de titi parisien.

— Et alors, les champions ? Un round et c'est déjà fini ? J'veux qu'on me rembourse.

Eclat de rire général. Antoine se lève, donne une tape sur l'épaule de son adversaire et lui sourit.

— Excuse-moi, mon vieux, j'ai la tête un peu perdue en ce moment. Je te devrai la tournée.

Le week-end suivant, dans le pavillon de Nogent, rien qu'à voir la tête de sa fille devant le mutisme d'Antoine, le père Toussaint devine que ça ne tourne plus rond entre les jeunes gens. Le repas du dimanche s'est déroulé sans qu'aucun des deux ne s'adresse la parole. Jeanne a quitté la table avant le dessert en prétextant une migraine. Son visage fermé et ses yeux trop maquillés cachent mal son chagrin. Antoine, lui, essaie de faire honneur aux œufs à la neige de Madame Toussaint, mais on voit bien que le cœur n'y est plus. Quelque chose s'est brisé. Amédée Toussaint n'est pas un grand explorateur de l'âme humaine mais son instinct lui dicte une attitude de bon sens.

— Mon garçon, dit-il à Antoine en quittant la salle à manger, on va causer un peu.

Il l'entraîne vers le vestibule. Le jardin les attend, avec son potager tiré au cordeau, son allée de gravier, et la petite remise, au fond, toute faite pour l'explication qu'il s'est promis d'avoir avec son neveu.

— Explique-moi. Vous êtes fâchés, Jeanne et toi ?

Antoine secoue la tête en signe de dénégation.

— Alors, pas fâchés, mais plus amis. On n'est plus amis quand on ne se parle plus...

Silence du jeune homme. Il garde la main dans sa poche, sans oser en sortir le paquet de cigarettes. Pourtant, il a diablement envie d'en fumer une à cet instant. L'oncle poursuit :

— Et quand je dis amis, entre un garçon et une fille, c'est souvent moins que ça ou alors, c'est plus, beaucoup plus, non ?

Là, Antoine n'y résiste plus. Il extrait le paquet entamé, tire une cigarette et la porte à ses lèvres. Amédée ne lui fait aucune remarque. Pourvu qu'il s'explique.

— C'est plus compliqué, dit Antoine. Jeanne, je l'aime bien, vous comprenez. Je l'aime bien. C'est tout.

Amédée est devenu rouge de confusion et de colère.

— Ma fille n'est pas assez bonne pour toi, peut-être ? Pour qui tu te prends ? Tu pourrais me succéder, fonder une famille, tu ferais le bonheur de ta mère. Elle n'aurait pas à vieillir en comptant chaque sou.

Antoine jette la cigarette sans l'avoir allumée et l'enterre sous ses pieds. Le calme lui revient. Dans un élan de sincérité, il déclare :

— Jeanne est une fille formidable, mais j'en aime une autre, au pays, et ça ne se commande pas.

Amédée encaisse mieux qu'il ne l'aurait imaginé, mais il ne renonce pas.

— Est-ce qu'elle t'aime, au moins ? Cela fait sept mois que tu es parti. Tu as de ses nouvelles ?

Antoine serre les dents. Il mesure tout d'un coup la gravité de sa faute. Il a trompé l'être qu'il chérit depuis toujours et avec lequel il veut faire sa vie. Tout peut donc arriver ? Anna dont il a tant le souci, cette pure image qu'il porte en lui comme un diamant, s'est peut-être donnée elle aussi à un autre.

Mais cette morsure le quitte aussitôt. Anna n'a qu'une promesse et c'est lui, lui seul, qui l'a trahie. Il regarde Amédée droit dans les yeux.

— Je suis certain de son amour.

Cette fois, le brave homme s'avoue vaincu.

— Ta vie ne va pas être facile, mon garçon. Il faut que tu partes d'ici. Je la connais, ma Jeanne. Elle souffrirait trop.

Un peu plus tard, tandis qu'Amédée fait mine d'inspecter ses plants de laitue pour se donner une contenance, Antoine s'apprête à prendre congé. L'oncle le retient par la manche.

— T'inquiète. Je vais te trouver un autre travail. Chez Vincent Caporossi. Il tient un restaurant à Pigalle. Tu feras la plonge, enfin, comme tu es, pas longtemps. C'est bien fréquenté. Tu y feras ta place.

Puis l'artisan ajoute, avec un curieux rire mêlé d'émotion :

— Et, lui aussi, il t'exploitera.

XVIII

Couchés dans l'herbe drue, odorante, Antoine et Anna contemplent la voûte étoilée. Le ruisseau tout proche exhale sa fraîcheur. Antoine y a pêché dans l'après-midi des truites qu'il a fait rôtir entre deux baguettes de sureau. Anna l'a rejoint, peu après la tombée du jour, en serrant sur son cou sa médaille d'enfant où le graveur a ciselé le visage doux et serein de la Vierge de Calenzana. Sept mois qu'ils ne se sont revus.

Arrivé la veille, Antoine ne s'est pas encore montré dans le village. Il s'est rendu chez sa mère qui, prévenue de son retour, a fait secrètement avertir Anna par le moyen qu'elles ont pour correspondre en cas d'urgence. Un feuillet glissé entre les pierres d'un muret. Anna a souvent rendu visite à Maria Forte avec sa propre mère, Félicie. Les deux femmes, depuis longtemps amies, se sont encore rapprochées après le départ d'Antoine. Félicie s'inquiète de savoir Maria Forte si seule désormais et si démunie. A chacune de ses visites, le panier de Félicie contient des fruits, des légumes et quelques friandises.

— Prends-les-moi, Maria, sinon, tout ça va se perdre. Cette année, le jardin donne que c'en est un remords d'avoir à gaspiller.

Anna s'évade aussi, certains jours, pour rejoindre seule la grande demeure perdue entre les cyprès et les platanes séculaires. Maria Forte l'accueille comme sa fille et toutes deux vont s'asseoir sous la tonnelle de glycine qui flanque l'arrière de la demeure pour s'y entretenir de celui qui leur manque, d'Antoine qui donne si peu de nouvelles. Maria partage le secret d'Anna depuis l'automne. Quand une lettre lui parvient qui est destinée à la jeune fille, elle la lui remet aussitôt et la laisse seule avec les mots qui viendront lui remplir le cœur. Antoine écrit peu mais si bien qu'il parvient à faire voir à la jeune fille les toits de Paris, les rues toujours animées, la foule où il lui dit se perdre maintenant avec bonheur, car les gens de là-bas se moquent d'épier la vie de leurs voisins et de la juger. « Dans cette ville, disait l'un de ses courriers, tu n'as pas besoin de te cacher. Tout devient possible, tout arrive. » Anna se demande ce qu'a bien pu vivre Antoine et dont il ne parle pas. Ce qu'elle découvre parfois dans ses lettres lui fait craindre de se trouver un jour face à un étranger. Toutefois, elle lui répond simplement, du même ton qu'elle a pour se parler à elle-même. Ses phrases à l'écriture déliée ont l'innocence et la beauté d'une prière d'enfant. Elle ne sait pas qu'Antoine les lit le cœur battant.

Le chant d'une rainette se fait entendre, troublant à intervalles réguliers le silence et l'harmonie de la nuit. Anna se redresse et coule un regard ébloui vers le visage d'Antoine. Elle le croyait apaisé et le découvre empreint d'une expression de douleur. Il se tourne alors de son côté et lui fait face.

— Il faut que je te dise quelque chose.

Les yeux d'Anna se voilent dans l'instant. Cette voix devenue grave la fait tressaillir et l'avertit d'un malheur. Elle voudrait ne pas entendre l'aveu qu'Antoine s'apprête à lui faire. Sa gorge se serre. Le froid l'envahit.

Mais Antoine ne se dérobe pas. Il ne veut rien cacher à Anna.

— J'ai connu une femme, là-bas... une fois. Pourras-tu me pardonner ?

Anna a imaginé la scène cent fois pendant son absence et se l'est amèrement reprochée. Ce tourment qui la déchirait lui faisait honte. La jalousie aveugle n'est pas dans sa nature. A présent, la voilà saisie d'effroi. L'ombre qui les enveloppait doucement jusqu'alors est devenue froide et pressante comme un mauvais songe. Antoine s'est tu, mais son regard d'homme blessé ne la quitte pas.

Elle balance un instant au-dessus du gouffre qui s'est ouvert en elle, puis, dans un sanglot, saisit la figure d'Antoine entre ses mains. Ils sont à présent agenouillés l'un contre l'autre. Anna porte ses lèvres contre celles d'Antoine et lui murmure :

— Pour te punir, tu vas m'aimer très fort. Plus fort qu'elle, plus fort que toutes celles que tu as connues avant moi.

Antoine se raidit. Le vertige le saisit. Anna l'enlace, se presse très fort contre lui. Il ne l'a jamais autant désirée. Une joie sauvage le submerge. Anna lui pardonne ! Ensemble, ils roulent dans l'herbe, s'embrassent avec passion et se laissent emporter comme des algues dans le courant des flots.

Anna s'est lovée contre le flanc d'Antoine et laisse courir ses doigts sur le torse et les épaules de son amant. Il lui jette un regard tendre. Son corsage est encore ouvert, sa jupe froissée. Ses jambes aux attaches tendues et fines sont nues.

Plus tard, Anna cherche ses sandales, oblige Antoine à se relever. Il résiste, la saisit par les poignets, la fait se pencher au-dessus de sa tête, lui vole un baiser. Elle proteste en riant. Elle veut ses chaussures, le supplie de les lui rendre. Il refuse qu'elle s'en aille. Pas encore. Il se retourne et l'enlace. Il veut respirer encore sa peau. Elle cède à ce dernier assaut.

Mais, à l'heure de se séparer, Anna lui dit d'une voix grave :

— N'oublie pas que je suis une femme corse. Si jamais tu me manques une autre fois, tu n'auras plus d'aiguillon pour le faire.

XIX

Dans un panache de poussière, Orso-Paolo, les yeux protégés par d'énormes lunettes en mica, fonce au guidon de sa moto sur la route qui mène à l'oliveraie. Dans le pays, tout le monde connaît cette Ducati de grosse cylindrée. Sylvain Gritti l'a récupérée dans les fourgons de l'armée d'occupation italienne. Son fils en a hérité.

Livio le borgne le guette près de la pierre levée qui marque le seuil de la propriété. Il a couché sa bicyclette contre le talus. Voilà plus d'une heure qu'il attend. Le grand échalas a gagné cet automne ce surnom en perdant son œil gauche, l'œil du Malin. Mauvaise chute, a-t-il prétendu quand le mal s'y est pris et qu'il a fallu lui coudre les paupières. Mais il n'est pas seul à savoir à qui il doit d'être devenu borgne. Anna Gritti s'en souvient aussi. Elle n'en a jamais parlé à personne, excepté à un prêtre de Calenzana que le secret de la confession rendra muet jusqu'à sa mort. Au curé d'Alziprato, qui la connaît depuis le berceau, elle n'a pas osé avouer sa faute et, plus encore, l'humiliation vécue cette nuit-là. Antoine n'en a rien su. Il aurait tué Livio.

La Ducati s'est arrêtée devant Livio Bonanza. Orso paraît excédé.

— Que fais-tu là ? Un client m'attend et je suis en retard.

Sa main actionne nerveusement la poignée d'accélérateur et fait gronder le moteur. Livio doit presque hurler pour se faire entendre.

— Antoine Forte est revenu !

Orso coupe les gaz.

— Je le sais, on l'a vu descendre avant-hier de l'autocar. Il est allé chez lui et il est reparti ce matin. Tant mieux pour la veuve. Et bon vent.

— Il l'a vue, Orso, moi je sais qu'il l'a vue, là-haut, près de la cabane.

— T'as rien vu, le Borgne ! T'entends, personne n'a rien vu !

Puis, pointant un doigt menaçant vers Livio et sur son œil resté valide, il ajoute :

— Et si tu me chauffes encore avec tes visions, ton autre œil, je l'envoie rouler dans le fumier. Compris ?

La moto redémarre sur les chapeaux de roues en projetant une salve de graviers. Livio lève un bras pour se protéger le visage puis le laisse retomber, stupéfait.

Non loin du moulin, dans une bâtisse où sont entreposés outils et matériels de cueillette et dont une aile abrite le bureau de la propriété, un journalier débroussaille une parcelle à la faux. Des pieds d'oliviers plantés avant l'hiver y portent leurs étroites et frêles ramures. Vincenzo Colona s'acquitte de sa tâche sans réelle ardeur. Employé dans la journée sur l'exploitation, il émarge le reste du temps comme agent subalterne de l'Honorable Société. Un petit mafioso payé pour tendre l'oreille et porter des plis. Ce matin-là, il a coiffé la casquette du télégraphiste. On lui a confié un message à transmettre discrètement à Orso-Paolo.

Vincenzo redresse le buste et frotte ses reins endoloris. Il vient d'apercevoir le fils du patron ranger sa moto près de la grande remise. Il n'a que quelques pas à faire pour lui glisser le mot, mais la Belette est encore sur son dos, à le houspiller. Vincenzo croise alors les bras au-dessus de l'estomac et se plie en deux en faisant la grimace.

— Faut que j'y aille, ça presse.

D'un geste excédé, le contremaître l'envoie se soulager.

Vincenzo fait mine de se diriger vers les latrines qui jouxtent l'arrière des communs, mais son regard ne quitte pas le jeune homme qui s'apprête à pénétrer dans le bureau.

Orso-Paolo, du coin de l'œil, a surpris le manège mais préfère l'ignorer et se rue vers le local où ont pris place le comptable et un négociant en huiles. Il y pénètre en refermant aussitôt la porte derrière lui, salue d'une rapide poignée de main les deux hommes et se laisse tomber dans un large fauteuil en rotin.

Les trois hommes ont à discuter de la livraison de l'hiver. Des centaines de fûts dont le négociant affirme devoir vendre le tiers à prix coûtant. La ficelle est grosse mais le marché est en train de s'effondrer devant la concurrence des autres oléagineux. L'arachide est en plein essor et le gouvernement soutient les intérêts de ses colons en Afrique. Orso fait la bête. Il est bien plus instruit de ces affaires qu'il ne l'affiche devant les clients, sans quoi son père ne se reposerait pas sur lui pour discuter un contrat, mais il est dans son rôle : nier l'évidence tout en offrant un mince espoir de compromis au négociant retors.

Il n'est pas habitué à traiter avec le fils. Le père est aussi dur mais plus enrobé dans le ton, moins abrupt. La nouvelle génération n'a pas la manière. Le négociant prend un air buté. Il ne concédera rien si on lui refuse ne serait-ce que la justesse de sa démonstration. Il raisonne en économiste distingué, pas en meunier. Orso a d'autres arguments, il se penche vers le comptable et le prie d'appeler la fille qui s'occupe des travaux de ménage dans le bâtiment. Une belle plante qui vous sert le carafon d'eau avec un sourire de Madelon.

Mais la demoiselle ne produit aucun effet sur le client. La discussion s'enflamme. On grille des cigarettes, on s'éponge le front. Dans le brouhaha qui règne alors dans la pièce, seul Orso-Paolo perçoit le bruit d'un petit caillou jeté contre la vitre de la porte d'entrée.

Il se lève d'un bond du fauteuil, fonce vers la porte, l'ouvre, sort et scrute la cour empierrée. Personne. Une voix le hèle soudain, qui lui fait tourner la tête. Embusqué derrière un buisson, Vincenzo lui fait signe d'approcher. Orso s'exécute, furibond, et tance l'intrus :

— Personne ne doit nous voir ensemble. Jamais.

— Personne ne nous a vus. Le Padre te demande de passer chez lui.

— J'irai ce soir.

Le journalier courbe les épaules.

— Il a dit « maintenant ».

XX

Sa matinée perdue, le contrat envolé, Orso-Paolo déboule de très méchante humeur devant la cabane où loge le Padre. La course a été longue et l'air surchauffé des collines lui assèche la gorge. Il évite les ronces et frappe à la porte. Trois coups. Puis il pousse le loquet et entre.

Dans la pénombre, une paire d'yeux étincelants l'accueille et le sonde dans l'instant. Le sorcier n'a aucun mal à deviner l'état d'esprit du jeune homme. Et s'en amuse. Quelques secondes s'écoulent qui tiennent Orso suspendu entre la colère et la soumission. Enfin, le Padre se lève et lui donne l'accolade.

— Il va falloir apprendre la patience, mon cher neveu.

Orso-Paolo se contient à grand-peine, et le Padre d'ajouter en souriant :

— Et l'obéissance aussi.

Avant qu'il ne reprenne sa place, un homme pénètre à son tour dans le cabanon. Lui n'a pas frappé. Il porte un feutre mou et une chaîne de montre pend à son gilet. C'est l'un des trois *capo mafioso* qui ont reçu Orso-Paolo au sein de l'Organisation. L'aîné des Gritti sent sa fureur retomber. Il n'est pas rassuré pour autant. Le caïd lui parle sur un ton familier.

— Tu as de la chance, gamin. Tu vas pouvoir décrocher le gros lot sans même avoir à grimper l'échelle. Il paraît que, tout petit déjà, tu avais l'âme d'un chef.

Le Padre semble peu concerné et lisse le pommeau de sa canne de ses longs doigts aux ongles jaunis.

Le mafioso invite Orso à s'asseoir sur une chaise bancale, à côté de la cheminée. Lui reste debout.

— Je m'explique. On va enrichir ton commerce. On va l'enrichir dans des proportions que tu n'imagines pas.

Orso a réussi à se caler solidement sur sa chaise, jambes écartées, mains posées sur les genoux. Il attend la suite, attentif mais résolu à secouer le joug si cela doit peser sur l'orgueil du nom. Le caïd reprend, du même ton patelin :

— C'est très simple, on va stocker chez toi et on va expédier la marchandise dans tes emballages. On ne dérangera pas plus que ça. C'est juste qu'on va remplacer ta marchandise par la nôtre et ça va partir avec elle, à Gênes et à Marseille. Et ça rapportera cent fois plus que la mise de départ. Tu te rends compte, minot, de la confiance qu'on met en toi ?

Orso vient de sentir le poids du joug. Il est accablé. Il répond, livide :

— C'est impossible. Je travaille pour mon père. On ne fait pas ça à son père !

— Tu as bien raison, on ne respecte jamais assez son père. Mais qui te parle de lui causer du tort ? Il n'en saura jamais rien. Mais nous, on connaîtra ta valeur. Tu auras fait tes preuves.

— Je ne peux pas.

— Ça n'est pas la réponse que j'espérais. Admettons que je n'ai rien entendu.

Il se tourne alors vers le Padre, toujours penché sur

sa canne, lui baise rapidement la main et lui dit de manière à se faire entendre du jeune homme :

— Je te laisse avec ton neveu. Tu veux bien lui expliquer ?

XXI

Depuis son premier service, la veille au soir, l'un des apprentis cuisiniers des Jardins de Sicile lui serine aux oreilles une chanson de la môme Piaf :

« Moi, j'essuie les verres au fond du café. »

Ce n'est pas fait méchamment, mais la scie commence à agacer Antoine. Il a été embauché pour faire la plonge, garde les mains dans l'évier huit heures par jour, récure des centaines de couverts et d'assiettes, mais il n'est pas un bleu qu'on met à l'épreuve. L'apprenti commet l'erreur de pousser à nouveau sa rengaine. Antoine, posément, prend alors un chiffon, s'essuie les mains, va vers le chanteur, s'arrête face à lui et le fixe droit dans les yeux.

— Tais-toi !

Antoine a juste mis le ton qu'il fallait pour se faire entendre. Et l'apprenti s'est tu aussitôt.

L'établissement tenu par Vincent Caporossi campe sur le boulevard de Clichy, à deux pas de la fontaine de la place Pigalle. Ce restaurant compte parmi les tables les plus réputées et les mieux fréquentées du quartier. La faune alentour est abonnée à d'autres enseignes et la pègre n'y délègue que ses plus éminents dignitaires. On y déjeune et l'on y dîne d'excellents poissons débarqués à Boulogne et de fruits de mer pêchés à Cancale, même si la cuisine emprunte aux meilleures recettes du bassin méditerranéen. La salle des Jardins de Sicile, décorée dans les années vingt, porte des médaillons et des fresques signés Vuillard. Mais le propriétaire a imprimé sa marque dans le mobilier. Importé d'Italie, il évoque un parfum d'élégance, d'oisiveté, et de bonhomie toute méridionale. On vient y prendre des repas qui sont aussi des vacances. De la terrasse, les clients voient tourner les ailes scintillantes du Moulin-Rouge.

Antoine n'a guère le temps d'apprécier le décor. Amédée Toussaint, son oncle, l'avait prévenu :

— Dans la restauration, Tonio, on travaille dur, on est considéré, mais on est mal payé.

En revanche, il avait oublié de lui dire que les nuits y étaient courtes et qu'on y améliorait parfois son salaire au poker.

Les premiers temps, le nouvel employé n'en a rien su. Mais il a fini par s'étonner de partir toujours le premier, quand les serveurs, réunis dans l'arrière-salle, avaient tous l'air de traîner. On le saluait gentiment puis chacun prenait ses aises dans son dos. Antoine a vite compris qu'on l'expédiait se coucher. Un soir, il s'est attardé, et c'est le premier serveur, André, un grand type sec et nerveux avec une houppe sur le front, qui l'a mis dans la confidence.

— Tu aimes les cartes ? T'as devant toi des enragés, mais à la loyale. Ici, pas d'entourloupes, on est entre amis. Qu'en dis-tu ?

— Je suis des vôtres. Mais le patron, il en dit quoi ?

— Bah, il s'en doute, mais le boulot est fait, y a pas de mal à se détendre un peu.

Autour de la table, la hiérarchie n'existe plus. Les

vestes sont dégrafées, les cols ouverts et chacun savoure à sa façon ces coulisses du théâtre qu'est le restaurant. On a quitté les effets de scène, le ballet des figurants, la colère du matamore ou les facéties du valet de comédie. L'atmosphère, électrique dans le feu du service, devient presque recueillie. On s'y retrouve avec des mines de comploteurs.

Mais il est des parties plus animées que d'autres. Les enchères montent parfois et il n'est pas rare qu'un joueur malchanceux perde ses gains du mois en quelques heures. Ses adversaires savent qu'il n'a fait que prendre son tour et que, tôt ou tard, sa chance tournera.

Antoine en fait vite l'expérience, mais il sait limiter ses pertes. Pourtant, le jeu l'a gagné d'entrée. Il aime jouer, c'est une révélation qui ne le quittera plus. Joueur mais pas flambeur. S'il commence par perdre, car il faut « payer pour apprendre », ce qui l'excite en réalité, c'est d'acquérir les rudiments du jeu, d'en maîtriser les ressorts et d'y exercer un ascendant qui lui est naturel. La psychologie du jeu le passionne, bien plus que les gains à empocher. S'il remporte la mise, c'est qu'il a su conduire son affaire. Comment s'y est-il pris ? Quelle leçon en tirer ? Le jeu devient pour Antoine un miroir où corriger ses attitudes, préciser un geste, adapter un mouvement. Et, à cette école, il se montre bientôt très doué.

Le premier serveur, qui l'a affranchi, ne tarde pas à lui en faire compliment.

— On croyait s'être trouvé un pigeon, mais c'est toi qui nous plumes !

La gaieté, la générosité et l'autorité tranquille d'Antoine Forte lui valent l'estime et l'amitié de ses compagnons de jeu. Même s'il leur prend, en toute ingénuité, une bonne partie de leurs gages, Antoine Forte est intègre. Lors d'une partie plus chaude qu'à l'accoutumée, un des serveurs se querelle avec son vis-à-vis. Il prétend l'avoir vu battre les cartes de façon suspecte. Aussitôt, le jeune homme intervient pour ramener les plaideurs à la raison et personne ne songe à lui reprocher d'être à la fois juge et partie. Il lui suffit, ce jour-là encore, d'y mettre le ton pour qu'on le comprenne. Un ton juste où l'accent du pays a presque cessé de se faire entendre. La mue est en train de s'accomplir. Antoine l'ignore encore, mais un homme qui n'est pas présent au milieu des joueurs, un homme qui n'a apparemment daigné le regarder qu'une seule fois, devine alors qu'il a fait entrer un gagneur dans son équipe.

Cet homme-là s'appelle Vincent Caporossi et rien de ce qui se joue et se trame dans son établissement ne peut lui être dissimulé.

Quinze jours plus tard, Antoine quitte la plonge pour accéder au service en salle. Un mois encore, et le voilà second serveur. Avant le terme du suivant, le premier serveur, André, le grand sec, souffrant d'une lombalgie chronique, doit céder son poste. Le remplaçant n'est pas long à trouver. Personne ne s'en plaindra. La qualité du service attire de nouveaux clients. Et le charme d'Antoine s'aiguise en se frottant midi et soir aux plus fins esprits et aux plus délicats palais de la capitale.

Vincent Caporossi comprend qu'il est temps de l'initier au dernier degré de sa loge personnelle. Un après-midi, entre deux services, le patron entre dans l'arrière-salle et fait signe à Antoine Forte de le rejoindre.

— Passe dans mon bureau demain à dix heures. J'ai une offre à te faire.

XXII

Après avoir refermé la double porte capitonnée, Vincent Caporossi invite Antoine à prendre place dans un fauteuil à l'assise si profonde que le garçon a l'impression de s'y affaler. Il se penche en avant, mains croisées sur ses genoux, puis, inconsciemment, rectifie sa position et trouve la bonne assiette. Détendu mais solidement installé, il a les jambes un peu écartées, le buste dégagé, les bras posés sur les accoudoirs. Caporossi, toujours attentif au comportement de ses visiteurs, n'a pas manqué de noter ces détails. Antoine se tient devant lui comme un égal. Tranquillement.

Le patron s'en amuse, mais il est tout de même un peu agacé. Il ouvre une armoire, en retire un coffret et offre un havane au jeune homme. Un Lonsdale de dix-sept centimètres de diamètre. A dix heures du matin, ce cigare fait exploser des arômes difficiles à maîtriser pour un néophyte.

Dès la première bouffée, Antoine est pris d'une quinte de toux puis, l'ayant dominée et veillant à ne pas aspirer la fumée, il revient y goûter. Il n'est pas dit qu'il se dérobera à l'épreuve. Mais la seconde prise le fait encore toussoter.

— C'est mon premier.

Caporossi se contente d'esquisser un sourire distrait.

Il savoure son cigare avec nonchalance, en faisant rouler de temps à autre la cape entre ses doigts. Les deux hommes s'observent entre les volutes de fumée bleue avant que le patron des Jardins de Sicile ne finisse par rompre le silence.

— Tu es devenu une épée au poker.

— Les nouvelles vont vite. Si je repère le bavard, je lui frotte les oreilles !

Vincent Caporossi tire à nouveau sur son havane et tourne son regard vers un rideau tendu devant l'une des cloisons du bureau. Antoine y pose les yeux à son tour. Son patron quitte alors son siège.

— Le voilà, le bavard.

Puis, tirant le rideau, il fait apparaître une glace sans tain. Dessous se trouve encastré un haut-parleur en bakélite noire dont il actionne une manette.

Derrière la vitre, Antoine découvre l'arrière-salle du restaurant où sont attablés deux serveurs et, grâce à l'amplificateur, perçoit nettement leur conversation. Ils sont en train d'échanger des confidences sur une fille de salle peu farouche.

Antoine se lève, indigné.

— Comment pouvez-vous faire ça ? Vous êtes notre patron, pas un flic !

Caporossi a tiré le rideau et regagne son fauteuil.

— Si tu étais à ma place, tu penserais autrement. D'accord, j'écoute aux portes, je regarde par les trous de serrure. J'en apprends pour mon plaisir, la curiosité est un vice agréable à satisfaire, mais j'en apprends aussi à mes dépens. Je connais mes surnoms, je sais qu'on me prête des crimes et des délits affreux, et j'essuie parfois des insultes. Mais, dans un grand restaurant comme le mien, sache que si on te vole, tu mets la clef sous la porte en moins de six mois.

Antoine, mâchoires serrées, inspecte des yeux la pièce comme si elle contenait les rouages d'une machine infernale. Vincent Caporossi ne se fait pas prier. Ouvrant les placards qui tapissent les murs, il expose alors l'ingénieux système qui lui permet de contrôler les moindres faits et gestes de ses employés, voire d'en lire les pensées. Il a fait installer dans son restaurant un jeu de miroirs et d'instruments optiques et acoustiques qui lui renvoient l'image et le son de toutes les pièces. Les cuisines et les salles sont particulièrement surveillées car elles abritent les points stratégiques de ce petit royaume. En revanche, les toilettes fréquentées par la clientèle conservent leur intimité. Caporossi n'est pas un voyeur mais un gestionnaire avisé. Et prévenu. Il ajoute à l'intention du jeune homme qui maîtrise difficilement son indignation :

— Vois-tu, Antoine, je t'ai dévoilé mon jeu, mais sans lui, tu serais encore à faire la plonge. C'est parce que je t'ai vu, toi, le Corse de ta montagne, gagner de l'assurance, te dégrossir à vue d'œil, oui, à vue d'œil, que tu as gagné du galon. Et c'est parce que j'ai perçu tes capacités d'analyse, ta rapidité de décision, des dons qui peuvent faire de toi un chef, que tu es là ce matin devant moi.

— Il y a d'autres moyens pour apprécier quelqu'un. On ne fait pas marcher une affaire en se cachant derrière un rideau pour tirer les ficelles. Vous prenez les gens pour des pantins ? Je ne joue pas à ça.

— Eh bien, à toi de sortir ton jeu. Tu as de l'ambition ? Je te fais une offre. Veux-tu diriger le restaurant ? Tout. Les achats, la cuisine, le personnel, la comptabilité. Tout.

Le visage d'Antoine reste impassible. Il prend le

temps de sortir un paquet de Gitanes de sa poche de veston.

— Vous permettez ?

Caporossi permet. Antoine allume une cigarette et se met à parler comme si l'offre n'était pas faite pour l'étonner, mais demandait à être discutée dans le détail.

— J'accepte, mais à deux conditions... Une, de supprimer ce dispositif d'espionnage. Pour vivre avec eux, je réponds de l'honnêteté des employés. Je n'ai jamais rien surpris de louche, même pas ces peccadilles qu'on voit ailleurs. Et s'il y en a un pour croire que je suis aveugle, même sa mère refusera de le plaindre. Deux...

Caporossi écrase son cigare dans un cendrier en albâtre.

— Je t'écoute, continue.

— Deux, je tiens à relever les salaires, tous les salaires.

Un tic nerveux fait tressauter la paupière de Caporossi. Cette condition-là n'était pas envisagée. Mais Antoine n'en démord pas.

— C'est dans l'intérêt du restaurant. Si on les paye mal, on ne les gardera pas longtemps. Et ils auront raison de partir. Je veux aussi les intéresser aux bénéfices, ça augmentera le chiffre d'affaires. Je m'y engage personnellement.

Caporossi garde un moment le silence, puis, d'une voix suave, demande :

— La politique, Antoine, ça ne t'a jamais tenté ?

— Je n'y connais rien.

— Tant mieux. Pour moi, l'affaire est conclue, je te remets les clefs.

Puis, cherchant un nouveau cigare dans le coffret, Caporossi ajoute :

— Prends-en un second. Tu t'y habitueras vite.

XXIII

L'orage a grondé toute la nuit dans la montagne et, ce matin, une petite pluie fine recouvre d'un frais linceul les *solanas*, les bosquets et les sentes qui entourent le village d'Alziprato. Anna, coiffée d'un long châle, accourt en frissonnant devant la maison des Forte. Elle n'a que le temps d'essuyer ses larmes avant que la porte s'ouvre.

— Entre, entre vite, ma chérie, tu vas attraper le mal !

Maria la prend par les épaules et la conduit vers la cuisine en lui frictionnant le dos.

— Défais-toi de ce châle, il est trempé. Veux-tu une tisane ? J'étais en train de faire infuser du tilleul. Tu vois, j'ai même amené des bûches. Si je m'attendais à te voir venir par ce temps !

La jeune fille passe furtivement une main sur son visage et s'assoit sur la chaise paillée, devant la cheminée. Sa poitrine lui fait mal et une soudaine fatigue s'abat sur elle tandis que Maria s'affaire autour des brandons de paille qui lui servent à lancer le feu.

— Tu te rends compte, dans huit jours, on fête la Saint-Jean, et le Bon Dieu nous envoie la grêle et du froid en pareille saison !

Anna répond d'une voix qu'elle s'efforce de rendre naturelle.

— Pour moi, je pense aux bergers, là-haut. On dit qu'il y a eu de la grêle. Le froid qu'il doit faire maintenant !

— Orso-Paolo n'est pas monté cette année ?

— Ni lui, ni aucun de la propriété. Le père a voulu les garder pour les olives et, cette fois, mon frère a obéi.

La paille s'est embrasée d'un coup et le feu craque maintenant sous les brandons. Maria, penchée près de l'âtre, surveille la montée des flammes, un lourd tisonnier de fer forgé à la main.

— Il m'a l'air de s'être calmé, ce sacripant. Pardonne-moi, Anna, mais Orso en a fait voir de belles à tes parents et tout petit déjà.

— Je l'aime comme il est, et pourtant, il veut mon malheur.

— Oh, pour Antoine, c'est pardonné. Ça lui passera, à ton frère, quand il le verra comme il est devenu. Sois confiante, ça s'arrangera.

Mais, à cet instant, Anna ne pense pas à Antoine. C'est autre chose qui lui pèse et le cœur lui manque d'en parler.

La tisane bue, la jeune fille retrouve ses aises et renoue le fil d'une conversation moins chargée d'émotions et de sombres pensées. Maria a bien remarqué quelque chose mais, depuis quelque temps, Anna l'a habituée à de brusques sautes d'humeur. Elle se dit parfois qu'« Anna a trop de sang ». Comme son fils. Ces deux-là sont de beaux enfants, mais pas commodes à élever.

Par la fenêtre, vient d'entrer un rayon de soleil. Anna se lève et vient le recueillir sur son bras nu, comme le jet d'une fontaine. Un geste d'enfant. Maria la regarde en souriant.

— Bon, suffit de traîner. Du travail nous attend à l'atelier.

La pièce, close de planches et d'un mur en moellons, se trouve à l'extrémité de la terrasse. Elle contient tout le savoir-faire de Maria, celui hérité de sa mère et de sa grand-mère, et qui transforme une toison laineuse, rêche et emmêlée, en laine à tricot et en pelotes colorées de pastel, de brou ou de garance. Maria a entrepris depuis quelques jours d'initier la jeune fille aux secrets du cardage et de la teinture.

Les nuages ont déserté le ciel. Les deux femmes sont à présent assises l'une en face de l'autre sous la pergola, protégées du soleil par un auvent de toile. Chacune d'elles travaille à son rouet. La laine file, amincie, assouplie par les doigts agiles de Maria qui volettent, tels des moineaux, de l'écheveau à la roue qu'elle fait tourner à un rythme soutenu.

De sa belle voix de contralto, la veuve Forte accompagne le ronronnement du rouet d'une chanson de l'Île-Rousse, son pays d'origine. La ritournelle évoque un amour contrarié que la foi des amants finit par vaincre et rendre triomphant.

Anna lui prête une oreille distraite ; elle se débat avec son rouet et peine à sortir un fil égal. Maria ne peut s'empêcher de rire de sa maladresse.

— Il va porter un sacré tricot, notre Tonio.

Anna rit à son tour. Elle se lève, abandonnant son rouet, et court se réfugier dans le giron de Maria qui laisse tomber son ouvrage. Elle l'embrasse affectueusement et se met à la bercer et à la cajoler en murmurant :

— Toi, mon poussin, tu as besoin de tendresse.

— Ah ! Si tu savais comme j'en ai besoin. Comme nous en avons besoin...

— Ne me dis pas...

Anna se tait puis, doucement, se dérobe aux bras de Maria et reste assise à ses genoux, la tête penchée en avant. Seules ses mains trahissent l'émotion qui l'a saisie. Elles tremblent de l'aveu qu'elle hésite encore à faire. Maria a posé sur la jeune fille un regard brouillé de larmes. Et les mots finissent par sortir.

— Maria, je suis enceinte. Depuis deux mois, enfin je crois. Personne ne le sait. Tu es la seule.

Les larmes n'ont pas coulé.

— C'est Antoine, le père ?

La question semble faite pour tirer Anna de sa confusion et lui rendre son vrai visage, ardent et fier.

— Tu en aurais douté ? Si tu n'étais pas comme une mère pour moi, je t'aurais puni de ça.

Quand Maria, en bonne chrétienne, devrait s'offusquer devant un péché commis par deux jeunes gens qu'aucun sacrement n'autorise à s'aimer charnellement, elle se trouve en position d'avoir à s'excuser. Mais comment leur en vouloir ?

— Comprends-moi, c'est si... si merveilleux !

C'est trop fort, trop profond chez elle, un petit à naître, un petit à aimer. Maria s'est levée pour respirer un grand coup, en paysanne qu'elle est, devant le meilleur de la vie, la venue d'un enfant. Et la voilà maintenant qui danserait presque et Anna qui reste accroupie, hilare, emportée par la joie qui la secoue, elle aussi, et la délivre d'un fardeau si lourd à porter, depuis si longtemps. Puis Maria se reprend et demande avec gravité :

— Antoine le sait-il ?

Anna lui répond d'une voix ferme.

— Je ne veux pas qu'il sache. Ça doit rester entre nous. Entre femmes. Le pire peut arriver. Antoine apprendra qu'il est père quand ce sera l'heure. Il est loin, il en souffre, il n'a pas à porter ce poids. C'est moi qui le porterai.

— Pas seule, Anna. Je serai là pour t'aider, et d'autres peut-être.

— Non ! Pas eux. Je ne t'ai pas tout dit.

Maria l'écoute maintenant, adossée à la balustrade, les mains jointes devant sa bouche. Le visage crispé de la jeune fille l'effraie.

— Ma famille et celle de Livio Bonanza veulent nous marier à tout prix. Et Orso-Paolo me l'a bien fait comprendre. C'est lui qui pousse Livio, je le sais. Cet homme ne remettra jamais la main sur moi. Jamais, tu m'entends ! Oui, il a voulu me forcer. Pauvre homme qu'il est ! Non, ne crois pas qu'il m'ait salie. Il a juste tenté de le faire et il l'a payé cher.

« Trop de violence. » Maria croise ses doigts. Anna poursuit :

— Mais si Antoine apprend que je suis enceinte, il reviendra. Et il y aura mort d'homme.

Les deux femmes se regardent, consternées. Au même instant, des coups sont frappés à la porte d'entrée.

— Ne te montre pas, Anna. J'y vais.

XXIV

Le facteur aurait pu passer un autre jour, mais il a choisi celui-là pour remettre à Maria Forte un courrier qui porte le tampon d'un centre de tri parisien. A l'intérieur de l'enveloppe, un mot tendre pour sa mère et une seconde enveloppe destinée à Anna, qui contient d'autres mots, bien plus longs à lire.

— Tiens, ma fille, prends-la et cours retrouver ton amoureux. Nous reparlerons de tout cela plus tard. Tu ne m'écouterais pas. Tu n'as d'yeux que pour la lettre. Allez, va, mais sois prudente, pense à toi.

Maria pose un baiser sur le front d'Anna et reprend :

— Pense à vous deux.

Rentrée chez elle, Anna monte dans sa chambre et s'y enferme à clef. Elle vient s'asseoir devant sa coiffeuse, lisse son front et ses joues rosies par la course, passe un doigt sur sa bouche comme si elle voulait y relire d'autres mots qu'on a posés sur ses lèvres, avant. Des mots d'amour et la promesse d'un retour. Puis elle déchire l'enveloppe de l'ongle du pouce et, le cœur battant, parcourt des yeux ces lignes tracées d'une main ferme, qui couvrent toute la feuille. Déjà, avant même qu'elle n'en saisisse le sens, elles lui parlent de son amant. De reconnaître l'écriture d'Antoine la transporte ainsi, chaque fois.

Le lire la bouleverse plus encore. Sa lettre ne laisse aucun doute sur ses sentiments. Elle a beau chercher derrière les mots, sous les phrases, rien qui doive l'alarmer. Bien sûr, il lui parle d'une ville qu'elle redoute encore comme le philtre ensorcelant d'un mauvais mage, mais Antoine l'aime, elle en a la certitude. Elle n'a jamais ressenti aussi fort ce besoin de certitude.

Et il lui apprend la nouvelle de sa nomination à la tête des Jardins de Sicile. Sans devoir s'en vanter, mais pour se féliciter d'avoir accompli un pas décisif. « Nous allons enfin, lui écrit-il, pouvoir nous aimer au grand jour. »

Anna porte sa main sur son ventre. « Antoine, si tu savais... »

Perdue dans son rêve, la jeune fille perçoit à peine la voix de sa mère qui s'inquiète de trouver la porte close.

— Ouvre, ma chérie ! Que se passe-t-il ?

Anna sursaute, quitte aussitôt la coiffeuse, court dissimuler la lettre derrière la plinthe qui lui sert de cache et gagne la porte qu'elle entrouvre en s'efforçant de dominer son émoi. Sa mère passe la tête dans la chambre et l'inspecte d'un bref regard circulaire, comme pour s'assurer qu'Anna s'y tient seule.

— Tu dormais à cette heure ?

— Oui, j'ai dû m'endormir. J'étais fatiguée, j'ai couru sous la pluie ce matin.

Félicie l'observe un court instant d'un air étonné. Sa fille lui échappe de plus en plus.

— Recoiffe-toi et, s'il te plaît, quitte cette robe, tu

en as bien d'autres tout de même. Arrange-toi convenablement et rejoins-nous. Livio t'attend au salon.

— Je n'irai pas.

— Pas de caprices, Anna ! Tu te prépares et tu descends.

— Jamais !

Et, d'un coup de pied, Anna claque la porte au nez de sa mère, tourne la clef à double tour et court se jeter sur son lit pour s'y pelotonner comme un animal aux abois.

Dans le couloir, Félicie lève les yeux au plafond et revient tambouriner à la porte. Elle cédera, elle s'en fait la promesse.

— Anna, si ce n'est pas moi, c'est ton père qui viendra te chercher. Tu m'entends ? Anna ? Ouvre-moi ou j'appelle ton père.

XXV

Sur un vaste bureau Régence, près d'un maroquin en cuir vert, dans un cadre en bronze doré, une femme d'une quarantaine d'années sourit. Sa chevelure cendrée, les traits de son visage délicat et racé suggèrent une indicible mélancolie. Le photographe a estompé les rides au tirage, et le regard presque transparent, frangé par l'ombre des cils, semble considérer un monde irréel. Ce regard-là s'est éteint.

Etienne Brun-Rouard est veuf depuis trois ans. Il se tient à cet instant devant la baie vitrée qui donne sur un parc à l'anglaise, avec ses bouquets de bouleaux, ses hêtres, ses allées sinueuses et sa roseraie taillée avec soin. Il regarde s'allonger les ombres du soir. Sa demeure, inspirée des paquebots transatlantiques des années trente, avec ses coursives, ses terrasses et ses salons baignés de lumière, occupe un vaste quadrilatère dans le quartier le plus résidentiel de Neuilly. La pièce où travaille Etienne Brun-Rouard renferme une immense bibliothèque aux rayonnages à peu près vides. Non qu'elle soit sans usage, mais l'occupant des lieux a demandé à ce qu'un relieur de la rue Saint-Ambroise recouvre tous les volumes qui la garnissent d'une peau d'antilope dont il apprécie la finesse de grain et les tons cuivrés. Il a également veillé à ce que les fermoirs des ouvrages les plus précieux, des incunables tabellaires, soient façonnés en ivoire de narval, à cause de l'animal qui avait inspiré au Moyen Age la légende de la licorne, mais aussi pour l'agrément du toucher.

Un domestique en livrée entre dans le bureau pour y déposer un plateau. Etienne Brun-Rouard déguste lentement un verre de Xérès. Jadis, il partageait ce moment de détente avec Alexandra, son épouse, tous deux assis dans ce même bureau, à échanger les potins de la journée. Les derniers temps, il portait lui-même le plateau dans la chambre où reposait sa femme alitée. C'est à peine si elle parvenait alors, tant elle était affaiblie par les drogues et la maladie, à tremper ses lèvres dans le verre en cristal. A présent, il est seul à goûter le vin doré. Il n'est pas homme à s'enfermer dans les regrets et à s'entretenir avec un fantôme. S'il respecte ce rituel, c'est en mémoire de celle qu'il aimait, autant que pour le plaisir qu'il en garde.

Héritier d'une immense fortune, Etienne Brun-Rouard descend d'une lignée d'industriels mosellans, enrichis par le commerce du bois et la fabrication du papier. Des forêts entières de Scandinavie lui appartiennent et son empire s'étend jusqu'aux confins de la taïga canadienne. Mais s'il en aperçoit l'étendue, chaque matin, quand il consulte les cours du marché, c'est pour l'oublier la minute suivante. Il s'est retiré des affaires après la disparition de sa femme pour se consacrer à un rêve de jeunesse, l'édition littéraire. Parce que Etienne Brun-Rouard n'est ni mondain, ni propriétaire d'une écurie de course, ni dupe des combinaisons du pouvoir financier ou politique, ce choix convient à ses goûts qui sont sédentaires et de plus en plus tournés vers l'étude. Il s'y adonne comme à un jeu de stratégie.

Il publie des livres bon marché qui racontent des histoires d'amour. Mais il veille à employer à ces bluettes des romanciers de renom. Si Etienne Brun-Rouard aime le talent, il aime aussi le rendre utile au plus grand nombre. Editeur avisé, il a convaincu de grandes signatures de prendre le masque d'un pseudonyme et d'écrire pour un public populaire. Son affabilité, sa sincérité, la rigueur qu'il met dans toute chose lui valent les meilleurs concours. Et le succès ne se dément pas.

Il ne visait pas la prospérité. Il voulait se distraire et le voilà à la tête d'une entreprise dont le chiffre d'affaires ne cesse d'augmenter. Cela devient une contrainte journalière.

Le courrier attendra. Etienne Brun-Rouard quitte son bureau, actionne un cordon pour prévenir le majordome et se défait de sa veste d'intérieur. Ce soir, il a besoin de sortir et de s'installer seul à une table dont il connaît tous les menus, dans un décor familier. Il se sent comme chez lui aux Jardins de Sicile.

XXVI

— Personne à la 28 ?

— Je prends.

— Non, tu prends la 5. Où est Serge ?

— A la 15, monsieur, mais ça traîne.

— Qu'il rapplique.

Derrière la caisse, Antoine orchestre le ballet des serveurs sans cesser d'aligner des chiffres et de sortir les additions. Le dénommé Serge se présente au comptoir et reçoit la note de la table 28.

— Les liqueurs sont pour la maison, ils ont trop attendu. Tu connais le tarif.

Antoine lui lance un clin d'œil. Serge sait que ces consommations seront retenues sur son salaire. Il tente de se justifier.

— J'étais en terrasse.

— Pas en terrasse, mais sur le trottoir à en griller une ! File, la 12 sera pour toi.

C'est lui faire un bon prix, car la table 12 est réservée à Etienne Brun-Rouard, un habitué dont les pourboires suffisent à payer largement un retard dans le service.

Le maître d'hôtel n'a pas à s'inquiéter de savoir si

l'emplacement convient à son client. Etienne Brun-Rouard occupe toujours la même table, au même endroit, au fond de la grande salle, sous une applique murale en pâte de verre opalescent qui diffuse une lumière douce. Il s'y trouve en vue du comptoir mais en retrait de l'allée centrale où circulent les plats. Familier des lieux, il connaît chacun des employés. Tous réclament le privilège de le servir car il a toujours un mot gentil, s'en tient au plat du jour accompagné d'un vin de Toscane et gratifie généreusement les serveurs.

Tard dans la soirée, Etienne Brun-Rouard, son repas achevé, demande une liqueur de café. Juché sur un tabouret derrière la caisse-enregistreuse, Antoine établit les dernières additions. Les tables se vident. En cuisine, on range déjà les terrines et l'on éteint les feux. Un ventilateur dissipe les dernières volutes bleues de tabac.

De tout le dîner, Etienne Brun-Rouard n'a pas quitté Antoine des yeux. Il suit son ascension à chacune de ses venues dans l'établissement. Un mois plus tôt, il tenait encore le rang de premier serveur. La figure juvénile et pourtant empreinte de maturité de ce jeune homme, ses yeux étonnamment gris et la prestance qu'il met dans chacun de ses actes le distinguent des êtres ordinaires. Dans le service, il se montre précis, courtois, mais sans cet empressement qui le rendrait servile. Le voici maintenant en charge de l'établissement, parfaitement à l'aise dans ce rôle.

Son costume d'alpaga noir, brillant, ajusté, le fait ressembler à un torero égaré dans le commerce. Etienne Brun-Rouard juge la mise un peu trop clinquante. Il aimerait voir ce garçon occupé à d'autres tâches. Il est convaincu qu'il est encore loin d'avoir endossé un habit à sa mesure. Vincent Caporossi, qu'il connaît bien pour l'avoir aidé jadis, ne cesse de vanter les mérites de cet Antoine Forte.

Alors que la soirée s'achève, Antoine entreprend d'inspecter la salle, de jeter un coup d'œil sur la terrasse avant de regagner la caisse. A son passage, Etienne Brun-Rouard l'invite à le rejoindre à sa table. Le jeune homme vient à lui.

— Vous êtes Antoine Forte ?

— Oui, monsieur.

— Un nom corse...

— Ma famille est d'Alziprato, un village de la montagne, près de Calenzana.

— J'ai connu un Cyprien Forte, à Reggio de Calabre, pendant la campagne d'Italie.

Antoine n'a pas cillé, mais entendre le prénom de son père, si loin de chez lui, dans la bouche de cet homme élégant et discret, lui cause une vive émotion.

— Il s'agit de mon père. Il a servi dans les FFL, puis dans la 1re armée.

Etienne Brun-Rouard prend un air songeur.

— Je ne m'étais pas trompé. Vous lui ressemblez beaucoup, la moustache en moins. C'était un soldat de grande valeur, un vrai patriote. Je n'étais pas son officier, mais il m'a rendu bien des services quand j'ai dû me rendre à pied à notre hôpital de campagne. Un éclat de grenade m'avait brisé la clavicule. Votre père avait réussi à se procurer de la morphine auprès d'un infirmier américain.

Antoine l'écoute, la gorge sèche. Il brûle de le questionner mais son interlocuteur est parti dans ses souvenirs.

— Nous avons marché longtemps avant qu'il ne

réussisse à stopper un camion de munitions et qu'on m'embarque. Je ne tenais plus debout et me faire porter était un calvaire. C'était un homme très sympathique, votre père. Il est venu le lendemain prendre de mes nouvelles. J'aurais plaisir à le revoir.

— Il est mort. Il a été tué à Cassino.

Etienne Brun-Rouard baisse les yeux.

— Je vous prie de m'excuser, je l'ignorais. On m'a rapatrié sur Alger après ma blessure et j'ai fini la guerre dans les bureaux.

Un long silence s'installe entre eux. Derrière Antoine, un serveur demande à voix basse s'il doit remettre des couverts sur la 15. Antoine se tourne vers lui.

— Laisse, Régis. On va fermer. Tu peux dire aux autres de ranger les chaises. Ah, n'oublie pas de signaler qu'il faut changer l'ampoule de la cabine de téléphone, elle faiblit.

— Je vous distrais de vos tâches. Si vous le voulez bien, je vais prendre un café. Nous parlerons après. Personne ne m'attend.

Un quart d'heure plus tard, Antoine, à l'invitation d'Etienne Brun-Rouard, vient s'asseoir à sa table. Entre eux, une bouteille de saint-galmier. Antoine remplit les verres.

— Depuis quand avez-vous quitté votre île ? demande Brun-Rouard.

— Un an, monsieur. Avant, je gardais nos brebis. La vie est dure là-bas et ma mère ne dispose que d'une petite pension. Alors, je suis parti. J'ai travaillé à Nogent, comme maçon, chez un de mes parents. C'est lui qui m'a trouvé cette place.

— Dites plutôt que c'est vous qui vous l'êtes faite,

répond l'industriel avec un sourire qui lui est inhabituel.

— J'ai fait de bonnes rencontres. J'ai eu l'opportunité de suivre des cours de comptabilité le soir, après le chantier. Les chiffres me sont devenus familiers.

— Pourquoi la comptabilité ?

— L'argent. L'argent me fascine, d'où il vient, où il va, comment il circule. Pour moi, c'est comme de lever un lièvre et de pister sa trace.

— Pour aller dans la poche d'un autre.

— La mienne ne sera jamais assez grande.

— L'argent ne suffit pas à remplir une vie.

Un sourire illumine le visage d'Antoine. Il pense à Anna.

— L'ambition, quand elle est saine, s'applique à tout. Aimez-vous les livres ?

— Ma mère m'a appris à lire, avant l'école. Je lis dès que je le peux.

— Des romans ?

— De tout. Mais, pour les romans, il me faut de l'aventure, j'ai besoin de bouger avec les mots, vous comprenez ? Je ne sais pas lire assis, enfin, pas dans mon esprit. Et quand je lis, c'est jusqu'au bout, sans m'arrêter.

Etienne Brun-Rouard sourit.

— Et si le livre est mauvais ?

— Je fais crédit à l'auteur. Je vais jusqu'au bout. Pas question d'abandonner une histoire en cours de route !

Brun-Rouard éclate de rire, puis, songeur, dévisage Antoine.

— C'est quelqu'un comme vous qu'il me faudrait dans ma maison d'édition.

Décontenancé, Antoine dévisage à son tour ce client qu'il croyait connaître.

— Moi, travailler dans l'édition !

— Pourquoi pas ! En six mois, je vous forme. En moins de temps, vous êtes passé de plongeur, à serveur, puis chef de rang. Aujourd'hui, vous dirigez une équipe et Caporossi vous donne de plus en plus de responsabilités.

— Je quitterais le restaurant pour l'édition ? Ça me paraît fou !

— Il y a cinq ans, je ne connaissais rien au métier d'éditeur. J'ai acheté une petite affaire. Je ne savais pas ce que j'allais en faire. Et, peu à peu, ça m'a passionné. A ma grande surprise, la petite affaire s'est développée au-delà de mes espérances. J'ai besoin d'aide. Vous pouvez être celui que je recherche.

Antoine prend une profonde inspiration, un geste d'autrefois, quand il partait à la chasse et que la montagne s'ouvrait devant lui. Il ressent une inexplicable affection pour cet homme qui se livre et qui lui propose de bouleverser sa vie.

— Mon offre est sérieuse, reprend Brun-Rouard. Réfléchissez et venez voir comment ça se passe. Si ça vous plaît, je m'arrangerai avec Caporossi.

— Je viendrai.

XXVII

Anna se tient au milieu du salon, les mains croisées derrière le dos, près du guéridon où l'on a disposé un grand vase garni de glaïeuls cueillis du matin. Devant elle, Sylvain Gritti, dans le costume de drap bleu nuit qu'il porte pour assister à l'office religieux du dimanche, ne décolère pas.

— Anna, j'ai été trop patient, tu dois t'expliquer. Ce matin, tu t'enfuis dès la sortie de la messe sans saluer personne. Et, la semaine dernière, tu t'enfermes dans ta chambre et tu nous couvres de honte devant Livio Bonanza. Sais-tu pourquoi il venait nous rendre visite ? Le sais-tu ?

Anna ne bronche pas. Son père s'avance vers elle.

— Ne fais pas la sotte, tu le sais parfaitement. Il venait demander ta main, tu l'as humilié ! Et tes parents aussi, tu les as humiliés !

A ces mots, la jeune fille baisse la tête, mais continue de garder le silence. Son père n'en a pas fini.

— Pourquoi refuses-tu de rencontrer Livio ? J'ai donné ma parole aux Bonanza que vous serez fiancés avant la Nativité. On doit publier les bans. Que se passe-t-il ? Anna, regarde-moi, j'attends une réponse.

Félicie, jusqu'alors en retrait, s'approche de sa fille

et l'entoure par la taille. Les deux femmes, serrées l'une contre l'autre, semblent décidées à faire front.

— C'est ça, Félicie, mets-toi de son côté. Tu crois que c'est lui rendre service que d'en passer par ses quatre volontés ? Qui commande ici ?

— Sois bon, Sylvain. Tu es le chef de famille, mais ça ne te donne pas le droit d'être injuste envers elle. Accorde-lui un peu de temps. Anna n'a que dix-sept ans.

— Et alors ? Quand nous nous sommes mariés, tu avais dix-sept ans toi aussi ! s'écrie Sylvain Gritti hors de lui.

Félicie s'écarte alors de sa fille. Sa belle et noble figure s'assombrit soudain. Un triste sourire vient courir sur ses lèvres.

— Crois-tu que je l'ai oublié ? Même à dix-sept ans, j'aurais aimé qu'on me demande mon avis.

Son mari laisse exploser sa fureur.

— Tu parles comme si on t'avait forcée ! C'est ça ? Allez dis-le ! On t'a livrée au bourreau !

Anna ferme les yeux, mais elle voudrait ne plus entendre. Son corps entier s'est raidi. Félicie la presse d'aller dans sa chambre.

— Laisse-nous, ma chérie. Ton père va se calmer.

Après le départ d'Anna, un lourd silence s'établit entre les deux époux. Sylvain s'empare du dossier d'un fauteuil et le serre de ses doigts puissants.

A l'étage, Anna tente de reprendre son souffle. Jamais elle n'a assisté à une telle dispute entre ses parents. Jamais elle n'a vu sa mère tenir tête à son père. Après avoir fermé la porte de sa chambre, elle s'assied sur le rebord du lit et porte les mains sur son ventre. Une secousse vient de la saisir, suivie d'une seconde, plus forte encore. « Il » a bougé. Pour la première fois, elle ressent la présence tangible, inouïe, du petit être qui vit dans ses entrailles, se nourrit de sa chair et se manifeste enfin, s'agite et la bouleverse. Anna se recroqueville sur elle-même en étouffant un cri de joie. Son bébé est vivant ! Elle voudrait lui parler, le consoler peut-être. Elle chantonne à mi-voix en se balançant d'avant en arrière. Quiconque entrerait à cet instant dans la chambre et la verrait faire, la croirait folle.

Au rez-de-chaussée, la discussion a repris. Des éclats de voix résonnent à nouveau dans la maison. Anna se lève et entrouvre la porte. Les mots que prononce son père lui parviennent distinctement à l'oreille.

— Je t'ai donné mon nom, tu partages mes biens, nous avons fait deux beaux enfants et tu viens me dire, après toutes ces années, qu'on t'a obligée à m'épouser !

— Tu es un brave homme, Sylvain. Un bon mari, un bon père. Mais essaie de comprendre. A dix-sept ans, on rêve d'amour fou, de passion, de prince charmant...

— Et moi, je ne te faisais pas rêver ?

Félicie laisse échapper un sanglot.

— Non...

— Et comment j'aurais pu ? Comment ? Puisque celui qui te faisait rêver, c'était Gabriel, mon oncle !

XXVIII

Des traces de doigts n'auraient pas laissé une telle empreinte sur la porte du moulin à huile. Il a fallu étaler la paume sur la veine du bois et l'y presser avec force pour imprimer la marque. La main noire. Le sceau de la mafia.

Quelqu'un s'est introduit en l'absence du maître dans l'oliveraie avant d'apposer de sa main poissée d'encre le signe maudit.

Tôt le matin, Sylvain Gritti, le premier arrivé sur les lieux, ne remarque pas tout d'abord la tache sombre qui orne l'entrée du moulin. Son humeur est exécrable. Il s'affaire de l'atelier au bureau sans achever la moindre tâche. Les contremaîtres et les ouvriers n'ont pas encore embauché. Dans cette activité désordonnée, ses pas finissent par le conduire vers le moulin. Il tombe en arrêt devant la porte. Il fait trois fois le signe de croix. La Veuve a posé sa main sur lui.

Il court aussitôt à son camion, se saisit de la manivelle et lance le moteur. Il grimpe ensuite dans la cabine, s'éponge le front et prend la route d'Alziprato. En chemin, il croise son premier contremaître, la Belette, qui se rend au travail sur son vélo. Il stoppe et descend lui parler.

— Baptiste, tu fonces à l'atelier, tu me prends une

brosse dure, du savon noir et tu cours me nettoyer la saleté qu'il y a sur la porte du moulin. Tu gardes ta langue, compris ? Je compte sur toi. Je reviens dans une heure.

Sylvain entre dans le café qui donne sur la place de l'église en prenant un air faussement nonchalant. Sa venue fait lever les têtes des habitués. Le plus gros propriétaire de la vallée ne se montre jamais dans cet endroit à une heure aussi matinale. Encore moins pour s'y faire servir un blanc sec. Les vieux, assis sur la banquette, se lancent des clins d'œil amusés. Ils y viennent tous, même les riches, quand ça les pince.

Le patron, un invalide de l'autre guerre, une gueule cassée avec un nez de cuir, remplit le verre sans un mot. Il connaît sa clientèle. Sylvain Gritti a des ennuis mais il n'a pas à le questionner. D'ailleurs, il croit savoir ce qui le tracasse. Tout se sait dans la vallée, la rumeur y court avant même le départ du feu. C'est dans l'air, comme un pollen qui se dépose alentour et finit par donner naissance à des certitudes qu'on garde rarement pour soi.

Debout, accoudé au comptoir, Sylvain entend déjà bourdonner la rumeur. Il est venu pour savoir s'il est le dernier informé. Peut-être pas le dernier mais, dans deux jours, tout le village saura.

— Eh, Sylvain, la récolte s'annonce bien ?

L'ancien qui l'interpelle a compté parmi les ouvriers de son père, quand la propriété abritait encore de l'orge, du sarrasin et des semis de plantes tinctoriales. Il en avait la charge. Sylvain salue le vieillard avec respect et lui répond par la phrase attendue.

— La qualité sera là, mais pas la quantité.

— Comme le vin. On devra le couper ou le vendre aux amis !

Et tout est dit.

Sylvain revient chez lui et demande à voir son fils. Nul ne sait où il se trouve. Félicie s'est absentée avec Anna pour rendre visite à Maria Forte. Sylvain ne s'en soucie pas à cette heure, mais Orso-Paolo lui manque. Il disparaît de plus en plus souvent, sans fournir la moindre excuse ni la moindre explication. Son père n'a d'autre choix que de retourner sur l'exploitation et d'y prendre les mesures qui s'imposent.

Peu avant midi, la grosse Ducati couleur sable fait crisser le gravier de la cour. Orso-Paolo cale l'engin et vient à la rencontre de son père qui donne des ordres aux ouvriers. Il s'interrompt pour faire signe à son fils de l'attendre dans le bureau. Il l'y rejoint presque aussitôt.

— Où étais-tu ?

— Chez les Bonanza. Livio voulait me parler d'Anna.

— Tu m'expliqueras plus tard. J'ai besoin de toi.

Orso-Paolo scrute un instant ce visage au teint devenu gris, dévoré par l'anxiété.

— Des soucis, père ?

— De graves soucis. Je ne peux en parler qu'à toi.

Orso tourne un regard inquiet vers la fenêtre.

— J'ai trouvé une main noire sur la porte du moulin. Tu sais ce que ça signifie !

Le regard du jeune homme s'est voilé. Il parvient cependant à dissimuler son trouble et fait face à son père qui reprend :

— La mafia essaie de s'introduire chez nous. Si ça n'est pas déjà fait !

Orso parle en serrant les dents.

— Tu as des preuves ?

— Tu vas m'aider à les trouver. Si elles existent. J'ai tourné ça dans ma tête toute la matinée. On connaît leurs méthodes. Le chantage ? Ils n'oseront pas, pas avec moi. Mais ils ont d'autres ruses. Qu'est-ce qui peut les intéresser ici ? Ma réputation et mon commerce. Pour en faire quoi, à ton avis ?

— Sûrement pas des cadeaux !

— Cambrioler le bureau ? Ça leur rapporterait trop peu. Ils sont bien renseignés, ils savent que le coffre-fort ne contient que l'argent des salaires de la semaine. Non. L'aubaine, pour eux, c'est le nom des Gritti, un nom respectable. Ce qu'ils veulent, c'est avoir une pompe pour écouler leur merde, tu comprends, et nous, on fournit la pompe plus le certificat de garantie !

Orso regarde alors son père comme s'il ne l'avait jamais connu. Le *capo mafioso* rencontré chez l'oncle Gabriel lui paraît soudain petit. Mais le piège s'est refermé sur lui. S'il parle, il est mort et maudit par les siens, car son cadavre portera les stigmates que l'Organisation inflige aux traîtres. Absorbé par sa démonstration, Sylvain ne prête aucune attention au mutisme d'Orso et poursuit d'une voix déterminée :

— Pour moi, ils ont un homme dans la place. Nous a-t-on avertis du danger ou s'agit-il d'une menace ? Je paierais cher pour le savoir. Je veux qu'on éventre les sacs d'olives qu'on doit expédier à Joseph Venturi, sur le continent. Toi, moi et Anna. On ne sera pas de trop pour en finir cette nuit. Personne d'autre ne doit savoir.

— Et si l'on trouve... enfin, s'il y avait quelque chose ?

— Que Dieu nous protège, mon fils, car nous devrons enfouir leurs saloperies loin d'ici ou les jeter à la mer. Et nous aurons semé le grain de la vengeance.

XXIX

Tard dans la nuit, des centaines de sacs gisent, éventrés, sur le sol. Les falots suspendus aux poutrelles de l'entrepôt éclairent le carnage d'une lueur parcheminée. Les olives ont roulé par milliers, « sabines » de Haute-Corse et « sigoises » d'Algérie, cueillies à maturation, noires et dodues, sont amoncelées par endroits, dispersées à d'autres, leurs pulpes flétries, fissurées ou crevées laissent échapper un jus au parfum légèrement aigre, insidieux, presque enivrant. Tout le produit de cette récolte se trouve saccagé. Les sacs allaient partir vers Calvi pour être chargés sur un bateau à destination de Marseille et livrés à une conserverie.

Sylvain Gritti, bouleversé par le spectacle, quitte le hangar en refoulant des larmes de rage. Depuis cinq heures, lui et ses enfants sondent la marchandise en vain. Ils n'ont rien trouvé de suspect. Orso-Paolo et sa sœur, Anna, l'un en face de l'autre, finissent la besogne. De la pointe du couteau, ils entament la toile de jute puis l'incisent sur la longueur d'un avant-bras, y plongent aussitôt les mains, brassent le contenu du sac et le répandent à l'extérieur. Ce geste cent fois, mille fois répété, poisse leurs corps et leurs vêtements d'un jus d'olive amer et visqueux.

Une chaleur d'étuve règne dans l'entrepôt. Anna, le

regard halluciné, brûlant de fièvre, ne ressent plus la fatigue. Un bouton de son corsage s'est arraché. On distingue la naissance de sa poitrine, moite et perlée de sueur. Elle s'enivre d'un pillage où sa peau ruisselle d'un sang noir, où ses mains pétrissent avec volupté les olives huileuses et charnues, qui croulent bientôt hors du sac et qu'elle écrase de ses pieds nus. Elle halète sous l'effort. Sa bouche aux lèvres généreuses s'entrouvre.

Orso-Paolo, tout aussi harassé, ne la quitte pas des yeux. C'est elle qui imprime la cadence et l'enchaîne à ce travail accompli dans l'urgence et le désespoir. Plus ils se hâtent et s'épuisent dans l'effort, plus le frère se rapproche pour capter l'odeur délicieuse et forte qui émane du corps d'Anna.

La jeune fille, soudain, découvre ce regard fiévreux posé sur elle et, dans l'instant, y répond.

Les yeux rivés l'un à l'autre, une éternité semble s'écouler. Quelques secondes, en fait.

Puis un frisson s'empare d'Anna, la trouble et lui fait baisser les yeux. Ce brusque malaise vient rompre le charme.

XXX

Il aurait dû déposer le brevet. Mais voilà, dans la restauration, un bon gérant, ça ne s'invente pas, ça se trouve. Par miracle. Même si la cage est dorée, cet oiseau rare aura toujours des ailes pour s'envoler. Vincent Caporossi est bien obligé de l'admettre, ça n'en réveille pas moins son ulcère. Antoine Forte s'apprête à lui filer entre les doigts. Quand une grosse pointure comme Etienne Brun-Rouard se présente pour faire monter les enchères, comment suivre ?

Les deux hommes ont échangé quelques mots au sortir du restaurant, après la conversation qu'Etienne Brun-Rouard avait eue avec Antoine. L'industriel n'a pas caché son intérêt pour le jeune Corse. Il a même laissé entendre au propriétaire des Jardins de Sicile que l'affaire était sur le point d'être conclue et qu'il ne serait pas élégant de s'y opposer. Dans le temps, Caporossi avait dû faire appel à Brun-Rouard pour obtenir de lui des crédits avantageux. Il a tout remboursé mais la ligne reste ouverte. Caporossi le sait, il ne faut jamais insulter l'avenir.

Tout cela le rend nerveux ce matin, si nerveux que, quand il veut se saisir du combiné du téléphone, son bras heurte le rebord d'une tasse posée sur son bureau et la renverse. Du café se répand sur le sous-main en verre et vient tacher une liasse de factures. Caporossi laisse échapper un juron, puis entreprend de réparer les dégâts à l'aide d'un mouchoir.

Au même instant, une sonnerie le prévient de la présence d'un visiteur devant la double porte capitonnée. Caporossi regarde par l'un des œilletons qu'il a disposés dans le chambranle. Après tout, il ne doit plus rien à personne et le système lui servira encore. Il aperçoit alors sur le palier la silhouette élancée d'Antoine Forte. Il vient à point, celui-là !

— Entrez !

Caporossi accueille Antoine assez froidement, mais sans rien laisser paraître de son humeur. Pour le cigare, cette fois, on s'en passera.

— Vous avez à me parler du service, Antoine ? C'est vous qui décidez, maintenant.

Tiens, il me vouvoie, pense le jeune homme. Il m'en veut, ou bien l'intérêt que me porte Brun-Rouard change mon statut à ses yeux...

Il sourit, cherche le regard de Caporossi qui se dérobe.

— Je sais, monsieur. Je me suis permis de vous déranger pour autre chose... de plus personnel.

Le restaurateur l'invite à prendre place dans un fauteuil et vient s'asseoir face à lui. Autant attaquer de front.

— J'ai discuté avec Monsieur Brun-Rouard. Il veut vous engager dans sa maison d'édition. C'est bien cela qui vous amène ?

— Oui. Il m'a fait cette proposition et je l'ai acceptée.

— Vous avez mesuré ce qui vous attend ? Ce métier-là, je n'y connais rien, mais j'imagine que ça demande d'autres compétences que de savoir manier les chiffres.

Antoine en est d'accord, mais il ne trouve pas sa décision irréfléchie et le fait savoir.

— Dans l'édition aussi, il faut savoir gérer les comptes. Et puis, j'ai le goût des livres.

— Donc, vous me quittez ?

— Pas comme ça, monsieur. Vous m'avez fait confiance et je vous dois beaucoup. Je n'oublie pas non plus mon oncle Amédée Toussaint, qui m'a recommandé à vous. Je souhaite travailler encore au restaurant.

Caporossi acquiesce d'un bref mouvement de paupières et se lève pour aller chercher le coffret à cigares.

— Alors, expliquez-moi comment vous allez vous y prendre pour faire tourner, en même temps, une maison d'édition et un restaurant. La jeunesse ne doute de rien et la vôtre, soit dit en passant, a des raisons de croire au Bon Dieu, mais le Bon Dieu ne vous donnera jamais deux cerveaux, quatre bras et quarante-huit heures dans une journée. Un havane ?

— Je vous remercie. J'ai arrêté de fumer. Voilà ce que je vous propose. Tôt le matin, je me rendrai au marché des Halles pour faire les achats, je viendrai mettre le restaurant en route. L'après-midi, je me consacrerai à mon nouveau métier d'éditeur. Vous aurez ainsi le temps de trouver mon remplaçant.

— Et Brun-Rouard, qu'est-ce qu'il en dit ?

— Je voulais d'abord obtenir votre accord.

Caporossi ne peut s'empêcher de sourire.

— Et si je disais non ?

Antoine sourit à son tour.

XXXI

Vincenzo Colona pousse un hurlement et porte les mains à ses yeux. Ses paupières le brûlent atrocement. Orso-Paolo vient de lui envoyer une pelletée de sel en plein visage. Sans prévenir. Il s'approche du petit mafieux et, du manche de la pelle, le frappe violemment aux reins. Puis il le saisit par les bras, le relève et lui assène un coup de tête qui l'envoie bouler contre les cuves de saumure.

— La prochaine fois, avant de poser ta patte sur une porte, fais-toi refaire la main. Il manque un bout.

C'est la Belette qui lui a indiqué ce détail, la veille au soir. Au moment d'effacer la main noire, le contremaître a remarqué que l'empreinte portait un doigt amputé de sa dernière phalange. Tout comme celui de Vincenzo Colona. Le père d'Orso, dans son désarroi, n'y avait pas prêté attention.

L'homme, à demi assommé, les yeux rougis, se met à ramper vers le fils Gritti. Il possède encore assez de venin pour mordre.

— Fais attention à toi, paysan. Eux, ils préfèrent rigoler avec de la soude.

Orso se jette sur le journalier et le roue de coups.

— Parle ! Parle ou je te laisse en morceaux !

— Arrête ! C'est ton grand-oncle qui me l'a demandé.

Le jeune homme desserre sa prise.

— Tu mens !

— Pas plus que lui. Lui, il ment à tout le monde.

Puis il se met à hoqueter et à sangloter avant de lâcher, plaintif :

— Maintenant, on va me trouer la peau.

Orso se fend d'un sourire féroce.

— Mais non, ma poule ! Tu vas seulement me manger dans la main. A partir d'aujourd'hui, c'est moi qui te nourris. Tu vas en faire de la graisse, veinard. Mais, attention, tu oublies les autres mangeoires. Sinon, je te saigne par le cou.

Loin de la grange à sel où s'est déroulée la bagarre, tandis que l'après-midi s'éternise sous un soleil qui fait encore mal, Anna, entourée de deux amies d'enfance, Marie et Lucia, s'est réfugiée à l'ombre d'un mandarinier. Les branches de l'arbre croulent sous le poids des fruits que les jeunes filles cueillent en se hissant sur la pointe des pieds avant de les dévorer par jeu ou de les faire jongler entre leurs mains. Anna s'amuse de les entendre échanger des confidences qui lui paraissent aujourd'hui bien puériles. Mais elle se plaît en leur compagnie. Elle peut enfin échapper aux regards courroucés de son père.

Un contremaître s'approche d'elles et s'inquiète de les voir désœuvrées. Il les interpelle sur un ton familier. Toutes ont sauté sur ses genoux quand elles étaient enfants.

— Eh, les demoiselles, vous avez des corbeilles à remplir ! Sinon les mandarines vont se gâter. Nous autres, on a trop à faire là-bas.

Il désigne du bras la noria des ouvriers qui transportent, à deux cents mètres de là, devant l'entrepôt, des brouettes d'olives avant leur mise au sel sec.

La plus espiègle des trois, Lucia, se jette alors à ses genoux.

— Ayez grâce, monsieur le chambellan, nous ferons comme il vous plaira.

Le contremaître, soudain gêné de voir à ses pieds un petit elfe qui n'est plus une gamine mais une jolie créature, se détourne avec rudesse et repart en bougonnant :

— Si le maître vous trouve ici avec des paniers vides, gare à vous !

Une heure plus tard, malgré les rires qui fusent encore, le travail a bien avancé. Marie est la plus habile à la cueillette, Lucia manque se tordre une cheville en sautant de l'échelle, mais Anna, d'ordinaire la plus active, donne des signes de lassitude. Alors qu'elle se penche pour soulever une corbeille par les anses, une nausée la prend et la fait chanceler. Jeanne se précipite vers elle pour la soutenir.

— Viens t'asseoir, Anna. Tu es épuisée.

Anna tente un pauvre sourire et lui glisse entre les bras. La voilà à terre, évanouie.

Marie appelle à l'aide mais ses cris se perdent contre le vent. Personne ne les entend. Elle secoue alors Lucia qui semble tétanisée.

— Aide-moi à la porter sur le chariot.

Anna est amenée par un chemin cahoteux jusqu'à la grange à sel. Elle n'a pas encore repris connaissance. Orso-Paolo est le premier à surgir. A la vue de sa sœur inanimée, jetée comme une morte contre les ridelles de la charrette, son sang ne fait qu'un tour.

— Marie, cours au bureau, qu'on appelle le médecin. Allez, vite !

Puis il s'approche d'Anna, lui tapote les joues, s'empare de son poignet pour sentir son pouls. Il interroge Lucia.

— Que s'est-il passé ?

— Elle s'est trouvée mal.

La jeune fille fond en larmes.

Quand le vieux Saturne Pischetta, médecin du village, arrive à l'oliveraie, Anna a été transportée dans le bureau et allongée sur une couverture. Une servante lui fait respirer des sels. Orso-Paolo et son père se tiennent de chaque côté, guettant les premiers signes rassurants.

Anna revient à elle. Le médecin pose sa serviette sur une chaise, s'accroupit près de la jeune fille et demande qu'on les laisse seuls.

Le visage d'Anna se contracte, puis elle reconnaît celui, familier, de Saturne Pischetta, avec ses sourcils en broussaille, ses mâchoires d'ogre gentil et ce regard tout bleu, angélique, qu'il cache derrière des lunettes à verre épais. Elle lui adresse un pauvre sourire.

— Qu'est-ce qui t'arrive, ma petite Anna ?

A ce médecin qui est le confident de toutes les misères et de toutes les folies de cette vallée, elle murmure :

— Ce que j'ai...

Sa voix se brise. Elle se tait. Le médecin la soulève alors délicatement par les épaules et la guide, encore chancelante, vers un fauteuil. Puis il se rend vers une petite table qui se trouve à l'angle de la pièce, verse l'eau d'un broc dans une cuvette et s'y lave soigneusement les mains. Il accomplit ces gestes d'hygiène médicale sans hâte, comme s'il en profitait pour se vider l'esprit et se rendre disponible pour le patient qui l'attend.

Anna se laisse ausculter sans aucune appréhension.

A la fin de l'examen, le docteur tire une chaise vers lui et s'assied près d'Anna en faisant mine de la pincer au bras. Une marque d'affectueuse complicité qui leur rappelle leurs visites d'autrefois, quand il avait à soigner une rougeole ou une otite chez la fillette.

Les yeux du médecin pétillent de malice et de bonté.

— Ne me dis pas que tu as reçu la visite de l'ange Gabriel et que tu nous fais un petit Jésus... Bon, ça ne me regarde pas.

Il soupire et reprend d'une voix douce :

— Enfin, pour toi et ton petit, tout va bien. Mais d'être maman à seize ans, tu te rends compte ?

— Dix-sept ans !

Il sourit. Anna l'implore du regard.

— Saturne, ça doit rester un secret.

— Tu ne veux le dire à personne ?

La figure d'Anna se crispe de chagrin.

— A ma mère, juste à ma mère.

XXXII

Du châssis aux garde-boue en passant par le bloc-moteur, la Panhard du docteur Pischetta appartient à une catégorie d'objets plus poétiques qu'un véhicule automobile digne de ce nom. Ballottée sur le siège avant, Anna se sent à nouveau au bord de l'évanouissement. Elle se raccroche au bras du docteur.

— Désolé, ma fille, mais cette voiture demande à ce qu'on lui sorte les tripes, sans quoi elle s'étouffe.

— Alors faites vite, Saturne, sinon, c'est moi qui vais manquer d'air.

— Ah non, une fois suffit ! On arrive, on arrive.

Félicie Gritti, alerté du malaise de sa fille, la guette à la porte de la maison. Le docteur, en aidant Anna à descendre, rassure aussitôt la mère.

— Rien de méchant, Félicie.

Puis, adressant une petite tape amicale sur l'épaule de la jeune fille en guise d'au revoir, il ajoute :

— Elle t'expliquera ça mieux que moi. Pardon, mais d'autres patients m'attendent.

Il glisse sa lourde carcasse dans la cabine de la Panhard qui démarre en gémissant.

Anna le voit partir à regret. Félicie la prend par le bras et la conduit jusqu'à sa chambre.

— Je te prépare un lait chaud avec du bon miel. Après tu me raconteras, mon petit oiseau.

Toutes les mères redoutent, même sans trop se l'avouer, de s'entendre un jour annoncer cette nouvelle : « Je suis enceinte ». Félicie n'a jamais eu de ces pensées. Simplement parce que sa fille restait à ses yeux une enfant. La voix d'Anna lui parvient à travers un étrange brouillard.

— Maman, j'attends un bébé depuis trois mois.

— De qui ?

Anna s'écarte de sa mère et plonge son visage entre ses mains. Non qu'elle ait honte du père, mais l'émotion la submerge. Trop de fatigue et d'angoisses. Un flot de larmes inonde son visage. Félicie partage sa souffrance. Elle l'enlace et lui murmure :

— Mon petit cœur, aie confiance en moi. Personne ne te fera le moindre mal dans cette maison. Je préfère Antoine à tous les garçons du pays.

Toutes deux s'étreignent longuement, sans plus parler. Puis Félicie demande :

— Maria, elle le sait ?

— Oui, maman. Elle a été... surprise, puis heureuse. Mais elle a peur.

— Ça se comprend.

Puis la voix de Félicie se durcit.

— Que quelqu'un s'avise de toucher un cheveu de ta tête !

Puis, riant soudain, elle poursuit :

— Livio, le voir à ton bras, jamais je n'aurais pu m'y faire. Et en plus, il est borgne maintenant !

Le visage d'Anna change d'expression. Sa voix prend un accent douloureux.

— Je t'en prie, ne te moque pas de ça. C'est moi

qui l'ai éborgné. Je n'ai fait que me défendre ! Il... Il a voulu me salir.

La fureur envahit Félicie. Elle serre les poings.

— L'ordure ! Le criminel ! Jamais plus, tu m'entends, je ne veux entendre prononcer le nom des Bonanza dans cette maison !

Anna poursuit son récit de manière hachée, car ce souvenir réveille encore en elle un sentiment de honte qui l'accable.

— Il a perdu la tête, maman. Il nous épiait, Antoine et moi, il était fou de jalousie. Quand Antoine est parti, il m'a surpris dans la cabane et il a essayé...

— Il faut qu'il paye pour ça !

Dehors, un bruit de camion se fait entendre. Sylvain Gritti est rentré seul de la propriété. Il court vers la maison, encore inquiet de l'état de sa fille. A son entrée dans la salle à manger, Félicie et Anna se taisent, gênées.

Sylvain les dévisage tour à tour et voit ses craintes confirmées. Il retire sa casquette et la jette par terre.

— Ah bravo ! Bravo Anna ! Tu t'es bien moquée de ton père ! Tu es enceinte d'Antoine ! C'est bien ça que tu nous cachais ? L'enfant du péché !

Anna se lève de sa chaise et tente de lui faire face. Ses lèvres tremblent.

— C'est vrai, papa. J'aurais dû te l'avouer, mais tu n'aurais pas compris.

— Ah, parce que moi, je ne comprends rien ? Malheureuse ! Qu'as-tu fait du respect, de l'honneur, de la parole donnée ?

La jeune fille s'emporte à son tour.

— Quel respect, quel honneur, quelle parole ? Vous n'avez que ces mots à la bouche, vous les hommes ! Mais toi, est-ce que tu me respectes, est-ce que tu m'aimes, pour me vendre à un homme qui me répugne ? Parce qu'il me répugne, ton Livio. J'aime Antoine ! On s'est promis l'un à l'autre. La seule parole qui vaille pour moi, c'est la sienne.

C'en est trop pour Sylvain Gritti. La gifle part d'un coup et cingle la joue d'Anna.

— Quitte cette maison, disparais ! Je n'ai plus de fille !

Félicie, bouleversée, se précipite vers son mari et tente de le calmer. Il la repousse violemment. Elle tombe à genoux. La colère aveugle Sylvain.

— Tu la tiens ta vengeance, Félicie ! Un homme perdu. Voilà ce que tu as fait de moi ! Les Gritti n'ont plus d'honneur !

Félicie se relève, serre Anna contre son cœur et crie à Sylvain :

— Tu es devenu fou ! Tu veux le malheur de ta fille ? Si elle quitte cette maison, je pars avec elle !

— Allez au diable toutes les deux !

XXXIII

Une pluie d'octobre violente et drue fait tinter les vitres des fenêtres. Avivée par les rafales de vent, l'eau du déluge se déverse en cataracte sur le toit de la maison des Bonanza. Dans la cheminée du grand salon, un feu crépite et projette sur les murs les ombres déformées et dansantes de Raphaël Bonanza, de son fils Livio et de Sylvain Gritti. Sur un des murs recouverts de boiseries, un grand tableau, œuvre d'un peintre local, est accroché. Il représente des champs de vigne à perte de vue, nimbés d'un soleil éclatant. Le territoire des Bonanza, depuis des siècles. Adossé au manteau de la cheminée, Gritti tient dans la main un verre de genévrier. Les trois hommes dégustent leur alcool par petites gorgées. Chacun évite de croiser le regard des deux autres.

Entre les deux clans, les liens du négoce mais aussi du sang et le sentiment d'appartenir à une même caste, celle des seigneurs de la vallée dont les fiefs mitoyens occupent les meilleures terres, ont scellé une alliance qui remonte à plusieurs générations. A la guerre anglaise, prétendent certains. Ou à la vendetta qui a opposé, durant plus d'un siècle, les Bonanza aux Alfieri, une famille de bandits dont la lignée s'est éteinte au lendemain de la guerre de 14. Les Gritti n'ont alors jamais manqué à leurs alliés et perdu trois des leurs dans cette querelle homérique.

Le mariage d'Anna et de Livio devait fournir un épilogue solennel à cette histoire commune et profiter à tous. C'était dans l'ordre des choses. Dieu l'aurait voulu ainsi s'il avait existé ailleurs que dans les prières des femmes.

Sylvain est le premier à parler. Il s'adresse à Raphaël Bonanza.

— Mon ami, comment te dire le poids que j'ai sur le cœur ? Ma fille Anna a trahi ma confiance et l'honneur des Gritti. Je l'ai chassée de la maison. Elle ne veut pas de Livio. Elle porte un enfant que lui a fait Antoine Forte. Qu'il soit maudit !

A ces mots, Livio sort de son silence et s'écrie :

— C'est faux, c'est mentir ! Elle s'est donnée à moi ! Personne ne l'avait touchée avant moi. C'est moi le père !

Le Borgne gesticule, en proie à une telle indignation que la conviction de Sylvain s'en trouve ébranlée. Le garçon paraît sincère. Toutefois, le père Bonanza veut en avoir le cœur net.

— Prends garde, mon fils. Ce que tu dis là est très grave. Il s'agit de l'honneur de nos deux familles. Peux-tu jurer sur le Christ ?

Le jeune homme pâlit. Un tic nerveux fait cligner son œil valide, puis il tend le bras comme s'il témoignait devant un tribunal et répond d'une voix forte :

— Je le jure ! Sur le Christ.

XXXIV

Du café au lavoir, sous les porches, dans les venelles escarpées du village et les potagers alentour, la nouvelle se répand comme une traînée de poudre : la benjamine des Gritti a fauté avec le fils de Maria Forte. Le père l'a jetée dehors, avec la mère qui a pris le parti de la petite. Depuis qu'un malfaisant avait tenté d'empoisonner la vieille Roncali en polluant l'eau de son puits, Alziprato n'avait pas connu pareille révolution.

Il en est beaucoup, parmi les villageois, pour se réjouir d'un scandale qui frappe de riches propriétaires. Seule Maria Forte suscite la compassion générale. Son veuvage et la dignité avec laquelle cette noble personne endure une situation misérable forcent le respect. Pour le fils, Tonio, nul ne sait qu'en penser. Un garçon vaillant à l'ouvrage, un peu fier, parti faire fortune sur le continent. Or, on sait bien ici que ce sont les meilleurs qui partent. Le garçon n'a jamais fait parler de lui en mal. Pas comme Livio et ce diable d'Orso-Paolo, dont le boulanger se souvient qu'ils venaient chaparder. Le fils Gritti, tout le monde a fini par le craindre.

Livio jure être le père. La jeune fille le nie. Il n'y a pas eu discorde entre les familles. Les parents ont été pareillement offensés dans leur honneur et c'est à leur progéniture de réparer l'outrage. Mais voilà, aucune des deux parties ne s'accorde sur la paternité de l'enfant. En pareil cas, seule l'assemblée des anciens est habilitée à trancher le litige et à faire respecter la règle.

La séance se tient dans l'arrière-salle du café, sous les jambons et les guirlandes de saucisses sèches accrochées aux poutres noircies de fumée. Seuls les sages désignés par le collège des aînés du village ont le droit de siéger au conseil des anciens. Ils sont au nombre de cinq. Moyenne d'âge, soixante-quinze ans. Le plus chenu, Fabrizio Santini, quatre-vingt-deux ans, préside cette cour gérontocratique. C'est un ancien gendarme. Il en a gardé les moustaches et la ponctualité dans les horaires de service. Mais sa mémoire commence à lui jouer des tours. Son assesseur, Domenico Biazzi, un savetier à la retraite, soixante-douze ans, joue le rôle de souffleur quand le doyen s'embrouille dans sa fonction.

Les plaideurs sont invités à s'asseoir sur un banc, face aux membres du conseil. Fabrizio Santini ouvre la séance comme on le fait au théâtre, en frappant trois coups sur le sol avec sa canne. Ses collègues approuvent de la tête. Ils ont revêtu leur blouse ou leur costume de cérémonie. Ce jour-là, l'un d'eux, un descendant d'une famille sarde venue s'établir dans la grande île, un brave homme réputé pour ses dons de sourcier, souffre d'une méchante sciatique. Il a demandé à ce qu'on l'installe commodément sur un matelas posé par terre, le dos calé entre deux sacs de farine. Le protocole souffre parfois de ces exceptions...

Sylvain Gritti, que les événements de ces derniers jours ont marqué physiquement, semble considérer la situation avec fatalisme. Sa silhouette déjà corpulente s'est encore épaissie et le tient tassé sur le banc, les mains croisées sur son ventre. Son regard est celui d'un homme qui souffre. Premier arrivé dans la salle, il s'est levé à l'entrée de Raphaël Bonanza pour lui serrer la main. Leur vieille amitié les rend aussi affligés l'un que l'autre par cette pénible affaire. Mais les Bonanza sont ici les plaignants. Ils demandent à ce que l'honneur leur soit rendu. Livio accompagne son père mais se tient en retrait de deux hommes.

Santini, après s'être bruyamment raclé la gorge, donne la parole à Sylvain Gritti qui présente sa version des faits. Ils accablent sa fille Anna, coupable de s'être donnée à un homme en dehors des liens sacrés du mariage et d'avoir dissimulé son état à ses parents. Quant au nom du père, qu'elle a désigné, il voudrait bien la croire, mais il ne peut affirmer qu'elle ait dit la vérité. Il conclut d'une voix étranglée par la honte :

— S'il est un coupable ici, c'est moi. J'ai donné ma parole et je ne peux la tenir. Pardon, Raphaël.

Parmi les cinq sages du conseil, des yeux s'embuent, des doigts se nouent, l'émotion gagne ces vieillards dont la plupart ont eu, un jour, à se défendre du venin des femmes et de leurs mensonges. Car pour eux, le démon n'a pas d'autre sexe. Le président émet des « hum, hum » avant de renvoyer le témoin à sa place.

— C'est bon, Sylvain. Nous t'avons tous entendu. Ta bonne foi... euh...

— Ta bonne foi n'est pas en cause, chuchote l'assesseur à son oreille.

— Oui, c'est cela, on t'a bien entendu. Maintenant, c'est à Raphaël de parler.

Le vigneron n'est pas un grand causeur et son intervention, compliquée d'incidentes interminables et de silences embarrassés, impatiente une partie de l'auditoire et conduit l'autre à piquer du nez. Fabrizio Santini cherche une question qui puisse relancer l'intérêt des débats.

— Les faits, Raphaël, venons-en aux faits. Anna Gritti s'est-elle réjouie de ces fiançailles ?

— Mais rien, rien du tout. Anna, je ne l'ai pas vue chez moi.

Le Sarde grabataire se redresse sur son séant, au prix d'une affreuse grimace et interroge à son tour le père offensé :

— Comment ça, tu ne l'as pas vue ? Elle va se fiancer avec ton fils et elle ne rend pas visite à ses futurs beaux-parents ? Ma parole, ajoute-t-il en direction de Livio qui s'est fait oublier jusque-là, j'ai déjà vu des garçons courir derrière une dot qui n'existait pas, mais jamais un promis passer l'anneau des fiançailles à un fantôme de femme !

De petits rires saluent l'intervention. Livio rentre les épaules, humilié de passer pour un benêt. Ces momies ne perdent rien pour attendre.

— Bon, je dis quoi, là ? s'inquiète soudain Raphaël.

— Eh bien, reprend le Sarde, tu ne dis rien puisque tu n'as rien vu.

Le président sort un mouchoir, s'éponge la nuque, et conclut :

— Merci, Raphaël, on t'a bien entendu.

— La parole est au jeune Livio, enchaîne l'assesseur.

Le Borgne déploie sa longue carcasse et se lance dans une plaidoirie cinglante qui vise moins les Gritti que le fils unique de Maria Forte. A l'en croire, Tonio tournait impudemment autour de la jeune fille. Et la nuit, la fameuse nuit de l'attaque du loup, sa lâcheté a éclaté aux yeux de tous. Non seulement il a quitté le troupeau dont il avait la garde, mais il a attiré Anna Gritti dans un véritable traquenard.

— Je l'ai suivi. Je le sentais prêt à un mauvais coup. Quand je suis arrivé devant la cabane du vieux Conti, le salaud allait la prendre de force, Dieu m'est témoin ! Je n'ai pas eu à me battre, il a détalé comme un lézard ! Anna, qu'il l'ait séduite, un soir, avec des sottises, je ne dis pas. Une fille, à son âge, c'est un agneau de lait, ça se laisse égorger d'une main douce.

Un frisson parcourt l'assemblée. La jeunesse y va fort tout de même. Livio sent qu'il en fait trop et change de ton.

— Bon, Anna, je l'ai consolée, mais dans l'honneur. Je l'ai raccompagnée devant sa maison. On s'est revus plus tard. Mais j'ai senti qu'elle ne voulait pas en rester là. Faut m'excuser, monsieur Gritti, mais Anna, c'est une belle fille, moins farouche qu'elle ne s'en donne l'air, et la sève m'est montée. Je savais qu'on était promis. Elle a joué avec moi, elle m'a fait languir comme elles savent faire quand ça leur dit. Alors, forcément, je n'ai pas su résister et... ça s'est fait.

A ces mots, Sylvain Gritti chancelle, ébranlé par ce récit qui fait d'Anna, sa fille qu'il a tant aimée, une diablesse au cœur sec. Il ne sait plus que croire et porte autour de lui un regard éperdu.

Un silence pesant succède au témoignage du fils Bonanza. Le président Santini proclame d'une voix chevrotante la fin des débats :

— Que les témoins présents quittent la salle. Le conseil va délibérer.

Une demi-heure plus tard, les anciens rendent leur verdict.

— « Livio, en ayant des relations coupables avec

sa future fiancée, a, lui aussi, manqué à sa parole d'homme d'honneur. Sur ce plan-là, les torts entre les deux familles sont partagés. En revanche, Anna doit, pour réparer sa faute, soit épouser le père de l'enfant, soit quitter à jamais le pays. »

— Tu peux t'estimer heureux, glisse alors le Sarde à Sylvain Gritti venu le saluer. Du temps de nos grands-parents, le nouveau-né, on l'aurait placé dans une corbeille et porté au milieu de la nuit devant le guichet du couvent de San Eugenio. Et ta fille, malheur, elle aurait blanchi ses os dans un ravin.

XXXV

Le siège dure depuis trois semaines. Les trois femmes ont cloué portes et fenêtres par des planches pour éviter qu'on ne s'introduise de force dans la demeure de Maria Forte. Le puits de la cave leur fournit l'eau. Elles ont assez de provisions de bouche pour tenir l'hiver, mais c'est la privation de sommeil qui les épuise. Félicie et Maria se relaient une nuit sur l'autre pour assurer leur tour de garde tandis qu'Anna dort. Dehors, les assaillants ont installé un campement de fortune d'où ils surveillent à toute heure la maison et ses alentours. Près d'un brasero, on aperçoit des bergers rameutés par Orso-Paolo.

Livio joue les meneurs. Sa présence galvanise les troupes. En réalité, il n'est qu'un pantin dont Orso tire les ficelles. Le fils Gritti ne se montre pas, même s'il rôde dans les parages pour donner ses ordres et s'assurer qu'ils soient appliqués. L'idée d'enfumer la maison l'a rendu fou de rage. Des mains criminelles ont entassé du foin devant la façade et l'ont aspergé d'essence avant d'y mettre le feu. L'âcre fumée s'est infiltrée dans les pièces, contraignant les assiégées à se réfugier dans la cave. Ne pouvant ouvrir pour aérer, elles ont vécu jusqu'au lendemain dans une atmosphère rendue irrespirable.

Orso a fait éteindre le brasier qui risquait d'incendier la maison. Quant aux bergers, il leur a défendu de prendre la moindre initiative. Il ne veut pas mettre en péril la vie de sa mère et d'Anna. Sa politique est de les vaincre par l'usure. Insultes, menaces et jets de cailloux fusent du matin au soir.

Minée par ses nuits de veille et par la pénombre qui règne dans la journée à l'intérieur de cette maison aux fenêtres condamnées, Maria, la plus âgée, commence à perdre la notion du temps et souffre de vertiges. Félicie résiste mieux. Elle ne laisse pas la lassitude s'emparer d'elle. Anna fait montre de la même détermination qu'au premier jour. Rien ne peut entamer son courage. Elle s'emploie à la cuisine où elle peut demeurer assise tout en épluchant les légumes. Malgré son état, elle réclame de participer encore à des tâches ménagères qui finissent par l'éreinter. Personne ne peut l'en empêcher.

Plusieurs fois par jour, Maria ou Félicie gravissent l'échelle qui mène au grenier. Là-haut, par de petites ouvertures ménagées sous les combles, aussi étroites que des meurtrières, elles observent le camp des assiégeants et la couleur du ciel.

Ce matin-là, des nuages gris de fer, porteurs de grésil et de neige, sont descendus des montagnes pour s'amonceler au-dessus de la vallée. « Que Dieu nous vienne en aide, songe Maria, ces sauvages finiront bien par geler sur place. »

Dans l'escalier, elle entend la voix de Félicie qui l'appelle, une voix plus pressante qu'à l'habitude.

Allongée sur un lit, Anna contient à grand-peine la douleur qui a envahi son ventre. Les contractions la font gémir. Maria se penche vers Félicie et lui souffle :

— La douleur peut s'arrêter comme elle peut augmenter. Il faut attendre... Essaie de la convaincre de rester allongée.

Anna, qui a l'oreille fine, se tourne à demi vers Maria.

— Ne me laissez pas seule...

— N'aie crainte, ma chérie, il y en aura toujours une de nous deux pour veiller sur toi.

Dans l'après-midi, l'état de la jeune fille lui accorde un répit. Les contractions ont cessé mais le terme approche et les femmes sont à bout. Au chevet d'Anna, plongée dans le sommeil, Félicie croit avoir trouvé la solution et s'en ouvre à son amie.

— L'une de nous deux doit aller chercher le docteur Pischetta. Si ces gens n'ont plus de compassion, lui n'en a jamais manqué. Personne ne peut s'opposer à ce qu'un médecin vienne porter secours à une femme en train d'accoucher. Qu'en dis-tu ?

— Je pense comme toi, mais ils en profiteront pour investir la maison. Ils sont capables de nous prendre le petit pour l'emmener Dieu sait où.

— Pischetta ne le permettra pas.

— Crois-tu ? Ils n'ont que l'honneur à la bouche mais ils ne respectent rien.

— Ils respecteront le fusil qui les tiendra en joue ! Oui, Maria, je n'hésiterai pas.

Pas besoin de tirer au sort. Des deux, Félicie se sent la plus vaillante. Elle chausse une paire de bottes, s'enroule dans une grande cape de laine — « La laine de nos brebis vaut bien une cotte de mailles », dit-elle à Maria qui joint les mains en la suppliant de ne prendre aucun risque. Puis elle noue un châle qui lui couvre la tête et le visage jusqu'aux yeux.

— Je serai revenue avant une heure. Le tacot du docteur nous transportera bien jusqu'ici.

— La neige ne va plus tarder. Prends soin de toi, Félicie.

— Je te confie Anna.

Maria l'embrasse comme une sœur.

A sa sortie, un des guetteurs siffle pour donner l'alerte. Félicie Gritti prend sa respiration et s'engage dans l'allée bordée de cyprès qui conduit à la route. Un groupe d'hommes surgit alors des fourrés pour lui barrer le chemin. Livio Bonanza et Fabio en tête. Ce dernier se fait aussitôt menaçant. Livio le retient par le bras et fait signe aux autres d'approcher encore. Le cercle se resserre autour de Félicie. Elle ne peut plus avancer.

— Où t'en vas-tu courir ? lui lance Fabio comme s'il s'adressait à la dernière des créatures.

C'en est trop pour la dame qui l'a connu morveux et ne peut supporter qu'on manque à ce point de respect à l'épouse de Sylvain Gritti. L'homme reçoit une paire de claques qui l'étourdit et le laisse cramoisi. Mais Félicie n'a pas le temps d'en profiter pour s'échapper ; des bras se referment sur elle et l'emprisonnent dans leur étau, la mettant à la merci de Fabio qui maintenant crie vengeance.

Soudain, d'autres cris retentissent. Une troupe d'hommes, cartouches en bandoulière et fusils à la main, vient d'apparaître au détour du sentier. Des coups de feu retentissent, on tire en l'air. Les bergers, bousculés, se dispersent, mais l'un d'eux, avant de s'enfuir, d'une brusque poussée, projette Félicie à terre.

La main qui se tend pour l'aider à se relever porte à l'un de ses doigts une grosse bague gravée d'un chiffre qui fait tressaillir Félicie avant même qu'elle n'identifie le visage de son sauveur.

Gabriel, coiffé d'un vaste chapeau de berger, lui parle d'une voix posée.

— Ils n'y reviendront pas. Tu peux dire à ta fille et à Maria Forte de sortir sans crainte. Vous êtes en sécurité maintenant.

XXXVI

Etendue sur la civière, Anna tremble de froid et, malgré les couvertures qui l'enveloppent, elle geint comme un animal en souffrance. Des flocons de neige constellent ce visage exsangue, harassé par les spasmes qui la saisissent désormais à chaque minute et lui mettent le cœur au bord des lèvres. Pour elle, ce voyage ressemble à une interminable agonie.

Alors que les porteurs, avec d'infinies précautions, franchissent le gué d'un torrent en partie glacé, la jeune fille se met à hurler de frayeur. L'obstacle franchi, sa mère demande à ce qu'on arrête la colonne qui progresse dans la nuit, à la lueur des torches, à travers le maquis. Puis elle se penche au-dessus d'Anna qui lui murmure entre deux sanglots :

— Maman, je n'en peux plus. Dis-moi que je ne vais pas le perdre, dis-le-moi, je t'en supplie !

A peine a-t-elle prononcé ces mots qu'une nouvelle contraction lui arrache un cri et lui fait perdre conscience.

Gabriel s'est approché et presse Félicie de reprendre la marche.

— Elle est évanouie, c'est mieux comme ça. Nous sommes presque arrivés. Courage.

Derrière eux, Maria Forte, soutenue par deux

gaillards au teint charbonneux qui empestent le bouc et se débattent avec leurs bretelles de fusils, se récite toutes les prières dont elle peut se souvenir, invoque tous les saints de sa connaissance et, par moments, jure comme un bouvier tant ses engelures la font souffrir.

Enfin, le faisceau d'une lampe éclaire les murs branlants et le toit affaissé de l'ancien ermitage. A l'intérieur, une vieille femme a allumé un feu de sarments et l'alimente avec de grosses bûches. De l'eau frémit déjà dans le chaudron.

— Une bassine, des linges et les hommes, dehors !

Dès son entrée dans la pièce principale, Félicie prend les opérations en main. Gabriel et ses sicaires déposent le brancard où gît Anna et se retirent timidement. La vieille femme continue d'entretenir les flammes. Félicie tourne un court instant son regard vers elle, la voit assise sur son tabouret, vêtue de hardes, le crâne à demi chauve. Ses yeux sont presque blancs tellement la pupille et l'iris en sont fanés. Mais ces yeux-là, curieusement, inspirent confiance.

De son côté, Maria réconforte Anna qui, revenue à elle, s'agite maintenant dans tous les sens, en proie aux douleurs de l'enfantement.

Bientôt, le travail s'accomplit et les soins prodigués par la mère et la belle-mère arrivent à leur terme. La vieille femme les assiste en silence, anticipant chacun des gestes qu'on attend d'elle. Qu'elle soit un peu sorcière, un peu mendiante, un peu folle ne la rend pas moins utile et bienveillante. Gabriel ne l'a pas fait appeler cette nuit-là par hasard. Elle a le don qu'on prête aux vierges des Agriates. En leur présence, jamais on n'a vu d'enfants mort-nés.

Disséminés autour de l'ermitage, Gabriel Gritti et ses spadassins battent la semelle en montant la garde.

La neige n'en finit pas de tomber et d'emplir l'obscurité d'un silence devenu palpable, un silence fait de chuintements infimes et de brefs crépitements quand les pas des hommes qui vont et viennent laissent leur empreinte sur le tapis floconneux.

A minuit passé, la lune surgit dans l'échancrure d'un nuage. Sa clarté vient pétrifier des silhouettes maintenant immobiles et l'immense ramure du pin parasol qui veille depuis des siècles sur l'antique cabane.

Un cri perçant se fait entendre.

L'enfant vient de naître, par une nuit de décembre, sous un ciel devenu limpide et scintillant d'étoiles.

Pour sa mère, c'est le plus pur joyau qui soit au monde. Et cette merveille s'appelle Eunicia.

XXXVII

— Une belle famille commence par une jolie fille...

— Et pas de jolie fille qui ne se marie !

Anna et sa mère éclatent de rire en invoquant ces dictons. Vêtues d'un tablier, manches retroussées, toutes deux enfournent du linge dans une lessiveuse en zinc flambant neuve. Avant leur venue, jamais l'antre du sorcier Gabriel n'avait contenu un tel récipient, ni les carreaux des vitres et les tommettes du sol brillé d'un tel éclat, ni le coffre à farine, l'unique meuble de rangement, exhalé une pareille odeur de cire. Gabriel n'a réussi à soustraire que son fauteuil génois à cet ouragan domestique.

— Ce fauteuil, mesdames, a accueilli le séant de cinq générations de patriarches et jamais femme ne s'est permis d'y passer le chiffon.

Depuis la naissance du bébé, quinze jours plus tôt, Gabriel Gritti a rajeuni de vingt ans. Il a délaissé sa canne et repris l'usage du coupe-choux et du savon à barbe. Mais l'asile donné à ses parentes l'oblige à traiter ses affaires à l'extérieur, ce qui le tient éloigné d'elles la moitié du jour. La saison n'étant guère propice à des escapades en montagne, il a provisoirement établi son commerce au milieu d'un bosquet de chênes-lièges, à quelques centaines de mètres de son repaire. Qu'il pleuve, vente ou gèle, c'est là qu'on vient le visiter, solliciter ses conseils, réclamer son arbitrage, voire obtenir quelque remède à de pernicieux envoûtements. Le Padre expédie ses consultations plus vite encore qu'il n'avait coutume de le faire, tant il lui tarde de retrouver la chaleur d'un foyer où il en viendrait presque à ronronner d'aise.

Un *capo mafioso* de Calvi s'étonne de le voir rendre la justice tel Saint Louis sous son arbre.

— Aurais-tu des tracas, Gabriel, pour te loger au grand air ?

— *U bisognu abbatte a legge*[1]. Ne te soucie pas de moi. Il n'est pas né celui qui viendra m'ôter la paille, le pain et le sommeil.

En quoi le Padre se vante un peu. Car les pleurs d'Eunicia lui volent une partie de ses nuits. Sans compter avec le tournis que l'enfant crée dans la maison chaque fois qu'il s'agit de la langer, de la baigner, de s'inquiéter des multiples petits maux qui affectent son estomac, sa gorge, ses orteils, ses narines ou ce poignet, là, soudain couvert de plaques rouges et qui déclenche un véritable conseil de guerre pour savoir si tel onguent ou, peut-être, un cataplasme, à moins qu'une décoction...

Mais il voit aussi les yeux d'Eunicia s'ouvrir et fixer avec une intense curiosité les visages penchés sur elle, sa bouche goulue aspirer le sein de sa mère. Il a senti les petites mains du nourrisson s'accrocher aux siennes avec une force insoupçonnée. Ces choses-là rendent circonspect. Et pudique.

Chaque soir, un messager passe lui rendre compte

---

1. « Nécessité fait loi. »

des nouvelles du village et lui remettre du courrier. L'homme porte ce jour-là dans sa besace trois lettres que lui a confiées Maria Forte qui a pu regagner sa demeure sans être inquiétée. Elles sont destinées à Anna. Durant le siège, le facteur a été empêché de remplir son office. Les lettres datent de plus d'un mois.

Anna se jette dessus dès qu'elle les reçoit des mains de Gabriel, s'assoit à l'écart, près d'une lampe à pétrole, et entreprend la lecture des feuillets couverts d'une belle écriture, pleine et régulière. Elle lit certains passages à mi-voix mais Félicie a beau tendre discrètement l'oreille, les sons qui lui parviennent restent indistincts.

Antoine conclut la première missive par ces mots :

Tu me manques et ma pensée revient sans cesse vers toi. Je te cherche à chaque détour de rue, alors que tu es si loin. C'est une grande souffrance que d'être séparé de toi, mais je la supporte grâce à notre amour.

Anna chérie, c'est toi qui me donnes la force d'avancer et de vaincre les obstacles. Il me tarde tellement de te revoir, de te serrer contre moi et qu'on reste ensemble pour toujours.

La jeune fille se répète à elle-même « pour toujours » en fermant les yeux. Puis elle se lève et s'approche sans bruit du couffin où le bébé emmailloté dort paisiblement. Quand Antoine saura-t-il qu'une petite fille l'attend au pays et qu'elle a de lui ses oreilles, sa bouche et, déjà, ce petit froncement du nez à la fois résolu et charmant ?

La seconde lettre, plus courte, lui apprend les débuts de son fiancé dans la maison d'édition d'Etienne Brun-

Rouard. A l'évidence, ce nouvel emploi, cumulé au précédent, ne lui accorde que peu de répit. Mais il se montre enthousiaste à l'idée d'apprendre un métier « si bien considéré ». Il promet de lui raconter tout cela par le détail dans son prochain courrier.

Anna lit la dernière des trois lettres le cœur serré. Elle trahit un secret désarroi, une sourde inquiétude. Antoine s'étonne de rester sans nouvelles. Mais il ne se plaint pas. Il s'en veut d'être accaparé par son travail quand Anna a peut-être besoin de lui.

Mon Amour, sois confiante et patiente. Dès que je le peux, je saute dans le premier train pour Marseille et j'embarque aussitôt. Tu peux être sûre qu'alors je ne reviendrai pas sur le continent sans toi, mon Cœur.

Gabriel et Félicie se sont assis devant l'âtre pour n'avoir pas à guetter sur le visage d'Anna les sentiments confus et contradictoires, ravissement, remords ou chagrin, qui tour à tour s'y bousculent. Le Padre entretient la mère d'Anna des dispositions à prendre pour les jours prochains.

— L'affaire s'est envenimée, Félicie. Je ne peux t'en dire plus mais votre retour au village n'est pas pour demain. Aussi, j'ai songé à une planque... pardon... à un petit meublé qui appartient à des amis, à Ajaccio.

Félicie plante son regard dans le sien.

— Tu souhaites nous voir partir, c'est cela ? N'y vois pas de reproches, tu as déjà tant fait pour nous.

— Tu te méprends sur mon offre. Je trouve mes pénates bien malcommodes pour vous trois. C'est une bauge de sanglier où vous avez trouvé refuge. Et puis l'air est parfois malsain dans ce vallon. Je pensais à la petite, vois-tu.

— Eunicia ne manque de rien. A son âge, le lait et l'amour d'une mère suppléent à tout. D'autres sont nés dans une étable...

Gabriel émet un petit ricanement.

— Pardonne-moi, ma nièce, mais la sainteté n'est pas un état qui me convient. Disons que je me souviens d'une très jolie et charmante jeune fille qui, jadis, dans mon bel âge, se trouvait toujours sur mon chemin quand je me rendais à l'oliveraie du grand-oncle Félicien. S'y trouvait-elle par hasard ?

Le rouge monte brusquement aux joues de Félicie qui baisse la tête pour dissimuler son trouble. Gabriel n'a pas quitté des yeux le feu qui brûle dans la cheminée. Il se saisit d'une pince, place une bûche au-dessus des chenets et poursuit son monologue.

— ... Ou s'y rendait-elle par amour ? Voilà des questions qui n'auront jamais de réponses. Non, Félicie, il n'y a pas de réponses à faire à un vieillard.

— Tu n'étais pas homme à t'en soucier, dit Félicie comme si, elle aussi, se parlait à elle-même. Tu étais comme le vent de la Pentecôte, jamais établi, ce vent qui plaît aux guêpes et chasse les abeilles.

— Anna t'a bien vengée, n'est-ce pas ?

— Oh ! Comment oses-tu ? Tu es le diable, voilà ce que tu es.

A ces mots, Félicie tire nerveusement sur les pans de son tablier en se pinçant les lèvres pour ne pas sourire à cette insolence.

— Bon, reprend Gabriel après s'être éclairci la voix. Pour les semaines à venir, et si cela vous convient, vous restez mes hôtes. N'en parlons plus.

Une ombre s'est approchée d'eux. C'est Anna qui tient dans sa main une enveloppe cachetée.

— Maman, s'il te plaît, il faut que cette lettre parte dès demain. J'ai écrit à Antoine. Je ne lui ai rien dit pour la petite ni pour le reste. Je ne veux pas qu'il se sente obligé de venir. Mais il faut absolument qu'il sache que je l'attends toujours et...

Sa voix se brise en ajoutant :

— Que je l'aime.

Le Padre s'est remis à tisonner le feu tandis que Félicie répond à sa fille. Elle se rendra dès le lendemain à Montecorvio pour y poster ce courrier. Comme Gabriel lui fait remarquer que le bourg se trouve à une bonne heure de marche, il s'attire cette réplique :

— Moi aussi, cher Gabriel, j'ai des jambes faites pour courir avec le vent !

XXXVIII

— Il faut que je lui parle.

Orso-Paolo n'a pas besoin de préciser qu'il s'agit d'Anna. Il a guetté le départ de sa mère pour quitter son repaire et venir frapper à la porte de l'ermitage. Un seul coup. Il est venu en parent. L'oncle Gabriel lui a ouvert la porte mais il lui interdit de franchir le seuil. Il ne paraît pas surpris de sa venue.

— N'oublie pas qu'elle est sous ma protection.

Le garçon acquiesce du menton. Ses cheveux drus sont coiffés d'un béret et une fine moustache orne à présent un visage qui reste farouche et buté. Gabriel remarque qu'il porte à son poignet une gourmette en or, frappée de ses initiales.

Le Padre lui fait signe d'attendre sur le pas de la porte puis il entre prévenir Anna de sa visite. Elle est en train de bercer Eunicia pour l'endormir. Elle se rapproche, aperçoit la silhouette d'Orso dans l'entrebâillement de la porte. Sans un mot d'explication, elle confie le bébé à Gabriel qui ne peut faire autrement que de le recevoir dans ses bras et de l'y bercer à son tour. Le regard qu'il jette à la jeune mère se veut indigné. En souriant, elle lui glisse à l'oreille :

— Ne fais pas cette tête, mon oncle, il fallait bien que ça t'arrive un jour.

Face à celle qu'il dépeint depuis des mois comme un objet de scandale, Orso-Paolo ne peut masquer son émotion. Il s'élance vers sa sœur qui lui ouvre les bras. Ils s'étreignent.

— Tu m'as manqué, Orso !

Le jeune homme ne répond pas. Il ferme les yeux et soupire d'aise comme s'il venait de sentir sur sa peau les premiers rayons du soleil. Il irradie de bonheur.

Anna, mains jointes sur sa poitrine, savoure ces retrouvailles et frissonne de contentement.

— Veux-tu voir ma petite Eunicia ?

Orso rouvre les yeux. Dégrisé.

— Plus tard. J'ai à te parler.

Il lui prend la main et l'entraîne sur le sentier qui mène à la masure. Sa sœur baisse la tête.

— Anna, tu es ce que j'ai de plus cher au monde. Et tu nous déshonores. Accepte d'épouser Livio. Il reconnaîtra l'enfant.

— Jamais !

Elle retire sèchement sa main et lui tourne le dos.

— Ton obstination est en train de ruiner notre famille. Le père n'est plus que l'ombre de lui-même. Nous sommes la risée du village. Tu ne peux imaginer le mal que tu nous fais.

— Assez, mon frère ! J'en ai assez qu'on me fasse la morale. Tu veux que je te raconte les trois semaines d'enfermement et d'humiliations que vous nous avez infligées à maman, à Maria et à moi ? Tu veux que je te raconte mon arrivée ici, couchée sur un brancard, dans le froid et la neige ? Maudits soient les hommes de ce pays et leur honneur ! Ils ont failli nous tuer.

Mâchoires serrées, Orso ne dit mot. Il s'accroupit, se saisit d'une brindille et la brise en menus morceaux.

Anna tente de reprendre son calme. Son frère se relève et dit d'une voix qu'il s'efforce de rendre convaincante :

— Livio a juré sur le Christ que cet enfant était de lui.

— Au Jugement dernier, Dieu s'en souviendra. Car il a menti. La vérité, tu la connais comme moi.

La bouche d'Orso se déforme sous l'effet de la colère. Il se contient à peine.

— Si Tonio vient rôder par ici, je l'abats comme un chien.

Anna, les larmes aux yeux, se bouche les oreilles et prend la fuite, courant à toutes jambes sur l'étroit sentier muletier, jusqu'à perdre haleine. Orso regagne de son côté la masure et fait irruption dans la pièce où Gabriel vient d'installer le nourrisson endormi dans son couffin. A la vue du jeune homme, fou de rage, poings serrés, qui s'avance vers eux, le Padre reste impassible.

— Eloigne-toi, mon gars. On ne réveille pas un enfant qui dort.

Puis il l'invite à s'asseoir au fond de la salle, près d'une fenêtre. Orso obtempère mais refuse le siège. Il marche de long en large, fébrile.

— Oublions la famille, veux-tu ? dit Gabriel. Tout ce tapage, laisse ça aux paysans. Si leurs femmes veulent porter la culotte, grand bien leur fasse. Et maintenant, écoute-moi bien, Orso-Paolo. Nos amis trouvent que tu t'agites beaucoup pour ne pas faire grand-chose. Ils s'impatientent. Et moi, je m'impatiente avec eux.

Orso est devenu livide. Le regard du Padre se pose sur la gourmette en or.

— D'où tiens-tu ce bijou ? C'est joli tout plein.

Avec ça, tu n'as plus qu'à dresser des moricaudes pour les loger au Panier de Marseille.

Puis ses doigts longs et crochus le saisissent brusquement au poignet et, d'un coup sec, font sauter le fermoir du bracelet qui tombe à terre.

— Avant de t'offrir des galons, dépêche-toi de faire tes classes, petit. Sinon, j'ai bien peur que tu serves de cible aux nouvelles recrues.

Le jeune homme se baisse pour ramasser sa gourmette. L'humiliation le dispute à la haine et au désespoir. A cet instant, il est prêt à tuer ou à mourir. Le Padre empoigne sa nuque et le force à lever la tête. Puis il le prend dans ses bras. Ni lui ni Orso n'ont perçu la présence d'Anna, revenue sur ses pas et qui se tient à l'entrée de la pièce, immobile, silencieuse.

Orso sanglote sur l'épaule de Gabriel qui finit par lui murmurer :

— Tu es fou d'elle, n'est-ce pas ?

XXXIX

Le premier manuscrit qu'Etienne Brun-Rouard met entre les mains d'Antoine a pour titre « Marjolaine ». Un élastique entoure les trois cent quarante feuillets dactylographiés. Le jeune homme s'en saisit avec précaution, le soupèse furtivement et le pose sur ses genoux.

— Ne vous préoccupez pas du titre, on en trouvera un autre, dit Etienne Brun-Rouard. J'ai mon avis sur ce texte mais j'attends de connaître le vôtre. La dernière partie de l'intrigue se déroule en Corse, du côté de Bonifacio. Vous ne serez pas dépaysé.

— Je ne connais pas cette région. Chez nous, quand on quitte sa terre, c'est pour franchir les océans, pas pour voyager dans l'île.

La sirène d'un fourgon de police se fait entendre dans une rue voisine. Etienne Brun-Rouard se lève pour refermer la fenêtre. Les bureaux de la maison d'édition occupent un vaste pavillon séparé de son hôtel particulier par un terre-plein fleuri en toutes saisons. Cet après-midi-là et bien que le mois de janvier soit à peine entamé, il y règne une douceur printanière.

— A cette époque, reprend Antoine, on mène les chèvres et les porcs dans la châtaigneraie pour qu'ils gambadent à leur aise. Ici, ce sont les landaus qu'on sort, avec des nurses qui parlent en anglais aux bébés. Marjolaine, ce n'est pas très corse comme prénom.

— Que suggérez-vous ?

— Je ne sais pas. J'attends d'avoir lu. Qui est l'auteur ?

— Le prix Kléber 1937. Excellente plume, mais il a eu quelques soucis à la Libération. Il s'est commis dans des feuilles de propagande de Vichy.

— Et vous le publiez ?

— J'emploie le talent, pas le casier judiciaire. Cet homme n'a pas de sang sur les mains et il a cessé de collaborer après l'invasion de la zone libre par les Allemands. Et puis sa situation l'a rendu moins exigeant sur le montant des à-valoir. Je vous ai expliqué ce que c'était.

— Bien sûr, c'est une avance qu'on verse à l'auteur et qui est retenue sur le montant des droits qu'il perçoit à chaque exemplaire vendu, récite Antoine. Mais votre cynisme m'étonne.

— Olivier Noubel, appelons-le ainsi puisque c'est le pseudonyme qu'il s'est choisi, aurait du mal à payer son loyer. Certains de mes confrères, qui sont de belles âmes, lui tournent le dos. Et c'est bien dommage pour ses lecteurs. Moi, le talent, je le publie.

L'après-midi d'Antoine a débuté ainsi. Il lui faut réapprendre à lire, plus rapidement, de manière plus distanciée et plus sélective. La collection qu'il est appelé à diriger s'intitule « Passion » et vise un lectorat féminin de condition modeste qui a besoin de s'évader. Dès les cinquante premières pages, il doit pouvoir juger de l'écriture, de l'intrigue, de la psychologie des personnages.

— Nos livres parlent à des gens simples de vies dont ils n'osent même pas rêver.

Antoine sourit. Il comprend Etienne Brun-Rouard au-delà des mots.

— Mais ne soyez pas dupe de cette œuvre philanthropique, reprend l'industriel. Les critiques méprisent les ouvrages que je publie. Pour eux, ce n'est pas de la littérature. Ils ont raison. La littérature n'est pas une recette de bonheur, elle n'est pas faite pour distraire ou consoler, elle n'a aucun message à délivrer, aucune morale à défendre. Eh oui, cher Antoine, Dante, Tolstoï, Dickens, Conrad, Joyce, Kafka, tous ces noms qui font peur aux petites gens parce que les puissants se les approprient sans les avoir jamais lus ou si mal, tous disent la vérité nue, obscène et impure de la condition humaine. Mais il en est d'autres, de Sade à Bataille, que personne n'ose revendiquer et qui sont aussi l'honneur de la littérature. Leur prose n'a pas peur de signifier notre mensonge permanent, notre impuissance et notre vacuité. En littérature, peu importe le sujet, ne compte que le style, ce phrasé qui réussit le miracle de restituer, de révéler les accents les plus universels mais aussi les plus intimes du cœur et de l'esprit. Ces écrivains-là ne visent ni à plaire ni à vendre. Leurs livres traduisent d'abord un engagement spirituel quand les miens ne sont qu'un pari commercial, une potion de charlatan, une façon de tuer le temps. Mais je n'en ai pas honte. Car il n'est pas misérable de vouloir fuir les heures qui vous usent à des tâches ingrates et vous enferment dans une vie décevante et bornée. Tout cela, vous ne le savez pas encore mais vous l'apprendrez, comme le reste. Et surtout, ne l'oubliez pas : un livre ne sera jamais un produit comme un autre. Quel que soit son contenu, il reste une œuvre de création, une voix couchée sur le papier. Bon travail, Antoine.

Un peu déconcerté par la leçon que vient de lui dispenser cet homme à la fois généreux et lucide, Antoine gagne le bureau qui lui est réservé et dont la vue donne sur le cèdre vénérable. Il se plonge aussitôt dans sa lecture.

On frappe à sa porte. Deux jeunes gaillards entrent : Aurélien Rousseau, normalien, iconoclaste, responsable d'édition, et René Chazal, chef de fabrication. Il règne sur les achats de papier, sur les illustrations, sur la réalisation des couvertures. Il donne parfois, sans qu'on le lui demande, son avis sur les manuscrits et, à sa grande surprise, les remarques qu'il formule sont prises en considération. Les deux hommes, qui n'ont pas trente ans, ont sympathisé aussitôt avec Antoine. Ils lui apprennent tout ce qu'il doit savoir sur la naissance d'un roman.

Antoine dispose de six mois pour faire ses gammes et toucher à toutes les activités, si variées, que comporte le métier d'éditeur. Ses capacités de gestionnaire trouvent à s'y déployer de manière remarquable, mais Etienne Brun-Rouard s'avoue étonné par le savoir-faire qu'il démontre dans ses rapports avec les auteurs. Il ne s'y départ jamais de son calme ni de son humour. Car il en va des écrivains comme des acteurs : les cabots sont flattés dans leur vanité, les divas fragiles réconfortées, les introvertis aigris et méfiants invités à se dérider voire à se confier et les cyniques, il s'en trouve quelques-uns, obligés d'admettre que les sentiments ont aussi leur part dans la signature d'un contrat. Avec chacun d'eux, Antoine Forte compose sans hypocrisie, avec naturel et bonne humeur, mais sans rien céder des intérêts qui sont les siens.

Sa tenue vestimentaire elle aussi a évolué. Chandail en laine, veston sport, chemises blanches ou bleues, cravates aux tons écossais ou unis, mocassins ou chaussures à semelles de crêpe, imperméable ou canadienne, mais ni chapeau ni casquette. Il a fait l'achat d'une Alcyon deux temps, une motocyclette de 125 cm^3 qui lui permet de se déplacer rapidement dans Paris, et porte un casque en cuir. Aurélien Rousseau et René Chazal ne sont pas étrangers à cette rapide mise en condition de leur jeune collègue.

A Etienne Brun-Rouard qui s'étonne de la docilité de certains auteurs qu'il a connus moins coopératifs, Antoine répond, malicieux :

— J'en ai tondu d'autres. Les brebis sont plus capricieuses qu'un Philippe Dambreuse ou une Edmonde de Bellevue.

Aurélien Rousseau décidait seul des choix éditoriaux. A présent, Antoine partage cette responsabilité. C'est Aurélien qui l'a voulu.

— C'est à ton tour de prendre des risques, mon gars, a-t-il dit en riant.

Etienne Brun-Rouard, lui, garde un œil sur les comptes et les bilans. Son jeune protégé négocie les prix de revient, et la typographie de la jaquette, le grammage et la qualité du papier, les polices de caractères. En parfaite harmonie avec René Chazal, il traite avec l'atelier de fabrication, pour le choix des illustrations, avec l'imprimeur et prend un réel plaisir à rédiger les quatrièmes de couverture destinées à mettre en appétit les futurs lecteurs.

Ce travail passionnant l'accapare au point d'être contraint de renoncer, dès le second mois, au travail à mi-temps qu'il effectuait encore aux Jardins de Sicile. Vincent Caporrosi ne s'est pas ému d'une décision à laquelle il s'attendait. Le matin où il reçoit son gérant pour mettre fin à leur contrat, il ne résiste pas à l'envie de lui faire admirer sa dernière trouvaille, un magnétophone couplé aux appareils acoustiques et capable d'enregistrer plusieurs heures de conversations.

— Mon cher Antoine, ce bijou me permet d'archiver sur des bobines magnétiques tout ce qui se dit dans mon établissement durant une année. Ma mémoire ou mon oreille peuvent me jouer des tours, alors que, avec cette bande enregistreuse plus d'injustices, plus de malentendus, place à l'objectivité sonore et à l'équité. Avouez que c'est améliorer le système dans un sens favorable au personnel.

— Monsieur Caporossi, un jour, quelqu'un va tirer le fil d'un micro et remonter jusqu'à vous. Ce jour-là, il vous le fera avaler tout cru !

— Sans importance, j'ai un estomac d'autruche ! Cigarillo ? Je m'y suis mis, c'est plus décontracté. Au fait, je compte sur vous pour rajeunir ma clientèle.

XL

C'est dans un contexte difficile où l'offre ne parvient pas toujours à répondre à la demande, faute de matières premières en quantité suffisante, qu'Antoine Forte découvre le métier à la fois exaltant et ingrat d'un responsable d'édition. Dans ces années d'après-guerre, les éditeurs se débattent encore avec la pénurie de papier. Les lecteurs fréquentent assidûment les bouquinistes et les bibliothèques de prêt. Les livres, denrées rares, s'échangent et passent de mains en mains pour finir écornés et fripés dans le casier d'un soldeur auquel un jeune étudiant désargenté a vendu de quoi s'offrir son repas du soir.

Autour de son bureau, les dossiers ne manquent pas. Ils dévorent l'espace, enfermés dans des chemises ou répandus en feuilles volantes, noircies de lignes manuscrites ou dactylographiées. Manuscrits à lire, à faire relire, à renvoyer accompagné des formules convenues : « Ce texte n'entre pas dans le cadre de nos collections », « Votre roman présente de réelles qualités d'écriture mais gagnerait à être retravaillé »... Aurélien Rousseau croule sous les manuscrits. Il doit réécrire parfois des chapitres entiers. Des rames s'empilent sur les rayonnages d'une armoire, d'autres s'étalent au sol. Etienne Brun-Rouard s'est peu à peu laissé déborder par l'ouvrage tandis qu'Antoine, obstiné et méthodique, s'emploie à y mettre de l'ordre. Dans cette tâche, il est aidé par Marthe d'Aulain. Veuve sans enfant, elle se dévoue à présent à Antoine comme elle le faisait pour Brun-Rouard. A sa manière, elle initie le jeune éditeur aux subtilités du monde dans lequel il évolue. Les préséances, comme les réseaux, n'ont pas de secret pour elle. Elle garde toujours à portée de main de vieux carnets où sont soigneusement notées et tenues à jour toutes les informations concernant les personnes à contacter, à inviter.

Etienne Brun-Rouard et René Chazal veillent à la charte graphique des romans roses. On doit les identifier facilement sur les rayons des librairies. La maquette de couverture doit appeler l'attention et traduire l'esprit de la collection. Grâce à René Chazal, Antoine a sympathisé avec les ouvriers du livre ; il a découvert un univers professionnel régi par des codes ancestraux et le goût intact du travail bien fait.

Mois après mois, le bureau qu'il occupe devient un carrefour de mots, d'humeurs, d'idées, avec ses embouteillages, ses accidents, ses erreurs de direction. Il parvient cependant à rendre plus fluide la circulation des textes et à orienter les auteurs. Il travaille avec eux, leur évite des impasses, les encourage. Au début, sa jeunesse les a rendus méfiants ou condescendants. Ils ont découvert chez lui tour à tour une mère aimante et un père sévère. Et lui, a mesuré et respecté chez eux cette part d'enfance qui les fait écrire et croire aux rêves qu'ils inventent.

Ce matin-là, Etienne Brun-Rouard, assis dans le fauteuil où il a coutume de se réfugier pour réfléchir, reste penché sur un livre de comptes. Il mordille une branche de lunettes. Il affiche un air soucieux. Malgré les records de vente de la collection « Passion » et un chiffre d'affaires devenu impressionnant, les Editions Brun-Rouard dégagent peu de profits.

Pour Antoine, le remède saute aux yeux.

— Vous pouvez charger l'âne à lui briser l'échine, s'il fait le transport pour un autre, ça ne vous rapportera pas davantage. Nos tirages augmentent, les retours d'invendus diminuent, mais notre marge est toujours aussi misérable. Le distributeur, au moindre risque, s'attribue la meilleure part : plus de la moitié du prix d'achat en librairie.

Brun-Rouard est bien forcé d'en convenir.

— Admettons que nous ne soyons volés que du tiers, aurions-nous pour autant avantage à nous distribuer nous-mêmes ?

Antoine, une cigarette aux lèvres, reprend ses calculs. Puis, soudain, il se lève de son siège et déclare, enthousiaste :

— Distribuer nous-mêmes est le seul moyen de dégager des bénéfices et de développer nos activités !

L'industriel n'a pas bronché. Il attend des arguments. Antoine les lui fournit aussitôt.

— Nos cycles sont courts. Entre la mise en place des ouvrages et l'épuisement du stock, on dispose d'un trimestre tout au plus quand le titre se vend. On marche sur la corde raide. Il faut produire beaucoup et renouveler sans cesse pour tenir l'exercice. Contrairement à d'autres éditeurs, nous ne pouvons compter sur un catalogue ancien, fourni et varié. Se faire distribuer leur coûte moins cher qu'à nous : ils ne dépendent pas autant des nouveautés. Assurer notre distribution nous permettrait de rétablir la balance et compenser le faible rendement du fonds par un meilleur suivi et plus de souplesse dans la mise en place des nouveaux titres. Les économies réalisées compenseraient largement les coûts de distribution.

La cigarette achève de se consumer dans le cendrier.

— En fait, poursuit Antoine, si je m'en tiens à ce que vous m'avez dit de ce commerce, on ne vend pas des œuvres gravées dans le marbre, mais des livres de colportage. Notre collection demanderait à être distribuée aux conditions de la presse.

— Ah, ça, mon ami, s'écrie Brun-Rouard, autant demander à un charbonnier de livrer de la farine ! Vous ne connaissez pas ces messieurs. Le Conglomérat est un club de voyous distingués et particulièrement influents dans les cercles du pouvoir. On ne l'appelle pas « la Pieuvre » sans raison. Ils jouissent d'un monopole exorbitant et distribuent sans partage livres et journaux depuis plus de deux siècles. Autrefois, les seigneurs qui tenaient les voies fluviales se payaient sur les droits de péage. Les dirigeants des Messageries n'agissent pas autrement. Et si vous leur contestez ce privilège féodal, attendez-vous à ce qu'ils déclarent la guerre.

— Nous tirerons les premiers ! s'exclame Antoine avec un sourire de loup.

Brun-Rouard sourit. Il est aux anges.

— Ah, jeunesse ! Quel malheur serait la vie sans ces enfants qui nous bousculent.

Puis, reprenant son sérieux, il ajoute :

— Mais avant d'ouvrir les hostilités, Antoine, permettez que je donne sa chance à la diplomatie. Autant sonder Gilbert Dujaric, le président des Messageries, et voir s'il ne serait pas ouvert à un compromis. Son père, qui est mort voici une dizaine d'années d'un malaise cardiaque, était une relation de longue date et même un ancien condisciple de Sainte-Geneviève. Je sais que le fils apprécie le gibier et les vins du Libournais. Autant le fâcher en lui servant un pétrus, qu'en dites-vous ?

Et l'œil de Brun-Rouard se fait à son tour malicieux. A chacun ses armes et ses poisons.

XLI

Rien ne fut laissé au hasard pour le dîner offert en son hôtel particulier par Etienne Brun-Rouard à Gilbert Dujaric, président des Messageries. On dut se plier aux étranges demandes du maître tout-puissant du Conglomérat. Son secrétariat avait adressé, quinze jours avant le dîner, les modalités et obligations particulières auxquelles l'hôte devait se soumettre, faute de quoi il ne pouvait y avoir de dîner.

On occulta donc tous les miroirs, les glaces et jusqu'aux vitres que l'obscurité du dehors rend réfléchissantes. Toute surface brillante fut proscrite des pièces de réception ou masquée par des étoffes. De même avait-on veillé à n'introduire dans la confection des plats aucun des fruits ou des épices susceptibles de causer chez Gilbert Dujaric une réaction allergique fatale à la conclusion d'un accord. Y figurait aussi la liste des aliments interdits.

— Surtout, recommande Etienne Brun-Rouard à son maître d'hôtel, qu'on le serve à sa droite, jamais à sa gauche. Le président est gaucher.

Et à destination d'Antoine, qui étrenne ce soir-là un habit fait sur mesure :

— Vos cigarettes, Antoine, oubliez-les pour ce soir. Dujaric ne fume pas et déteste qu'on fume devant lui.

— Vous appelez ça un dîner ? Un enterrement, oui. Quand je vois tous ces miroirs tendus de velours, j'ai l'impression de flotter dans ces salons comme un fantôme.

Brun-Rouard le prend par l'épaule.

— Consolez-vous, Antoine. A cette table, vous verrez deux créatures qui n'ont rien de fantomatique. Albina Dujaric, son épouse, une beauté, et Ursula Brulh, une peste et une amie très chère. Elle a le don de dire tout haut ce que je pense tout bas.

— Nous serons cinq ?

— Non, dix. Vous oubliez qu'entre gens de bonne compagnie on parle à des masques. Celui qui vous flatte n'est pas celui qui vous juge.

« Ursula dit parfois ce que je pense, rarement ce qu'elle pense par elle-même. Nuance.

Antoine fronce les sourcils.

— Alors, nous serons neuf. Pour moi, je reste entier.

— C'est bien pourquoi je vous conseille de vous rendre invisible un moment. Le temps de créer les conditions d'un débat serein. Après, vous aurez tout loisir d'engager le fer si ma diplomatie échoue.

C'est Ursula Brulh qui arrive la première. Cette petite femme d'une cinquantaine d'années, replète et volubile, vison jeté sur l'épaule, fait une entrée fracassante. De nationalité américaine, héritière d'une des plus grandes fortunes de la côte Est, Ursula Brulh tient salon dans son hôtel de l'avenue Friedland. Des Matisse et des Derain décorent son boudoir.

Elle tombe aussitôt en arrêt devant les miroirs endeuillés et aveugles.

— La dernière fois qu'il est venu chez moi, j'ai fait retirer les miroirs et conserver les châssis. Eh bien, croyez-moi ou pas, il baissait encore les yeux. Ce soir, j'ai apporté mon crucifix. Ce Dujaric est un vampire.

— Il a dû épargner son épouse, elle a un très joli teint.

— Tu es incorrigible et un cachottier, dit-elle en dévisageant Antoine avec curiosité. Pourquoi ne m'as-tu jamais présenté ton fils avant ce soir ?

Quand les Dujaric pénètrent dans le salon, le silence se fait. Albina Dujaric, teint pâle, laiteux, des lèvres couleur sang, cheveux auburn coiffés en chignon, portant une robe de soie pourpre, largement décolletée dans le dos, est saisissante d'élégance et de beauté. Et grande, plus grande que son mari. Antoine est surpris de les découvrir si jeunes tous les deux. Le milieu de la trentaine. Aussitôt, la laideur de Gilbert Dujaric le frappe. La démarche est celle d'un seigneur. Cambré, arrogant. Le corps est mince et souple. Mais le visage est terrible. Du côté droit, le profil est celui d'un ange, mais l'autre moitié du visage ressemble à un champ de bataille. Un goitre prend racine à la base du menton et envahit le cou. De ce côté-là seulement. Une tache lie-de-vin, entourant la tempe et l'orbite de l'œil, vient ponctuer sa disgrâce. L'œil gris, métallique, fixe son interlocuteur sans ciller, semblant dire : « Regarde-moi si tu en as le courage. Que je te répugne ou que tu me plaignes, je te hais. »

La rage l'habite depuis son enfance. Une rage froide, cruelle, maîtrisée, qui transcende son énergie, son désir de revanche et de domination. Il entend encore son père lui dire :

« Gilbert, tu es d'une incroyable laideur, tu manques totalement de charme, tu es une erreur de la nature. Seule une femme vénale et ambitieuse t'épousera. A ta place, je ne me montrerais jamais sans un masque. »

Gilbert Dujaric avait soumis son corps souffreteux aux disciplines les plus dures, pour en faire celui d'un athlète et d'un excellent joueur de polo. Hélas, il ne pouvait pas changer son visage. Le mufle léonin, magnifique, la prestance, la séduction de son père, haï et adoré, comment pourrait-il un jour en détenir une seule parcelle ?

En outre, un terrible doute le tenaille : comment un être tel que lui peut-il être le fils biologique de ce personnage à l'allure royale ?

Ursula Brulh, les Dujaric la connaissent. Elle est de leur monde. En revanche, ils s'interrogent sur ce bel inconnu qu'ils n'ont croisé dans aucun dîner, dans aucun cercle. Ses épaules sont trop larges, sa carrure est trop imposante pour qu'il soit un gigolo ou le fils caché de Brun-Rouard. Pourtant une complicité et une affection perceptibles semblent exister entre les deux hommes. Enfin, leur hôte les informe : Antoine Forte est le nouveau directeur des Editions Brun-Rouard. Cela lui vaut une poignée de main assez molle de Gilbert Dujaric. Albina, elle, est sensible au charme du jeune homme.

— Dites-moi, Etienne (Gilbert Dujaric s'accorde le privilège de l'appeler par son prénom en mémoire de l'amitié qui le liait à son père), avez-vous conservé dans votre bibliothèque cet admirable exemplaire de la Bible polyglotte d'Anvers ? Que vous l'ayez soufflée jadis à mon père en salle des ventes, il ne s'en est jamais remis.

— Vous m'en voyez navré, Gilbert, j'ignorais ce détail. Je l'ai cédé dernièrement aux chartreux de Mougins. Ils possédaient sept des huit volumes de la Bible de Christophe Plantin. J'avais le huitième en ma possession. Il leur revenait de droit, me semble-t-il.

— Au moins y avez-vous gagné des indulgences...

— Le clergé régulier ne dispense pas d'indulgences, enfin, pas que je sache. Je suis un si mauvais chrétien.

Etienne Brun-Rouard invite ses convives à prendre place autour de la table. Antoine se trouve face à Albina Dujaric qui décide de se mêler à une conversation mondaine à laquelle le jeune homme ne prend aucune part, comme le lui a recommandé Etienne Brun-Rouard. Il écoute avec amusement. La bonne société parisienne se plaît à médire autant que les villageois d'Alziprato. Il entre dans ses avis autant de mauvaise foi et de méchanceté. Et on y commente les liaisons comme on le fait chez lui d'un mariage. Mais, au troisième plat, l'agacement le gagne. « Les affaires se traitent hors de la présence des dames », l'a-t-on prévenu. Au moins pourrait-on traiter de sujets moins frivoles. Tandis que l'on achève de goûter au sorbet à la poire et à son coulis de myrtilles, Ursula Brulh s'inquiète tout à coup du silence d'Antoine.

— Antoine *dear*, est-il exact que les Corses détestent Mérimée ?

Bien sûr, Mérimée a fait beaucoup pour la légende de l'île, mais le sentiment de ses compatriotes à son égard ne semble pas d'un grand intérêt à Antoine.

— Madame, je crois qu'ils détestent surtout le sort qui leur est fait. Notre île fait rêver, mais ces rêves n'ont pas adouci la misère qui nous oblige à prendre le bateau pour Marseille.

— Vous l'avez pris, ce bateau pour Marseille ? demande Albina, hésitant entre cynisme et compassion.

— Et le train pour Paris !

L'atmosphère se détend. Albina s'exclame :

— Rassurez-nous. Vous n'êtes pas un Bonaparte venu mettre l'Europe à genoux !

Même Gilbert Dujaric esquisse un sourire. Etienne Brun-Rouard lance un clin d'œil discret à Antoine et propose à ses hôtes de passer au petit salon pour y prendre le café. Puis il glisse à l'oreille d'Antoine :

— Je vais l'entretenir de mon côté, occupez-vous des dames.

Un quart d'heure plus tard, Brun-Rouard et Dujaric rejoignent le petit salon. Antoine lit sur le visage contrit d'Etienne Brun-Rouard que son approche a échoué.

Sur un canapé, Ursula Brulh s'est lancée dans un récit enflammé qui semble fasciner Albina. Etienne Brun-Rouard prend familièrement le bras de Gilbert Dujaric et d'Antoine. Il les entraîne vers le bar où il leur sert des alcools. Gilbert réchauffe dans sa main la liqueur ambrée d'un armagnac. Antoine hume son alcool de poire tandis qu'Etienne va rejoindre les deux femmes. Le directeur des Messageries garde le silence. Antoine savoure une gorgée de son alcool de poire et se décide :

— Monsieur Dujaric, puis-je vous demander un conseil ?

— Je vous en prie.

— Imaginons que vous éditiez une collection de livres populaires. Appelons-la « Passion », par exemple, dit-il en souriant.

Perplexe, Dujaric dévisage le jeune homme. Il le voit venir. Il ressent la force qui se dégage de lui. Il est sensible à cette beauté sauvage. Un sentiment de jalousie lui broie le cœur.

— Votre collection « Passion » ne cesse d'augmenter ses tirages, poursuit Antoine. Vous avez triplé votre chiffre d'affaires, mais le bénéfice est voisin de zéro ! Vous refaites vos calculs. Vous constatez que le distributeur, dont on ne peut évidemment pas se passer, prélève sur le prix de vente une marge que vous jugez asphyxiante.

A ces mots, Dujaric, qui jusqu'alors se prêtait au jeu, visage fermé, lèvres serrées, décide d'écouter le débat. Il lui jette avec mépris :

— Réduire nos marges ? Il n'en est pas question !

Antoine enfouit les poings dans ses poches. La violence sourde qui s'empare de lui trouve spontanément à s'exprimer dans sa langue natale.

— *Tantu è à tène, tantu è à scurtica*[1]...

Dujaric, surpris d'entendre ces consonances étrangères, demande à ce qu'on les lui traduise.

— Bien volontiers, monsieur, mais vous n'y aurez pas avantage ; ces mots-là disent que celui qui vole une bête la dépèce sans vergogne. Pour ma part, j'en ai assez d'être volé. Nous nous distribuerons nous-mêmes.

Le patron des Messageries siffle alors sa réponse :

— Essayez, et vous regretterez d'être né.

1. « Tant est de tenir, tant est de dépouiller. »

XLII

Les Editions Brun-Rouard ont désormais pignon sur rue, à l'angle de la rue Bonaparte et de la place Saint-Sulpice, face à l'église dont la façade, dessinée par Servandoni au XVIIIe siècle, porte une colonnade sur deux étages.

Antoine Forte se débat au milieu des cartons de déménagement et des piles de manuscrits rangés en équilibre instable. C'est à peine s'il consent à jeter un coup d'œil par la fenêtre. Le désordre qui règne autour de lui le rend fébrile. Il ressent cruellement l'absence de Marthe d'Aulain, la vieille secrétaire, terrassée par une forte grippe.

Etienne contemple la vue qui s'offre à lui. Sa maison d'édition possède enfin une vitrine où exposer ses publications et une adresse respectée de la profession. Antoine a insisté pour déménager au cœur de ce quartier, à deux pas de Saint-Germain-des-Prés, dans un périmètre où sont établis des éditeurs de renom. Il le faut au moment d'engager le combat contre le Conglomérat.

— L'église Saint-Sulpice contient des Delacroix. J'irai les voir à l'heure du déjeuner, dit Antoine.

— Amusez-vous un peu, Antoine, vous travaillez même le dimanche !

— Pas toute la journée. Le dimanche après-midi, je feuillette les livres d'art chez les bouquinistes et je visite les musées. Et puis je pense à elle, vous comprenez, et ce n'est pas toujours bon.

Etienne sait qu'une amoureuse attend le jeune homme au pays et qu'il se languit d'elle.

— Prenez un congé. S'il vous faut rendre visite à votre mère et à votre fiancée, je m'en arrangerai.

— Maintenant ? Alors qu'on vient d'emménager et qu'on fourbit nos armes pour livrer bataille ? Ce serait une désertion. Dans six mois, je ne dis pas, mais alors ce sera pour retrouver Anna en vainqueur et la ramener avec moi. Je lui ai promis.

— Je sais, c'est votre Graal, beau Lancelot !

Antoine l'a convaincu de publier deux autres genres littéraires, le roman policier et les biographies de personnages historiques. Pour les premiers, il a choisi une couverture évoquant le halo d'un réverbère dans la nuit. Le titre se détache en lettres de sang sur un fond jaune et gris. Le premier volume est la traduction d'un auteur américain. La nouvelle génération, celle qui écoute du jazz, a besoin de livres qui lui ressemblent. Il a pensé à un lecteur idéal, à une jeune fille affranchie qu'il n'a jamais revue, à Jeanne Toussaint. Ça lui plaira sûrement de lire des histoires de flics paumés et de filles qui font naufrage dans les bars de Harlem.

Il a aussi obtenu d'investir dans des entrepôts de distribution près de la porte d'Orléans, en bordure des anciennes fortifications.

— En ville, le mètre carré coûte cher. On a besoin d'espace pour gérer les stocks et organiser la distribution. Sans compter avec la proximité des ateliers d'imprimerie. Plus on réduit les frais de stockage et de transport, plus vite on se rembourse. C'est mathématique.

— Vous et les maths... Vous oubliez deux inconnues dans cette équation, les aléas du métier d'éditeur et notre ami Dujaric. Il y a peu de chance qu'il fasse le même calcul que vous.

— Celui-là, je l'ai déjà soustrait du bilan.

— Vous ne doutez de rien.

— De rien.

Dans l'après-midi, les deux hommes sont allés visiter l'entrepôt de la porte d'Orléans. Antoine en est fier. Les employés ont déjà pris leur marque. Des manœuvres acheminent sur des chariots des paquets de livres qui exhalent encore l'odeur de l'encre d'imprimerie. Une bande de papier kraft les maintient par piles de douze.

Antoine a désigné aux magasiniers les rayonnages attribués à chaque genre, la quasi-totalité des emplacements étant réservée à la collection « Passion ». Ils disposent du matériel le plus moderne. Les Editions BREF, initiales de Brun-Rouard & Forte, ont importé des Etats-Unis un chariot élévateur qui facilite la manutention et permet de placer les livres dans les rayons les plus élevés en un temps record.

— J'en ai pris six autres en option, dit Antoine. Les Dujaric mettront bien trois ans à nous imiter !

Le hangar destiné au routage pourrait abriter la carlingue d'un Constellation tant il est vaste. A l'intérieur, une vingtaine de camions jaunes, flambant neufs, des Hotchkiss, sont garés en épi. Etienne ne peut s'empêcher d'émettre un sifflement admiratif.

— Avec ça, on ne passera pas inaperçu.

Au fond du hangar, des mécanos répertorient et disposent le matériel de réparation et d'entretien. Les fosses de vidange et l'aire de lavage jouxtent l'atelier de réparation, de peinture et de tôlerie. La pompe à essence se trouve en retrait du porche d'entrée, fermé par deux solides vantaux de métal.

Deux peintres sont occupés à apposer sur le flanc des camions un cœur rouge vermillon traversé d'une flèche noire. C'est le logo de la collection « Passion ».

Antoine et Etienne inspectent les véhicules.

— Et qui va les conduire ? demande Etienne.

— Des chauffeurs qui n'ont pas froid aux yeux.

XLIII

La table de réunion en loupe d'orme, de forme oblongue, fournirait assez de bois pour lambrisser un ketch de grande croisière. C'est un monument logé au cœur d'un autre monument, le siège du tout-puissant Conglomérat. L'immeuble jouxte le palais Brongniart où se tiennent les séances de la Bourse. On accède à l'imposant édifice par une large porte encadrée de deux sphinx. Des colonnes renflées, polychromes, accueillent le visiteur. A l'intérieur, mosaïques émaillées d'or, de bronze et de cuivre, escalier à double révolution, salons en enfilade abritent un sanctuaire dédié à la fortune des agioteurs et des fournisseurs des armées du Premier Empire. En prenant possession des lieux, sous le règne de Louis-Philippe, le Conglomérat n'a presque rien modifié de l'agencement initial. Les entrepôts occupent de grands bâtiments, plus fonctionnels, situés dans l'arrière-cour.

Sous le règne de Geoffroy Dujaric, le grand-père de Gilbert, le confort moderne a fait son apparition. On a électrifié les candélabres et les lustres, pourvu l'immeuble d'ascenseurs et de monte-charges, et fait dessiner un mobilier modern style que les héritiers conservent en mémoire du grand ancêtre dont le buste trône dans la salle du conseil d'administration.

Gilbert Dujaric, l'actuel président, déteste ce buste aux traits héroïques et grotesques. Il semble l'accuser d'avoir été désigné par défaut à la tête de l'entreprise après la mort accidentelle de Raymond, son frère aîné. Ce polytechnicien et linguiste versé dans l'étude comparée du grec et du sanskrit, enfant chéri de la dynastie, un pur génie, était décédé stupidement, un pan de sa cape s'étant pris dans la portière d'une voiture de train, en gare d'Orsay. Gilbert lui avait succédé avec un brassard noir à sa manche. Mais il tient sa revanche sur ses ancêtres illustres et détestés. Il a mis au monde un fils, Philippe, aujourd'hui âgé de huit ans, un dauphin qui les surpassera tous.

Sous son autorité, le Conglomérat a consolidé son empire. Gilbert le gouverne comme seuls savent le faire les timides. Tracassier et mesquin comme un employé aux registres communaux et féroce comme un satrape. Il reste hanté par le visage de son frère dans le cercueil encore ouvert, ce visage détruit et péniblement reconstitué par les soins des thanatopracteurs. La sinistre farce des apparences. Raymond, l'éternel jeune premier, embaumé comme la momie de Ramsès. Depuis ce jour, Gilbert ferme les yeux dès qu'il capte le reflet de son visage. Il lui semble que ce visage-là ne lui appartient plus. Il lui arrive même de revêtir un masque, prétextant que l'air lui brûle la peau, qu'il fait une allergie aux rayons du soleil. Ce masque qu'il a fait confectionner par un costumier de théâtre porte les traits de son frère aîné.

La beauté d'Albina, son épouse, le flatte sans l'apaiser. Et l'habitude qu'il a prise d'elle finit par rendre cette femme, elle aussi, invisible à ses yeux.

Ce jour-là, Gilbert préside le conseil d'administration. Il s'assied en bout de table, dans un fauteuil dont il a fait rehausser l'assise. Il jette un regard circulaire sur les membres du directoire, les « douze apôtres », comme il a coutume de les appeler. Il a dû les conquérir un par un quand la présidence des Messageries lui a échu, mais tous lui ont fait allégeance. Les intérêts de la société ont prévalu sur les ambitions personnelles. L'aïeul, Geoffroy, enseignait à ses enfants qu'« un actionnaire, tant qu'il voit augmenter ses dividendes, n'aboie jamais qu'à l'entrée de sa niche ». Gilbert veille à nourrir la meute dans son chenil. L'époque le sert, la diffusion des journaux et des revues n'a jamais été aussi favorable à leurs intérêts.

Les membres du conseil siègent autour de la table selon une subtile hiérarchie qui passe aussi par les liens de parenté avec la famille Dujaric. La « Pieuvre » est devenue, au fil du temps et des mariages contractés entre les principaux actionnaires, une affaire de famille. Elle étend ses tentacules jusque dans les provinces les plus reculées.

A l'extrémité de la table, les juristes consultent leurs dossiers. Les gardes du corps sont tenus à l'extérieur de la salle, derrière la lourde porte capitonnée qu'un appariteur referme en début de séance.

Au cours de la réunion, tous les participants, du président Dujaric aux avocats, ont tourné à un moment ou un autre leur regard vers un immense paravent laqué sur lequel s'enroule un dragon chinois chevauché par un personnage gras et souriant.

Derrière les panneaux mobiles, assis sur un canapé dont seul dépasse un accoudoir, se tient un auditeur invisible et attentif à tous les propos échangés. Le débat tourne principalement autour de l'attitude, jugée inconvenante et suicidaire, d'Etienne Brun-Rouard. Tous s'accordaient jusqu'alors à le considérer comme un des leurs, un industriel avisé autant qu'un homme du monde. Devant cet incompréhensible manque de fair-play, les commentaires se font acerbes.

— Depuis la disparition de son épouse, Brun-Rouard n'est plus le même. Il devient mystique.

— Et ce Corse, d'où le sort-il ? Confier les rênes d'une maison d'édition à un berger ! On rêve, messieurs. Brun-Rouard est fou à lier, oui ! A mettre sous tutelle.

— Nous vivons une époque de voyous. Quand on voit l'état du pays, ces grèves, ces émeutes et ce gouvernement d'incapables...

— Ah non, François, tu exagères, le président André Marie fait ce qu'il peut.

— Suffit, intervient Gilbert, la question n'est pas de savoir pourquoi Brun-Rouard a perdu l'esprit, mais comment le ramener à la raison.

Le doyen de l'assemblée, Antonin Brossard, laisse échapper d'une voix asphyxiée par une bronchite chronique :

— En lui cassant les reins, pardi.

Dujaric met fin aux débats, par un claquement des mains, puis il se lève, adresse un petit salut à tous et les congédie d'un sourire mécanique. Demeuré seul dans la pièce, il se rassied et lance à l'adresse de la personne cachée derrière le paravent :

— Alors, ma chère ?

Une femme d'une soixantaine d'années, aux cheveux coupés court, étonnamment blancs, au regard noir de jais, vêtue comme une garçonne des années vingt, portant lavallière, se lève et rejoint Dujaric. Aucun bijou sur elle, à l'exception d'un énorme bracelet en vermeil orné d'améthystes qui scintille à son poignet comme les écailles d'un serpent.

Elle s'assoit face à lui dans un large fauteuil et allume une cigarette. Cette femme se nomme Gaëlle Lenoir. Elle exerce ses dons de voyance sur tous les continents. Du shah d'Iran aux magnats nord-américains de la finance, on affrète pour cette pythie des avions privés pour une simple consultation. Sa clientèle ne discute jamais le montant de ses honoraires.

Le grand-père Dujaric faisait déjà appel à cette femme avant de prendre une décision d'importance. Gaëlle Lenoir en sait bien davantage sur la famille que les notaires, les banquiers et les confesseurs.

— Alors, chère Gaëlle, que nous réserve le... disons, le malentendu qui nous oppose à Brun-Rouard ?

— Des emmerdements.

L'oracle tire sur sa cigarette et envoie soigneusement la fumée vers le visage de Dujaric. Ses yeux sombres, indéchiffrables, le scrutent. Gilbert Dujaric toussote, mal à l'aise.

— Vous voulez dire qu'il est toujours désagréable de se fâcher avec un ami, et plus encore de le ruiner, n'est-ce pas ?

— Pas désagréable, dangereux. Quant à le mettre sur la paille, ce n'est pas dans mon champ de vision.

— Concentrez-vous, Gaëlle. On a connu des adversaires plus redoutables qu'un mécène qui devient gâteux et qui s'amourache d'un paysan corse.

— Prends garde. Ce jeune Corse, il est né sous une bonne étoile. Il est très fort.

Elle s'interrompt, ferme les yeux, pâlit et reprend :

— Il y aura du sang.

Puis elle se lève et quitte la pièce sans ajouter un mot.

Gilbert reste assis un long moment. Puis il se met à parler à voix haute.

— Qu'en penses-tu, Raymond ?

— Divagations hystériques.

— Grand-père ne faisait rien sans la consulter. Toi-même, je m'en souviens, tu as assisté à leurs rencontres.

— Du grand guignol.

— Elle l'a conseillé utilement.

— Un pur hasard. Grand-Père aimait se divertir.

Gilbert laisse passer un moment de silence, puis redonne la parole au spectre.

— Et en plus, elle nous déteste.

— Et si Brun-Rouard persiste ? Il a laissé carte blanche au petit corsicot. Ils ont acheté les camions, s'apprêtent à engager des gros bras, à offrir des primes. Il est malin, ce Forte. Il a déjà envoyé une circulaire à tous les points de vente, aux libraires, aux kiosquiers, en les faisant saliver avec des ristournes alléchantes.

On entend soudain résonner dans la gigantesque salle de réunion un rire d'outre-tombe.

— Dis-moi, Gilbert, ce petit gars est un tueur. Qu'est-ce que tu comptes faire ?

— Nous avons inventé ce métier. Nous détenons le savoir-faire. Nous maîtrisons chaque rouage de la machine. S'il croit nous envoyer par le fond, c'est lui qui va faire naufrage.

— Et s'il restait à flot ?

Gilbert Dujaric fixe l'immense tableau de Bacou, semble se repaître de ses émanations délétères. Son visage tourmenté devient blafard. Un rictus d'absolue cruauté s'y inscrit.

— Alors, il aura un accident.

XLIV

Quand il pénètre dans le bar-tabac de la place Saint-Sulpice, sa démarche brutale, ses muscles saillants sous le pull-over noir, sa figure émaciée, barrée d'une estafilade à l'arcade sourcilière, attirent le regard des habitués, artisans employés sur des chantiers alentour et fêtards aux gestes las, venus prendre un croissant-crème avant de gagner leur lit.

L'homme demande un café serré, sort de sa poche un paquet de cigarettes et le pose sur la table. Derrière le comptoir, le patron met en marche le percolateur. Dix minutes plus tard, Antoine Forte pénètre à son tour dans le café. Ses yeux s'arrêtent sur le gaillard assis sur la banquette du fond, qui lui répond d'un signe de tête. Antoine le rejoint avec un large sourire. Jean-Pierre Cardo se lève à son approche pour échanger avec lui une poignée de main vigoureuse et cordiale. Tous deux ont convenu de ce rendez-vous la veille, par téléphone. Cardo a répondu à une petite annonce. Ils ne se sont jamais vus auparavant.

Antoine se défait de son imperméable et le pose sur le dossier de la chaise.

— Bonjour, m'sieur Forte. Un espresso, comme d'habitude ?

— Comme d'habitude.

Cardo allume une cigarette. Antoine lance la conversation.

— Vous rentrez d'Indochine, n'est-ce pas ?

— Oui, j'ai débarqué du *Pasteur*, avec les éclopés de là-bas. Je lis vos journaux, ils me font marrer. Si la métropole croit que les Viets vont ramper devant le drapeau ! Pas question de rempiler pour ce casse-pipe. Je préfère m'habiller en civil. Ça fait dix ans que je traîne mes guêtres sur tous les champs de bataille. Des médailles, j'en ai plein les poches et pas de celles qu'on gagne en servant la soupe au préfet. Mais ce baroud, je le sens pas.

Antoine écoute l'ex-sous-officier des fusiliers-marins sans l'interrompre. Les renseignements qu'il a pris sur lui le dépeignent comme un type honnête, solide dans l'action et plutôt marqué à gauche, ce qui est rare dans sa profession. Cardo se raconte un peu. Il a fait ses premières armes sur l'Ebre, dans les rangs des Brigades internationales durant la guerre d'Espagne. C'est un idéaliste revenu de pas mal d'illusions, un grognard fatigué d'enterrer des camarades. Il ne connaît pas grand-chose au monde de l'édition, mais il veut changer de vie.

— Quelles seraient mes fonctions ?

— Chef du personnel. Vous aurez sous vos ordres l'équivalent d'une compagnie.

— Alors, c'est dans mes cordes.

Antoine commande un second espresso.

— Que je vous explique, Cardo. J'édite des livres qu'il faut distribuer. Jusqu'à présent, on passait par le Conglomérat. Ces gens-là empochent la majorité des gains et nous laissent des marges de famine. On a décidé de s'attaquer à leur monopole. On va placer nous-mêmes nos livres dans les points de vente et convaincre les libraires d'écouler la marchandise. En face, ils vont tout faire pour nous en empêcher. Ce ne sont pas des enfants de chœur.

L'aventure ne semble pas déplaire à Cardo.

— C'est un combat estimable. J'accepte.

— Affaire conclue. On va recruter une vingtaine de gars qui aiment la castagne et la grammaire. Il faut qu'ils aient la langue bien pendue pour vendre nos titres. Que pensez-vous d'aller voir aux entrepôts de Bercy ?

— Les pinardiers ? Bâtis comme leurs tonneaux. Pour le reste, de la gueule, du gosier mais pas d'estomac. Oubliez.

— Et... d'anciens collègues à vous ?

Cardo hésite, dévisage Antoine et se lance.

— Faudrait ressusciter trop de monde. En revanche, je connais deux anciens taulards, des durs, mais réglos, des as du volant.

— Pourquoi ont-ils fait de la prison s'ils marchent dans les clous ?

— Erreur judiciaire.

— Merci bien, sans façon.

Cardo ne se résout pas à abandonner ces deux bons bougres qui ont manqué leur reconversion au sortir de l'armée.

— Vous avez mieux ? dit-il d'une voix brusque.

— Les Halles. J'en connais le moindre recoin.

XLV

Le « ventre de Paris » est un formidable réservoir d'hommes à tout faire. Ce serait bien le diable s'il ne trouvait pas vingt costauds pour prendre le volant des camions de livraison parmi les journaliers, les commis bouchers, les pousseurs de chariots et les manœuvres occupés à décharger les caisses. Antoine retrouve avec plaisir les pavillons Baltard. Il venait s'y fournir pour les Jardins de Sicile.

Dans l'immense quartiers des primeurs, au milieu des éventaires où s'amoncellent les fruits et légumes, les grossistes interpellent la clientèle, font goûter une carotte, effeuillent une endive, épluchent une orange. Les commerçants inspectent la marchandise. Ils tâtent, palpent, caressent, goûtent, reniflent. Antoine et Cardo cherchent une tout autre marchandise. Ils engagent trois bagarreurs de l'Oise égarés dans les fraises et un gars du Poitou, en délicatesse avec le commissionnaire qui l'employait.

Sur un quai de déchargement, c'est un chauffeur routier qui se porte candidat. Plus d'argent pour payer les traites du moulin qu'on va lui saisir. Antoine négocie les conditions d'embauche, Cardo enregistre les nom, prénoms, états de service du futur salarié. C'est rondement mené et sur parole.

Plus loin, tandis que les deux hommes poursuivent leur prospection, l'attention d'Antoine se fixe sur quatre négociants qui ont improvisé une table de poker sur deux caisses de bois. Ils s'arrêtent un instant pour les observer d'un œil averti. Ici, on paie en « cash ». Chaque joueur tient à la main une liasse de gros billets de banque. Pour payer les relances, il s'humecte les doigts sans façon d'un bon coup de langue, compte prestement les billets et les jette sur les caisses. On leur sert des cafés brûlants dans des tasses en fer.

— Vous aimez le jeu, Cardo ?

— Pas depuis que j'ai vu un copain se faire sauter la cervelle à la roulette russe. Pour les cartes, c'est belote ou tarot et on paye les tournées, rien de plus.

A une rapide visite au quartier des volailles et des gibiers, succède un spectacle exotique, celui du quartier chinois. Là, pas d'éclats de voix, pas de bourrades, une activité presque silencieuse. Alignées en bon ordre, des dizaines d'énormes marmites exhalent de mystérieux et savoureux effluves. Une noria de triporteurs et de camionnettes amène les restaurateurs chinois et vietnamiens venus acheter, tout préparés, le canard laqué, le porc sucré, les crevettes au piment, le bœuf aux oignons ou le riz cantonnais.

Dans le quartier des bouchers, ils replongent dans une cohue et un tintamarre indescriptibles. Cardo ouvre la marche, se frayant un passage au milieu des diables, des chariots, du rugissement des camions.

Des centaines de carcasses de bœuf sont suspendues à des crochets sur de fortes charpentes d'acier. Leur travail achevé, les équarrisseurs au tablier souillé de sang s'envoient des rasades de gnole.

— Ceux-là feraient un carnage, dit Cardo.

A la fin de la matinée, nos chasseurs de têtes font

les comptes. Ils ont engagé vingt lansquenets prêts à en découdre. Seul problème, la moitié d'entre eux ne possède pas son permis de conduire.

— Pas grave, dit Cardo. J'ai un copain à la préfecture de Police, on arrangera ça. J'ai vu des types apprendre à piloter un avion en dix jours, alors un cinq tonnes... Je les dégrossirai moi-même.

Mais pour la vente, c'est une autre paire de manches. Même si tous savent lire et écrire, la plupart ne tournent les pages que de revues légères et des journaux de courses.

Le jour où Antoine, assisté de son chef du personnel, tient sa première réunion, on perçoit dans les regards un certain flottement, pour ne pas dire une franche inquiétude.

Cardo se penche vers Antoine.

— A mon avis, dans quinze jours, ce seront des as du volant, mais pour ce qui est de placer les bouquins, y aura de la casse les premiers mois.

Antoine prend un air songeur.

— De la casse, il y en aura forcément.

XLVI

Avant de lancer sa première offensive, Antoine décide de rendre visite aux libraires qui assurent les plus grosses ventes. A Lille, l'accueil est réservé, presque hostile. A Nantes et Mulhouse, les libraires se montrent plus encourageants. Antoine arrive à Bordeaux, après un détour par Limoges, Albi et Toulouse. Il dort dans des couchettes de seconde classe depuis une semaine et, malgré sa puissance de travail et un enthousiasme juvénile, descend en gare Saint-Jean la mine chiffonnée. Un tramway l'emporte à travers un dédale de rues pavées, bordées d'échoppes basses, vers les barrières de la ville.

Il entre dans la librairie de la barrière Saint-Médard, un établissement que fréquente, au sortir des bureaux, une population féminine avide de s'évader par la lecture de romans roses. Le libraire est occupé à empaqueter les invendus qu'il doit restituer au distributeur.

Antoine en profite pour vérifier l'emplacement de ses collections. Il est excellent. Il se présente. Le libraire le considère avec étonnement.

— C'est Darrieulat qui fait le secteur.

— Oui, mais je ne suis pas des Messageries. J'ai monté ma propre affaire.

Cette fois, le libraire le dévisage, incrédule.

— Vous allez distribuer vous-même ? Ils ne vous laisseront jamais faire !

Antoine affiche un sourire tranquille.

— On n'a pas peur.

— Vous serez bien les premiers. Cela dit, « Passion » figure parmi mes meilleures ventes. Vos concurrents ont dix ans de retard.

Il montre les cartons.

— Regardez tout ce que je leur renvoie !

Il sort au hasard quelques livres des caisses et les brandit sous le nez d'Antoine.

— Comment peut-on publier des âneries pareilles ? Sacrifier les arbres pour imprimer ça !

Il repose les ouvrages.

— Vous m'êtes sympathique, mais je ne peux pas me mettre le Conglomérat à dos.

— Ce n'est pas la bonne réponse, mais je ne vous ai pas posé la bonne question.

— Dites toujours...

— Si je vous donne 40 % de marge au lieu de 30 %, acceptez-vous de travailler avec moi ?

— Voilà une bonne question !

A six cents kilomètres de là, à Paris, Jean-Pierre Cardo s'attaque à un gros morceau, la librairie de la place Clichy. Son propriétaire, personnage de forte corpulence, n'est pas homme à se laisser intimider en affaires. Les arguments de Cardo semblent porter.

— Quatorze à la douzaine, je ne dis pas, c'est une belle offre.

— Et 40 % de marge.

— Vous êtes gonflés de vous attaquer aux Messageries ! Ça me plaît. Alors, moi, je vous réponds oui.

Le visage de l'ancien fusilier-marin s'illumine de contentement.

— Mais pas maintenant. Dans un an.

Le sourire de Cardo disparaît.

— D'ici là, reprend le libraire, si on ne vous a pas fait la peau, d'autres éditeurs se joindront à vous. Et nous avec. Le Conglomérat nous exploite depuis des années et nous, on tremble qu'ils ferment le robinet !

Cardo rigole.

— Je suis content de résoudre un problème de robinet.

De retour à Paris, Antoine réunit le « cabinet de guerre » en présence d'Etienne Brun-Rouard, de Cardo et d'un représentant, Albert Fautrier. Se prétendant diplômé de lettres modernes, il a vite assimilé les ficelles du métier. A vrai dire, il semble les posséder de naissance. Son aplomb a d'ailleurs trompé Antoine et Cardo le jour où ils l'ont engagé. L'homme a de la prestance, du chic même, l'œil vif, une élocution digne d'un sociétaire de la Comédie-Française. Il prétend avoir quarante ans. Il en a quinze de plus et porte perruque. Mais sa passion des livres est sincère et son abattage impressionnant.

Depuis, très apprécié par Aurélien Rousseau, l'éditeur, et par René Chazal, le chef de fabrication, Fautrier ne cesse de confirmer les espoirs placés en lui. Sous sa gouverne, la petite équipe des représentants chargés de démarcher les libraires, les kiosquiers et les chefs de rayon des grands magasins commence à quadriller le terrain et à enlever des places fortes.

Trois mois plus tard, les piles des ouvrages mis en place par la nouvelle distribution se trouvent en devanture de la plupart des kiosques et des librairies de France et de Navarre. Les romans se vendent comme des petits pains.

— Gilbert Dujaric m'étonne, confie Antoine, perplexe, à Etienne Brun-Rouard. Il devrait nous rentrer dans le lard. Or, il fait le dos rond. Nos bouquins n'ont jamais été aussi bien distribués.

Etienne partage ce sentiment, mais il ne se fait guère d'illusions sur les représailles à venir.

— Ne nous laissons pas griser, Antoine. Le jour où Dujaric sortira du bois, ce sera avec l'artillerie lourde. Nous aurons du mal à trouver un abri.

XLVII

Gilbert Dujaric achève son déjeuner dans un restaurant du Palais-Royal. Son navarin d'agneau lui reste sur l'estomac. De retour au siège des Messageries, il gagne son bureau de méchante humeur. Sa secrétaire, le voyant arriver, s'évertue à paraître absorbée par la mise en place d'un papier carbone dans sa machine à écrire. Dujaric marque un temps d'arrêt, observe son manège et lui demande d'un ton rogue « s'il fait peur à voir ». La vieille demoiselle retire alors ses lunettes et pose sur lui un regard de myope.

— Mais non, monsieur Dujaric, quelle idée ! Je vous trouve très bonne mine.

Gilbert hausse les épaules. Avant d'entrer dans son bureau, il lui demande :

— J'attends un certain Donadieu, rappelez-moi l'heure du rendez-vous.

La secrétaire ouvre l'agenda.

— 15 h 30, monsieur.

— Merci. Vous n'auriez pas un cachet d'aspirine ?

La secrétaire ouvre aussitôt le tiroir où elle range ses fournitures, ses pastilles Vichy et le dernier volume de la collection « Passion ». L'aspirine côtoie un lot de gommes. Elle saisit le tube et le tend à Dujaric.

Gilbert Dujaric referme sèchement la porte de son

bureau sur le cliquetis lancinant des touches qui impriment en double exemplaire les sténos de la matinée.

A 15 h 28, Pascal Donadieu fait son apparition. La secrétaire s'interrompt dans sa frappe et fronce le nez à la vue du visiteur. Un bridge en or scintille au milieu d'une dentition jaunie et cariée par l'abus de nicotine. Celui-là, ça n'est sûrement pas un éditeur, pense-t-elle, en considérant sa carrure de gorille.

— Vous désirez ?

Il répond d'une voix rauque :

— J'ai rendez-vous avec Monsieur Dujaric.

La secrétaire se lève, rabat sa jupe avec soin, puis frappe à la porte du bureau du directeur avant d'introduire Donadieu.

Dujaric l'invite à prendre place dans le fauteuil qui lui fait face. Il s'assoit sans cesser de mâcher bruyamment sa chique. Puis il la crache avec une adresse surprenante dans un large cendrier de cuivre.

Gilbert réprime un hoquet.

— Vous êtes prêts ?

— Mes gars n'attendent que ça. On va leur faire sauter la tête. Faut me dire jusqu'où je peux aller.

— Pas d'armes à feu et pas de couteaux.

Donadieu hoche la tête, sans conviction. Gilbert insiste.

— Tu m'as bien compris, Donadieu, pas question de faire les marioles. Le rondin, le nerf de bœuf, le fer à cheval, tout ce que tu veux, mais ni flingue ni surin.

L'homme de main, habitué à briser les grèves, connaît la musique. Mais on peut lui demander plus. Là, ils n'auront droit qu'à des coups de latte, des coups de boule, enfin le pugilat des préaux de campagne électorale et des carreaux d'usine. Gilbert l'informe de l'heure et de l'endroit où son équipe devra intervenir.

— D'après mes renseignements, ils seront deux, peut-être trois, à livrer.

— Le type, là, Caro...

— Cardo.

— C'est ça, Cardo, il en sera ?

— Pourquoi ? Ça t'inquiète ?

— Vous m'avez pas dit qu'il avait servi dans l'infanterie de marine ? Les marsouins, j'ai pratiqué, c'est pas des gonzesses.

— Oublie Cardo. Il sera empêché.

Donadieu se lève, salue d'une contraction des mâchoires et quitte la pièce. Resté seul, Gilbert se saisit de sa montre de gousset. Il fait jouer un déclic et le couvercle s'ouvre en laissant perler le son cristallin d'une polka. A l'intérieur, se trouve le portrait d'un petit garçon. Le visage maussade de Gilbert Dujaric s'éclaire peu à peu. Il sourit.

XLVIII

A peine descendu de la limousine qui l'a déposé au Polo de Bagatelle, Gilbert Dujaric se dirige vers les écuries. Il a aperçu Albina, son épouse, et leur fils, Philippe, âgé de huit ans, qui sortaient des box.

Albina a gardé sa tenue de ville, un tailleur ivoire, tandis que l'enfant est équipé de sa culotte et de ses bottes d'équitation. Gilbert se penche vers le garçon pour l'embrasser et lui donner une tape affectueuse sur l'épaule, puis il se tourne vers sa femme, la gratifie d'un baiser furtif et s'étonne :

— Vous ne montez pas avec nous, ma chère ?

— Excusez-moi, Gilbert, mais je ne peux pas.

— Qu'avez-vous à faire de plus important que de rester avec votre mari et votre fils ? dit-il d'une voix suave teintée d'ironie.

Albina baisse les yeux.

— Je vous en prie... Pas en présence du petit.

Gilbert change de ton.

— Il peut tout entendre, c'est un Dujaric.

— Assez ! Je n'ai pas envie d'essuyer le moindre reproche. J'ai à faire, voilà tout.

Gilbert demande à l'enfant s'il veut que l'on selle Bad Boy, le poney qu'il montera tout à l'heure en sa compagnie. Le garçon hésite un instant, puis se résigne à obéir. Sa mère l'accompagne d'un regard affectueux tandis qu'il rejoint les écuries au pas de course. Gilbert entraîne son épouse à l'écart.

— Qu'avez-vous de mieux à faire, Albina ? Vous ne savez rien faire.

La jeune femme se mord les lèvres pour ne pas éclater en sanglots.

— Je vous ai fait un héritier, c'est ce que vous vouliez ? Ça ne vous suffit pas ?

— Ce n'est pas la question. Je veux seulement savoir ce qu'il y a de si urgent ? Un thé chez Simone de Macqueville ? Mais non, j'y suis ! Vos petits orphelins de Garches. J'avais oublié ces misérables.

Albina le foudroie du regard.

— C'est vrai, ma chère, vous n'avez de talent que pour habiller les pauvres.

— Et vous, pour les dépouiller.

Gilbert, du bout de l'index, vient effleurer la tempe de son épouse.

— Courez à vos bonnes œuvres.

Mais Albina lui a déjà tourné le dos et s'éloigne à grands pas.

Dix minutes plus tard, sur le terrain gazonné, leurs poneys lancés au galop, le père encourage son fils à taper dans la balle de cuir. Le maillet cingle l'air et propulse la balle entre les poteaux de but. Gilbert salue le geste d'un cri triomphal. Philippe ressemble à un jeune centaure. A cet instant, le regard de Gilbert fixe un horizon connu de lui seul. Il remet sa monture au pas et opère une demi-volte. D'ici quelques années, Philippe le vengera du fantôme qui le hante.

XLIX

Un matin de novembre 1950, à l'heure où les chats finissent d'inspecter les poubelles, un camion jaune portant un cœur percé d'une flèche noire, l'emblème de la collection phare des Editions BREF, s'engouffre rue Baillet, étroit passage que bordent les magasins de la Samaritaine. Il vient se ranger devant l'un des portails réservés aux fournisseurs. Le chauffeur et son équipier restent dans la cabine tandis que le troisième passager saute sur le trottoir.

Antoine Forte n'a pas voulu manquer leur première livraison dans la prestigieuse enseigne voisine du Pont-Neuf. Il guette la venue du chef du rayon librairie. Il lui glisse une enveloppe contenant la « prime » et fait signe à ses deux compagnons de descendre pour effectuer la livraison. Les portes arrière du camion s'ouvrent et les cartons de livres sont empilés sur un chariot. Le magasinier réceptionne la marchandise.

A ce moment précis, deux fourgonnettes, portières à demi ouvertes, débouchent à toute vitesse par les deux extrémités de la ruelle et freinent brutalement de part et d'autre du camion. Six hommes en surgissent et se précipitent sur les livreurs. Antoine, qui se tient à l'intérieur de l'entrepôt, alerté par les cris, accourt et se trouve nez à nez avec Pascal Donadieu.

Les deux hommes s'affrontent du regard. Antoine saisit Donadieu à la gorge et serre de toutes ses forces. Je vais le tuer, pense Antoine. Mais il parvient à maîtriser la violence qu'il sent déferler en lui, relâche son étreinte et propose :

— Arrête tes gars ! On va s'arranger.

— Je cause pas aux métèques !

Et, sans ajouter un mot, Donadieu lui balance un violent coup de poing au visage. Antoine chancelle.

Les autres nervis terminent leur besogne. Les cartons sont éventrés, saccagés, les phares et les vitres du camion sont brisés, tandis que les coups pleuvent sur le magasinier, le chauffeur et son équipier.

Antoine, les oreilles bourdonnantes, à demi aveuglé par le sang qui coule d'une de ses arcades sourcilières, titube sous le regard méprisant du voyou qui s'apprête à le rouer de coups. Antoine saisit le bras qui va le frapper, le tord brutalement, jusqu'à le briser. Donadieu hurle de douleur. Mais Antoine n'en a pas fini avec lui. Il lui martèle le visage à coups de poing. L'homme tombe à terre. Il a perdu connaissance.

Les nervis se ruent sur Antoine, le bousculent et entraînent le corps inanimé de leur chef.

Quelques témoins apeurés s'approchent des victimes. Le chauffeur a trois côtes cassées, l'épaule démise et la face tuméfiée. Malgré sa blessure au visage, Antoine s'en tire à bon compte.

La police arrive rapidement sur les lieux. L'affaire paraît confuse. Quatre personnes molestées, des bris de matériel, mais pas de marchandise ni d'argent volés. L'un des agents se penche au-dessus d'un carton de livres dont le contenu a été répandu dans le caniveau, se saisit d'un exemplaire et le feuillette.

Sur la couverture jaune et grise, le titre s'étale en lettres de sang : *Un cadavre en trop*.

L'agent appelle le brigadier.

— Vous l'avez lu, celui-là, chef ?

L

En silence, une dizaine d'ombres se tiennent postées dans la demi-obscurité qui règne autour des vespasiennes proches du square des Batignolles. Deux silhouettes gagnent les latrines, deux autres en ressortent. Un témoin se tient à l'écart, épie leur manège puis, soudain, porte ses pas vers un grand gaillard vêtu d'un caban de marine. L'homme se laisse approcher, quand il voit luire un canon de Beretta pointé vers sa poitrine. Avec son pistolet, l'inconnu lui indique la direction à suivre, vers une Citroën parquée sous les tilleuls, à une cinquantaine de mètres. La mort dans l'âme, Jean-Pierre Cardo s'exécute.

La portière arrière s'ouvre, une main le pousse sans ménagement à l'intérieur de la voiture. Trois hommes l'y attendent. La traction avant démarre aussitôt. Autour de l'édicule, les ombres poursuivent leur étrange ballet nocturne.

— Tu es certain de ton informateur ?

Antoine Forte, assis devant une assiette de charcuterie dans le bar-tabac de la place Saint-Sulpice, déjeune avec son chef du personnel. Deux points de suture à peine cicatrisés décorent son arcade sourcilière.

Cardo en est certain, la bande à Donadieu projette

d'incendier les hangars de la porte d'Orléans, le lendemain, à l'aube.

Antoine, que la nouvelle a tout d'abord abasourdi, s'est ressaisi. Etienne Brun-Rouard l'avait mis en garde. Ils ne reculeraient devant rien pour les abattre. De là à mettre le feu aux camions et aux entrepôts... Cette fois, les services de police ne classeraient pas l'affaire. Une enquête judiciaire serait menée. Ça n'est pas l'avis de Cardo.

— Ils ont le bras long, au Conglomérat. On nous flanquera sur le dos une tentative d'escroquerie aux assurances et on sera marron.

— Si c'est ça, on va leur organiser un comité d'accueil, décide Antoine. Qu'en dis-tu ?

Cardo réfléchit, puis répond :

— Avant tout, on va mettre les camions à l'abri, sans attirer l'attention. On part à minuit pour la porte d'Orléans, on saute dans les camions et on fonce.

— Pour aller où ?

— Chez Lalubin & Fils, dans leurs entrepôts de Courbevoie. Ils sont inoccupés.

A l'heure dite, Antoine, Cardo, les chauffeurs et Albert Fautrier, ravi de se frotter à cette jeunesse, se glissent dans la pénombre à l'intérieur des entrepôts où sont garés les camions.

Ils n'ont pas le temps de gagner les camions. Toutes les lumières s'allument et les lourds vantaux métalliques se referment dans leur dos comme une porte de prison.

Devant eux, en rang serré, une trentaine de gaillards, longs gourdins et barres à mine à la main, les fixent du regard. Au milieu de cette phalange, Donadieu, le bras immobilisé dans un plâtre, savoure de voir Antoine et ses compagnons pris au piège.

Après un silence qui semble interminable, les bâtons frappent le sol en cadence, pulsation gorgée d'adrénaline dont le rythme s'accélère, préludant à l'assaut.

Antoine se tourne du côté de Cardo, le cherche des yeux. Il ne le voit plus. Il a disparu.

Cardo les aurait-il trahis ? Il ne peut le croire.

La panique s'empare des chauffeurs. Parmi eux, le pauvre Fautrier, blanc comme un linge, tente de sauver la face et lance un héroïque : « Ils ne passeront pas ! » dont l'écho se perd au milieu du chaos. La horde se rue vers les hommes désarmés, les frappe brutalement. Fautrier s'écroule, le visage en sang. On s'acharne sur lui à coups de batte. Antoine, assailli de tous côtés, se défend de toutes ses forces, manque succomber à son tour sous le nombre, parvient à échapper à Donadieu qui participe à la curée, ivre de désir de vengeance. La meute à ses trousses, Antoine court vers le boîtier électrique logé dans les réserves et le fait disjoncter.

Plongé dans l'obscurité, l'entrepôt n'abrite plus que des ombres, des cris, une mêlée confuse où personne ne peut plus distinguer la victime de son bourreau. Donadieu pousse un hurlement de rage ; une lampe torche s'allume dans un coin et jette une lueur sinistre sur le combat des corps, puis le faisceau vacille et s'éteint. La bataille devient incertaine et confuse. Quelqu'un ouvre à nouveau les portes qui donnent sur la rue, des silhouettes s'y engouffrent et se lancent dans une fuite éperdue.

Donadieu rameute ses gars. Ils ont rempli leur contrat. Reste à finir le travail, se rendre à la pompe à essence, l'actionner et y mettre le feu.

Quelques minutes plus tard, une flamme jaillit autour de la pompe, suivie d'une série d'explosions. Un camion garé à proximité s'embrase. Dans le vacarme et les clartés rougeoyantes de l'incendie qui bientôt gagne la charpente et les ateliers, Antoine, surmontant la douleur qui lui vrille les tempes, essaie de sauver les hommes restés sur le carreau. Trois chauffeurs encore valides se sont portés à son secours et l'aident à traîner les corps inanimés à l'écart du brasier.

Fautrier n'a pas repris conscience. Le lendemain, à l'hôpital, le diagnostic des médecins est sans appel. Il restera paralysé des jambes. Le danseur de tango a cessé de faire chavirer ces dames. Il finira ses jours en chaise roulante.

Les nervis de Donadieu ont poignardé l'un des chauffeurs. Par miracle, les lésions ne sont pas mortelles. Deux autres souffrent de fractures multiples, un troisième d'un traumatisme crânien. Le plus jeune de l'équipe, le Fernand, un blondinet à la figure d'ange, a gagné dans l'affaire un nez de boxeur et perdu la moitié d'une oreille.

Pour Antoine, ce sera trois nouveaux points de suture, à la lèvre supérieure cette fois, une côte brisée, un genou endolori et des bandages au poignet. Il vient de connaître sa première défaite. L'équipe est décimée, son cher Fautrier handicapé à vie, les entrepôts détruits. Gilbert Dujaric a tenu sa promesse. Le coût à payer est exorbitant.

Tiré de son lit en pleine nuit, Etienne Brun-Rouard accourt sur les lieux du sinistre. Après avoir constaté l'ampleur des dégâts, il se fait conduire au dispensaire où Antoine reçoit les premiers soins. A la vue du jeune homme, son visage se décompose. Il a envie de le prendre dans ses bras, tant il fait peine à voir. Antoine garde les yeux baissés, submergé de honte et de dépit. Etienne pose la main sur son épaule, délicatement, comme s'il redoutait de lui faire mal. Il cherche ses mots. Mais c'est Antoine qui trouve la force de parler.

— Vous m'avez fait confiance et je vous ruine. Il vaut mieux que je parte. Cédez-leur et sauvez votre entreprise.

— Restez, je vous le demande, lui répond Etienne d'une voix cassée par l'émotion. Restez, Antoine.

Antoine n'en revient pas. L'estime s'ajoute à l'affection qu'il porte à Brun-Rouard. Il lui tend la main. Brun-Rouard la saisit et la serre. Puis Antoine reprend :

— Je me suis trompé sur Cardo. Il nous a trahis...

— C'est ma faute. J'aurais dû prendre plus de renseignements sur lui. Ils le tenaient. Cardo a des mœurs spéciales. Nous avons perdu la première manche, Antoine, mais nous allons continuer la lutte.

— Etienne, votre existence peut devenir un véritable cauchemar. Si on continue, ils s'attaqueront à vous.

— J'accepte ce risque et, même, je vous en remercie. A mon âge, c'est un plaisir de se battre à nouveau. Ils me trouveront sur leur chemin, croyez-moi.

Antoine se retient pour ne pas embrasser son bienfaiteur, mais il n'est pas au bout de ses surprises. Tandis qu'il tente de se relever et retombe sur son siège, pris de vertige, Etienne se penche pour le soutenir et lui glisse un trousseau de clefs dans la poche.

— Ne rentrez pas chez vous, cette nuit. Ils sont capables de vous y attendre. Prenez ces clefs. Au 128, boulevard de la Saussaye, à Neuilly, à deux pas de chez moi, j'ai acheté une maison pour le fils que le destin m'a refusé. Cette maison est à vous et pour la famille que vous allez fonder. Il est temps.

LI

Des bourrasques de pluie balaient la place d'Alziprato. En cette fin d'après-midi de novembre 1950, l'hiver envahit les collines. Dominique le bègue a laissé son accordéon chez lui pour se hâter vers le café, face à l'église. Il fait déjà sombre dans les ruelles du bourg. En arrivant devant le troquet, il jette un regard sardonique vers l'enseigne en fer forgé qui représente la silhouette d'une paysanne.

Il pousse la porte du café d'un geste rageur, entre et la referme aussi brutalement. A l'intérieur de la salle éclairée par un néon au-dessus du comptoir, une innovation récente, quatre vieillards disputent une partie de belote autour d'un tapis usé par le temps. Aucun d'eux ne répond au salut du berger, occupés qu'ils sont à s'invectiver à propos d'une donne un peu douteuse. L'un des joueurs n'est autre que Fabrizio Santini, l'ancien gendarme qui préside le conseil des anciens. Mais, cartes en main, le Sage ne se connaît plus. Il vitupère et bat du pied comme un marmot à qui l'on viendrait de voler sa tartine de miel. Un étranger penserait que ces vieux gamins sont sur le point de s'étriper, mais la querelle fait partie du jeu. Plus tard, réconciliés autour d'une anisette, chacun conviendra que l'affaire a eu le mérite de relancer l'intérêt de la partie. Bien que Santini, le plus rancunier des quatre, parle encore de « maldonne » et d'une injustice caractérisée. Ce qui permettra de nourrir la dispute du lendemain.

Des disputes, on n'en a jamais autant connu dans le village. Pas des disputes de voisinage ou des prises de bec entre lavandières, ni même de ces conflits qui ressurgissent entre deux clans et menacent de rompre une trêve parfois centenaire, non, rien d'aussi banal. Mais des éclats de voix, étouffés par les murs des maisons, des noises domestiques, des litiges entre époux, toutes choses qui ne retentissent pas au-dehors, mais qui se laissent voir, pour des yeux avertis, dans le comportement des uns, la figure des autres. Depuis une semaine, la plupart des honnêtes gens d'Alziprato se font la tête quand ils croisent leur moitié. Et cet étrange phénomène suscite un climat de plus en plus oppressant. Les hommes ont les nerfs à vif.

Dominique franchit la salle d'un air maussade, avise le patron assis, silencieux, et lui adresse un bonjour à peine audible. Le berger est attendu dans l'arrière-salle où se tiennent les réunions du conseil des anciens au milieu des barriques et des jambons fumés.

Cette fois, l'assemblée ne comporte aucune tête chenue. Le plus âgé des participants n'a pas dépassé la cinquantaine, à l'exception du curé, Don Pulco, venu modérer les débats de ses paroissiens. Pourtant, ceux qui l'entourent ne sont pas les plus assidus aux offices. On y trouve même un libre-penseur radical-socialiste, Emilio Menegheni, l'instituteur, et un communiste bon teint, le maire de la commune, Mario Bonanza, l'oncle de Livio. A leurs côtés, se trouvent Salvadore Limonu, l'épicier, Sylvain Gritti, ainsi qu'un charron et deux agriculteurs des environs.

Si Mario Bonanza a accepté de discuter en présence

de Don Pulco, c'est que l'affaire est grave. Sans aller jusqu'à l'alliance de la faucille et du goupillon, le premier magistrat de la commune, comme la plupart de ses administrés, ne sait plus à quel saint se vouer. Résistant de la première heure, de carrure imposante, sanguin et bon vivant, Mario Bonanza ouvre les débats à sa manière. Il frappe du poing sur la table et apostrophe l'assemblée.

— Ça ne peut plus durer ! Notre cité se relève à peine du pillage organisé par l'oppresseur fasciste.

L'épicier, qui n'a jamais été du parti de la classe ouvrière, se racle bruyamment la gorge et murmure à l'intention de Don Pulco :

— C'est reparti. Comme si on avait souffert des Italiens ! On leur a pris jusqu'à leur caleçon.

Le maire, qui a l'oreille fine, réagit aussitôt.

— Je ne parlais pas pour toi, Salvadore. Dans ce malheur collectif, tu as été l'exception qui confirme la règle.

— Ça suffit, intervient Menegheni, l'instituteur, on n'est pas là pour refaire l'histoire mais pour...

— Pour défendre notre honneur, lance Dominique qui, dans sa fureur trop longtemps contenue, en oublie le bégaiement qui l'afflige d'ordinaire.

— J'y viens, reprend Mario Bonanza. Mais je tenais à situer le contexte. Le village affronte une nouvelle épreuve.

— Enfin, la moitié du village, dit le curé jusqu'alors silencieux.

Le maire acquiesce en maugréant à cette remarque.

— Oui et cette moitié-là, Don Pulco, elle fait vivre les familles. Sans nous, les hommes, l'autre moitié, elle n'aurait plus qu'à se mettre à quatre pattes et à brouter l'herbe comme les chèvres !

L'assemblée approuve. Mario la remercie d'un hochement de tête et entre, sans plus de précautions oratoires, dans le vif du sujet.

— Ah, les diablesses ! Les fourbes aux deux visages ! Il n'y a plus de honte à l'avouer puisque nous en sommes tous victimes. Nos femmes nous traitent comme des ânes. La mienne la première.

A cet instant, le discours bascule dans le réquisitoire personnel.

— Elle, dont le ventre jamais repu me criait : « Encore, encore ! » Et moi, éreinté par l'ouvrage, jamais je ne lui ai refusé ma semence, même à l'article de la mort. Jamais ! Et je devrais me les couper aujourd'hui ?

Un vrai cri du cœur. Le carnet des doléances est ouvert. Chacun y va maintenant de ses reproches. L'instituteur n'est pas le moins remonté.

— Quinze ans de vie commune, une entente parfaite et, sauf votre respect, Don Pulco, pas besoin de faire des grimaces devant un Jésus en plâtre pour honorer la grandeur et les servitudes du mariage. Je lui ai toujours été fidèle, à ma chère épouse, fidèle et complaisant, vous pouvez m'en croire. Le sacrifice, c'est ma vocation. Et pour en être remercié comment ? Par une froideur de marbre. Je dors depuis quinze nuits à côté d'une statue.

L'image du marbre fait impression. Mais le charron a d'autres mots pour faire entendre sa plainte.

— Et ma petite Sidoine, si maigre que, quand je la serre contre moi, je me coupe... Elle n'a pas rechigné à me faire six enfants, tous des garçons, des asperges. Je l'honorais presque tous les jours, et maintenant, faudrait que je m'excuse d'avoir du sentiment ?

L'épicier renchérit.

— C'est ça ! On n'a plus le droit de faire parler son cœur.

— Première nouvelle, lance le maire, t'as un cœur, Salvadore ? Faut nous le montrer, il doit ressembler à du plant de laitue.

Piqué au vif, le commerçant, rouquin aux épaules étroites et aux genoux cagneux, se lève et commence à baisser son pantalon. Don Pulco l'interrompt dans son élan.

— Par pitié, mon fils, on voit déjà assez d'horreurs ici.

Mario Bonanza rit en se tapant les cuisses du plat de la main. Ce curé-là sait parler aux mécréants. L'atmosphère se détend. Le moment est venu d'y aller de son petit sermon, décide Don Pulco. C'est un petit homme maigre au regard plein de bonté et qui dégage un étonnant charisme.

— Mes amis, on se connaît bien. La plupart d'entre nous ont usé leurs culottes sur les mêmes bancs d'école et chapardé des figues dans les mêmes vergers. Je vous ai tous mariés, même toi, Mario, tout athée et bolchevique que tu sois ; je t'ai uni à Flora devant le Seigneur. Non, ne proteste pas, tu avais déjà ta carte du Parti. Vous avez épousé de belles et bonnes femmes. Elles vous ont donné de gentilles filles et de solides gaillards. Elles vous ont appris, gros rustauds, les gestes de la tendresse et de l'amour. Nous sommes tous leurs enfants et elles ont fait de nous des hommes. Elles nous ont soutenus dans les épreuves. Vous gagnez l'argent du ménage au prix de votre sueur, je ne le nie pas, mais élever des enfants, tenir la maison, les cordons de la bourse, s'activer aux fourneaux quand il ne s'agit pas, en plus, de vous aider à la terre, tout cela doit valoir à vos moitiés de la considération, du respect, de la gratitude. Une telle somme de travail, de souffrance, de dévouement, d'amour ne doit pas nous pousser à traiter nos épouses comme nos égales ? Toi, mon brave Stefanu, dit-il en s'adressant au charron, tu parles de sentiments mais tu as besogné ta bonne femme sans répit, jusqu'à la veille des couches. Ce n'est pas trahir les secrets de la confession, les femmes le disent au lavoir.

Le charron s'insurge :

— L'épouse doit remplir son devoir conjugal !

Muet jusqu'alors, Sylvain Gritti, plus triste que jamais, se décide à prendre à son tour la parole.

— Laissons là les chicanes. C'est à cause de moi que vos femmes font la grève de l'amour. Par solidarité avec ma fille et mon épouse.

Sa voix se brise.

— Elles ont quitté le foyer. A cause de ce fichu honneur qu'on voudrait encore défendre aujourd'hui. Il est où notre honneur quand on ne peut plus être des hommes devant la femme ? Moi, je vis aujourd'hui comme le dernier des sauvages. Je n'ai même plus le cœur à me nourrir de mes fruits et de mon huile. Perdu que je suis, oui. Sans nos femmes, mes amis, on est moins que des bêtes. Peut-être qu'on n'a pas raison.

Ce discours produit un effet considérable sur l'assemblée. S'il est une règle intangible, une règle plus stricte encore que le respect de l'honneur, c'est de taire sa souffrance. Sylvain Gritti, exemple vivant de la fierté, de la dignité des hommes du village, avoue sa douleur et fait voler en éclats des certitudes séculaires.

Seul Dominique, le berger, résiste encore.

— *Non dare i calzoni alla moglie*[1] !

Mais ce rugissement se perd dans un silence recueilli où chacun tente d'écouter, et chez certains pour la première fois, cette chose redoutable et mystérieuse : la voix de sa conscience.

1. « Ne donne pas la culotte à une femme ! »

LII

Derrière la grille du confessionnal, Félicie Gritti le visage à demi voilé par un foulard noir, s'incline lentement. Don Pulco, son confesseur, assis dans l'obscurité, guette ses premières paroles en égrenant son rosaire. D'une voix sourde, Félicie parle enfin. Les mots se précipitent sur ses lèvres.

— J'ai quitté ma maison avec ma fille. J'ai brisé mon foyer. J'ai humilié mon époux. Et je n'ai plus reçu la sainte communion depuis Pâques.

Don Pulco s'éclaircit la gorge. Il hésite. Qu'il est difficile d'être le berger d'un troupeau qui se déchire.

Le noble profil de Félicie se redresse.

— J'ai péché, mon père. Je suis allée me réfugier chez un ennemi du Bon Dieu et pourtant, lui m'a donné l'asile. Il s'est montré meilleur homme que tous les chrétiens de ce village.

Le curé d'Alziprato intervient avec douceur et fermeté.

— Ma fille, ce n'est pas à toi de juger des hommes, mais à Notre-Seigneur.

— Les hommes, parlons-en ! reprend Félicie sur un ton plus assuré. Ils naissent libres et égaux, les hommes, mais pas leurs femmes. Oui, j'ai péché, j'ai péché contre mon cœur. Jeune fille, j'ai sacrifié mon amour à un mariage de raison. J'aiderai Anna à échapper à cette malédiction !

Don Pulco approuve cet aveu, mais s'il doit pardonner au pécheur, il n'a pas à le sanctifier pour autant. Il émet un rappel à l'ordre.

— Pourquoi es-tu allée chez Gabriel ? C'était punir doublement ton mari.

— Je n'avais pas le choix. Et Gabriel, au moins, il me respecte.

— Il n'est pas toujours le diable, j'en conviens, mais Sylvain est un bon bougre, un honnête garçon, malheureux comme une pierre. Il n'attend que toi.

Félicie ferme les yeux. Le chagrin s'inscrit sur son visage tandis que Don Pulco la bénit d'un signe de croix.

LIII

Une odeur de renfermé imprègne les vieux murs de la demeure des Gritti. Voici des semaines que la plupart des pièces somnolent derrière des volets clos et des tentures tirées. Seules la pièce de séjour et la cuisine reçoivent la pâle lumière de cette journée d'automne. Sylvain et Félicie se retrouvent dans la salle à manger autour de la longue table qui accueillait jadis enfants, parents et serviteurs, dans un joyeux tintamarre auquel le chef de famille mettait fin en tonnant de sa grosse voix avant de dénouer sa serviette.

Sylvain a fait réchauffer du café et le verse dans la tasse que Félicie entoure de ses mains. Il s'assoit à son tour face à l'épouse venue lui rendre visite. Elle a jeté sur ses épaules le châle fleuri offert par son mari à la Sainte-Reparata, un 8 novembre, voici déjà longtemps.

Chacun évite de croiser le regard de l'autre. Sylvain s'est rasé de frais. Il a taillé avec soin sa fine moustache et revêtu une chemise de flanelle et un gilet propres. Ses gros doigts noueux jouent avec les miettes éparpillées sur la table. Il les chasse, puis les rassemble pour former un tas. Félicie boit lentement son café, par petites gorgées. Son visage exprime à la fois une grande tension intérieure et une certaine lassitude.

— Comment va la pauvre Maria Forte ? demande Sylvain.

— Elle va bien, lui répond sa femme d'une voix sans timbre. Des voisines l'ont aidée à remettre la maison en état.

Le silence s'installe à nouveau, puis Félicie reprend :

— Tu ne me demandes pas pour ta fille ?

Sylvain se lève, prend sa pipe et sa blague à tabac. Il porte la pipe à sa bouche, bourre le fourneau de tabac gris et revient s'asseoir, puis il sort une boîte d'allumettes de sa poche et allume sa bouffarde. Félicie se penche en avant, souffle sur la flamme de l'allumette et s'empare de la main tremblante de son mari pour l'attirer vers elle.

Sylvain ferme les yeux.

— Aucune femme ne sent bon comme toi. Je n'ai pas eu besoin du curé pour comprendre. Il n'y a aucune colère en moi, juste une souffrance.

Il se tait, étonné d'avoir pu exprimer si simplement la vérité.

— Moi aussi, tu m'as manqué, Sylvain. Dès que cela a été possible, Anna et moi avons quitté la maison de Gabriel. Nous sommes revenues au village, chez Maria. Mais comment aurais-je pu refuser l'aide de ton oncle ? Ça l'aurait blessé. Il nous a toujours marqué du respect.

— Je sais. J'ai tellement pensé à tout ça, tellement tourné ces choses dans ma pauvre tête. J'ai changé, Félicie, tu peux me croire.

Puis, d'une voix étranglée par l'émotion, il ajoute :

— Dis-moi que vous allez revenir à la maison.

Félicie pose sur lui des yeux remplis de douceur. Elle ne veut pas lui faire de peine.

— Il est encore trop tôt, et puis il y a l'enfant.

— C'est un garçon ? Je peux le voir ?

— Non, c'est une fille. Tonio la verra en premier.

— Et toi, tu reviens quand ?

— Après le mariage d'Anna. Tu vois, maintenant, on arrive à se parler.

Une lueur de malice anime brusquement le regard de Sylvain.

— Tu appelles ça se parler ! Je t'écoute, oui, mais pour ce qui est de s'arranger tous les deux, c'est quand même toi qui dictes tes conditions. Au fond, c'est vous qui décidez pour le ménage, pour l'argent, pour marier les enfants et même pour l'amour. Vous aurez toujours le dernier mot. Vous êtes les plus fortes.

LIV

Dans l'autocar qui les emmène vers Alziprato, les passagers n'ont d'yeux que pour ce grand jeune homme à la mise élégante qu'entourent deux campagnardes à la mine réjouie.

Maria, sa mère, et Félicie Gritti sont venues seules à Calvi accueillir Antoine, l'enfant prodigue. Bouleversée par l'émotion, Maria s'est approchée d'un pas hésitant de ce fils qui l'avait quittée voici près d'un an et demi, comme un paria, et qui lui revenait vêtu d'un trench-coat, d'un costume de coupe anglaise, avec ce col blanc et cette cravate à fines rayures.

Antoine avait dû aller vers elle pour la prendre dans ses bras et lui dire en riant :

— Tu n'as pas fait de bêtises au moins pendant mon absence ? Une belle femme comme toi !

Maria avait ri à son tour. « Moque-toi, lui avait-elle dit, tu n'es qu'un vaurien, voilà. » Félicie avait eu droit, elle aussi, à une longue étreinte. Sa présence était le gage qu'Anna n'espérait que lui, qu'il allait enfin la retrouver et qu'ils allaient être l'un à l'autre aux yeux de tous.

En chemin, les deux femmes plaisantent sur l'accent pointu du continental qui voyage à leurs côtés. Antoine leur parle dans sa langue natale. Il a défait le nœud de sa cravate et jette autour de lui des regards émerveillés. Tout lui revient, les visages, les odeurs, la lumière de chez lui. Il interroge sans cesse Maria et Félicie sur les événements de ces derniers mois. On ne lui en a fait qu'un récit tronqué. Il se fâche, pour la forme. Tant de questions se pressent sur ses lèvres. On lui dissimule encore la vérité.

— Aujourd'hui, c'est fête, dit Maria. Le passé est le passé. Dis-nous plutôt, tes livres, on les trouve chez le libraire de Calanzana ?

— Ah, j'espère bien ! J'irai le voir un de ces jours. Mais avec une brouette si vous voulez lire toute la collection !

Sur la route en lacet qui conduit au village, le silence se fait. Antoine, la gorge serrée, voit défiler les vergers et les champs qui bornent ses souvenirs d'enfance. Puis ce sont les premières maisons, les premiers passants qui s'écartent au passage de l'autocar et tentent de reconnaître derrière ses vitres un visage familier. La place de l'église, enfin. Le terminus.

Un ciel d'automne, pommelé de nuages, l'attend là-haut. Ses souliers à la fine semelle craquent sur le dallage inégal des rues. Les femmes le suivent en s'esclaffant de le voir si emprunté avec ses chaussures de ville. En réponse à leur moquerie, Antoine presse le pas jusqu'à les faire courir derrière lui. Anna l'attend, là-bas, au bout du sentier. Il en a la bouche sèche, passe une main nerveuse dans ses cheveux, accélère encore l'allure.

Devant le seuil de la maison familiale, Maria lui prend le bras et lui glisse à l'oreille qu'il risque d'avoir une surprise. Antoine se méprend sur cet avertissement. Son sang ne fait qu'un tour.

— Elle n'est pas là ?

— Mais si. Allez, cours voir dans ta chambre.

Antoine entre dans la maison, se précipite vers l'escalier, grimpe au premier étage et découvre, stupéfait, que sa chambre est devenue une chambre d'enfant, toute pareille à celle où lui-même a dû babiller et ramper vingt-deux ans plus tôt. Et là, dans la nacelle du berceau qui fut le sien, un bébé de dix mois fait sa sieste en tétant son pouce. Ses longs cils noirs, ses cheveux d'encre, l'ovale de son petit visage de madone, tout lui rappelle Anna.

Antoine a compris, mais son émotion est telle qu'il regarde cet enfant, l'enfant de leur amour, avec des yeux incrédules. Puis il se retourne vers Maria et Félicie qui l'ont suivi et s'approchent à leur tour du berceau. Maria fait les présentations en chuchotant pour ne pas réveiller la petite fille.

— Elle s'appelle Eunicia.

A ces mots, le visage d'Antoine se crispe. Pourquoi ne lui avoir rien dit ? Pourquoi lui avoir caché ce bonheur ? Et d'abord, où est Anna ?

A cet instant, des pas se font entendre sur le palier. Anna entre dans la pièce, échevelée, le souffle court. Elle se jette dans les bras d'Antoine.

LV

Don Pulco, sollicité par Félicie, se montre bien embarrassé. S'il ne tenait qu'à lui, il aurait célébré le mariage d'Antoine et d'Anna. Mais l'Eglise ne badine pas avec les sacrements.

— Je n'y peux rien, ma bonne Félicie, ces enfants ont fauté. La petite est née dans le péché. Je veux bien la baptiser, et le plus tôt sera le mieux, mais marier ses parents, ça, ne compte pas dessus. Mon évêque me ferait encore la leçon, déjà qu'il me reproche de jouer aux boules avec les pires mécréants du village. Alors, Anna, malgré l'affection que je lui porte, elle devra se contenter du maire, que Dieu ait pitié de son âme à celui-là...

Félicie Gritti n'a pas le cœur d'insister. Le curé se montre trop chagriné d'avoir à l'éconduire.

— Quand même, Don Pulco, vous viendrez boire le verre de l'amitié ?

— Tu ne me l'aurais pas offert, Félicie, que je t'aurais infligé à ta prochaine confession une pénitence dont tu te serais souvenue ! Bien sûr que je viendrai ! Et j'espère bien pouvoir y bénir ta fille et ton gendre, ça ne remplace pas une belle cérémonie, mais ça ne peut pas leur faire de mal.

Ceint de l'écharpe tricolore, Mario Bonanza se prépare à tenir aux jeunes époux le discours le plus flamboyant de sa carrière d'édile. Pour une fois que le clergé ne lui dispute pas la vedette... Mais le père de la mariée l'a mis en garde.

— Que tu y mettes de la morale républicaine avec des phrases que personne ne comprend sauf l'instituteur et mon gendre, d'accord, mais pas de politique, tu as bien compris, Mario ? Ma fille n'est pas une révolutionnaire.

Le maire s'est esclaffé.

— N'empêche, elle a révolutionné le village !

— Si tu dis ça, je ne te parle plus jamais et je vote pour cet imbécile de Corte.

— Un socialiste ? Tu oserais ?

— Et même que j'irai sur sa liste.

— Si tu fais ça, Sylvain, tu n'as plus d'honneur.

Assise bien droite sur le bord de sa chaise, Anna porte un chignon retenu par un ravissant peigne en écaille. Sa robe n'est pas blanche mais d'un bleu si suave qu'il promet des félicités célestes au jeune homme assis à ses côtés, pareillement immobile, l'expression grave et sereine. Au moment de donner leur consentement, l'un et l'autre font entendre d'une voix claire le « oui » tant attendu. Les mères ne retiennent pas leurs larmes. Sylvain Gritti, lui, se pince le nez très fort pour ne pas sortir son mouchoir. Derrière eux, chacun joue des coudes pour ne rien perdre de l'échange des anneaux. Des mauvaises langues s'étonnent qu'on n'ait pas vu le bébé dans les bras de sa mère, ce qui suscite l'indignation de leurs voisins, et les deux camps de se chamailler au milieu de l'allégresse générale.

Le maire pose deux baisers sonores sur les joues de la mariée, serre chaleureusement la main d'Antoine et vient taper sur l'épaule de Sylvain.

— Alors, tu l'as trouvé comment mon discours ?

— Bête, je l'ai trouvé. T'entendre dire que ce mariage, c'est la preuve que l'alliance de la paysannerie et du travail intellectuel produit les plus beaux fruits de la terre corse, c'est finaud, peut-être ?

— C'est la vérité.

— Alors, la vérité est bête.

Antoine tient la main d'Anna dans la sienne. Elle semble chercher quelqu'un des yeux. Antoine se penche vers elle, l'embrasse tendrement et lui murmure :

— Il ne viendra pas.

Anna se serre contre Antoine. Même en cette journée tant espérée, où elle touche le bonheur, l'absence d'Orso-Paolo lui déchire le cœur. Le couple parvient à se dégager des invités qui les pressent, les congratulent, les touchent comme s'ils devaient porter chance et prodiguer des miracles. Au fond de la salle, Antoine retrouve, intimidés et silencieux, ses compagnons de misère et de froidure, les bergers de la montagne aux figures tannées, aux mains grosses et rudes, qui baissent les yeux en voyant s'approcher celui qui ne les a jamais reniés.

Le premier à féliciter Antoine, c'est Ange, le benjamin, le moussaillon du bord qui a désormais du poil au menton. Cela ne l'empêche pas de rougir en recevant le baiser de la mariée. Puis vient le doyen, Fabio, dont les cheveux sont passés du gris au blanc, Dominique le bègue qui, plus tard, les fera tous danser au son de son accordéon. Et Jean et l'autre Dominique et Edmond et tous les autres.

Seul Livio le borgne reste à l'écart. Sa grande carcasse s'est un peu voûtée. Il fixe Antoine et Anna d'un air égaré.

Antoine lit dans ses pensées et lui ouvre les bras.

— Embrasse-moi, Livio. Faisons la paix.

Le berger hésite, cherche conseil dans le regard de ses compagnons, puis se décide. Il s'avance vers Antoine et lui donne l'accolade.

Anna lui tend la main, Livio la saisit gauchement tandis qu'Antoine, un bras sur ses épaules, le retient de tomber à genoux devant la jeune femme, tant il semble éprouver de remords à cet instant.

— Allez, Livio, viens trinquer avec nous ! Ton père nous a réservé ses meilleures bouteilles.

Autour de la table du banquet de noce, la liesse est dans tous les cœurs. La grève de l'amour a cessé la veille. Au cours de la nuit précédente, les hommes et les femmes du village ont rattrapé le temps perdu. Un air de langueur, de fatigue sensuelle, de plaisir assouvi se lit sur les visages.

Au milieu du repas, Antoine demande à prendre la parole. Tous les regards se tournent vers lui.

— A vous tous, je voudrais seulement dire qu'en ce jour tant espéré ma pensée va à mes chers parents, à mon père trop tôt disparu, à ma mère, la plus courageuse des femmes, à Félicie, la mère d'Anna, qui est une belle personne, à Sylvain, son père, qui incarne tout ce que ce pays a de meilleur... Et aussi aux plus humbles d'entre nous, à ceux qui m'ont appris à me battre et à partager, à ceux-là, je dis : la misère n'est pas une fatalité.

Tout le monde applaudit, même Mario Bonanza.

Alors qu'on s'embrasse et que les premières mesures de l'accordéon font valser les couples, un homme se tient sur les hauteurs d'Alziprato. Le regard collé à ses jumelles, il suit la silhouette enlacée des mariés.

Orso-Paolo a pris son fusil. Il épaule et vise soigneusement. Les tuer. Tous les deux.

LVI

La veille de s'embarquer pour le continent avec Anna, la petite Eunicia et Maria qui a accepté de venir les aider à s'installer dans leur logis parisien, Antoine s'est échappé de la maison des Forte avant la tombée du jour.

Il a revêtu la fruste tenue des bergers et s'élance sur les sentiers escarpés qui mènent aux herbages. Il respire les senteurs oubliées du maquis, se coule au milieu des rochers, s'attarde sous les ombrages d'un bosquet de chênes verts où se lisent les traces d'un gibier qu'il ne chassera plus.

Quand il arrive sur le plateau où les gardiens du troupeau ont installé leur camp, il hume le fumet délicieux d'un mouton qui rôtit sur la broche. Les bergers sont là, accroupis autour du feu. Ils l'attendent. Antoine s'approche, les salue d'un mot, puis vient s'asseoir parmi eux, comme s'il les avait quittés la veille. Fabrizio lui tend sa gourde. Antoine s'en saisit et boit une rasade de vin âpre qui lui fait briller les yeux.

Il prend des nouvelles de chacun, puis il s'efforce de leur expliquer combien leur vie deviendra meilleure s'ils veulent bien lui faire confiance. Tous l'écoutent en silence.

Après le coucher du soleil, Dominique tire l'accordéon de sa housse. De sa voix rauque, il entame une ritournelle ancienne que les bergers reprennent en chœur.

« *Quandu sareti grandoni,*
Purtareti li vostri armi
Un vi farrana paura
Vultisciori nè ciandarmi ;
E si vo' seti inzirmitu
Sareti un fieru banditu.

« *Tutti li vostri antinati*
Erani omini famosi
Erani lesti è gagliardi,
Sanguinarii è curaghjosi[1]. »

---

1. « Quand vous serez jeune homme / Vous porterez vos armes / Et vous n'aurez peur / Ni des voltigeurs ni des gendarmes / Et si vous êtes provoqué / Vous serez un rude bandit.
« Tous vos ancêtres / Etaient des hommes fameux / Ils étaient lestes, vigoureux / Sanguinaires et courageux. »

LVII

Anna, le cœur serré de quitter son pays natal, s'est éloignée de la maison pour une dernière promenade au milieu des jardins et des vergers alentour. Ses pas la conduisent vers le sentier qui l'a vue jadis courir à la rencontre de son fiancé. Elle se penche vers le sol, ramasse une poignée de cailloux et les glisse dans la poche de sa blouse. Ce seront ses talismans pour la vie qui l'attend là-bas, des graviers roux et gris qui roulent sous les doigts et contiendront à jamais l'écho de ses pas, dans la nuit.

Tandis qu'elle rebrousse chemin, une ombre surgit de derrière un muret, se jette sur elle et la saisit violemment par la taille. Anna tente de se débattre, mais les bras puissants d'Orso-Paolo resserrent leur emprise. Elle hurle.

— Va-t'en ! Tu es fou, tu me fais mal !

Il la bâillonne d'une main.

— Ne pars pas. Je t'empêcherai de le suivre.

Elle voudrait mordre pour se défaire de cette main qui l'étouffe, donne des coups de pied. Il relâche son étreinte mais lui saisit un bras et le tord pour la forcer à s'immobiliser. Sa bouche est tout près de la sienne. Sa barbe lui mange la moitié du visage. Il parle d'une voix rageuse, meurtrie.

— Ton sang, tout ton sang m'appartient ! Je n'accepterai jamais de te perdre.

— Je préfère mourir que d'entendre tes blasphèmes. Tu me fais honte, Orso, tu es un monstre !

Hors de lui, Orso-Paolo se saisit d'un poignard et s'apprête à frapper sa sœur.

Anna ferme les yeux et offre sa gorge en attendant le coup mortel. Mais son agresseur éclate en sanglots, jette le poignard et s'enfuit.

Le souffle court, le visage brûlant, Anna reste pétrifiée dans l'obscurité qui s'est faite autour d'elle. Puis elle entend au loin la voix de Maria qui la cherche et l'appelle comme une enfant.

LVIII

Devant les grilles du 128, boulevard de la Saussaye, stationne un gros camion de déménagement. Cartons et meubles encombrent le trottoir. A l'intérieur de la maison, un bâtiment d'un étage en pierre de taille dont la façade porte une frise aux motifs géométriques, les pièces sont encore vides, à l'exception d'un fauteuil cabriolet posé au milieu du vestibule.

Nounou maladroite et attendrie, Etienne Brun-Rouard s'est assis avec la petite Eunicia dans ses bras. Antoine et Anna, debout à leurs côtés, prennent la pose. Un photographe leur fait face et règle la focale de l'appareil posé sur son trépied. Anna se penche vers le bébé pour l'inciter à sourire. Eunicia s'agite dans tous les sens.

— On ne bouge plus !

Les clichés achevés, le photographe remercie ses modèles. C'est par cette brève cérémonie que les Forte ont pris possession de leur nouveau logis.

Dès le lendemain, Anna se met à l'ouvrage. Agenouillée, les cheveux retenus par un peigne, elle rectifie l'ourlet d'un rideau. Sa belle-mère, Maria, l'assiste tout en veillant sur Eunicia qui, debout sur ses petites jambes, commence à explorer le vaste monde. Et ce dernier ressemble encore à un chantier.

Dans le salon, un ébéniste et ses compagnons ajustent les montants d'une bibliothèque. Dans la buanderie, le plombier, allongé sur le sol, s'échine à raccorder à un poste d'eau l'un des premiers modèles de machine à laver le linge. Au premier étage, dans la nursery, des tapissiers tendent des lés aux tons pastel.

A la fin de la journée, au retour d'Antoine, Maria se désespère de n'avoir pu cuisiner pour son garçon le sauté aux lentilles qu'elle s'était promis de lui servir. Les casseroles manquent et la femme de ménage a oublié d'acheter les feuilles de laurier et le thym.

— Mais maman, la console Antoine, une omelette suffira.

— Sans fines herbes et sans œufs pondus du matin ? Je préfère te voir manger un pain d'une livre trempé dans du lait.

La semaine suivante, une fois réglés les détails de l'organisation domestique, Etienne persuade Antoine d'emmener sa jeune épouse chez un grand couturier de la rue Royale. Anna s'est indignée. Elle saura trouver de jolies toilettes dans les grands magasins des boulevards.

— Mon enfant, lui a répondu Etienne, laissez Antoine vous gâter. Vous ne pourrez pas longtemps ignorer la société à laquelle vous appartenez désormais. Et Antoine sera fier de vous.

Dans le salon de présentation des collections, la directrice et les deux mannequins de cabine échangent des regards entendus en présence de cette cliente aux allures de paysanne. Aucun apprêt chez Anna dont le visage nu, les mains enfantines et la taille prise dans une jupe à la coupe provinciale ne peuvent taire les origines.

D'abord intimidée, la jeune fille n'a pas tardé à surprendre le manège de ces femmes accoutumées à flatter d'élégantes potiches. C'est mal connaître le sang qui coule dans ses veines. Elle choisit une robe en soie fauve et se rend seule dans la cabine d'essayage. Elle en sort quelques instants plus tard, métamorphosée et s'amuse à défiler devant les employées de la maison de couture en exagérant sa claudication. Son aplomb et l'esprit qu'elle met dans cette démonstration désarment toute arrogance chez ses hôtesses.

Antoine et Etienne, invités à suivre la séance de retouches, apprécient à leur tour la performance. La jeune Corse s'amuse de la comédie qui se joue dans ces lieux.

— Est-ce que cette robe fait de moi une dame ?

LIX

En fin d'après-midi, sorties du brouillard, dix silhouettes dépenaillées se présentent devant les grilles du 128, boulevard de la Saussaye à Neuilly. Quelques passants observent avec inquiétude ces visages mats aux regards fixes et brillants, aux joues mal rasées, aux vêtements de grosse laine. Ils sont chaussés de brodequins éculés, de sandales rafistolées. Que font ces individus à la mine patibulaire devant cet hôtel particulier ?

Après s'être concerté avec ses compagnons, le plus âgé d'entre eux s'approche de la sonnette d'entrée et l'actionne vigoureusement. Dans la salle à manger, Anna sursaute.

— Nous n'avons invité personne !

Etienne Brun-Rouard, mi-gêné mi-amusé, jette un regard complice à Antoine. Le jeune homme se précipite à la fenêtre, maîtrise une envie de rire et annonce la nouvelle à son épouse.

— « Ils » sont là. A vrai dire, je ne les attendais pas aujourd'hui, mais autant te l'avouer, mon amour, Etienne et moi, nous avons convaincu les bergers d'Alziprato de nous donner un coup de main dans nos affaires.

— Les bergers de la montagne ?

— Précisément, intervient Etienne. Ils devaient se

présenter chez moi, demain à onze heures. Mais ne vous inquiétez pas, chère Anna, j'ai bien assez de place pour les loger et mon personnel aura enfin du travail.

Un second coup de sonnette aussi vigoureux que le premier jette Antoine dans le couloir. Il court ouvrir la porte.

Dans le vestibule, les bergers se sont arrêtés, embarrassés. Leurs yeux ébahis parcourent le vaste volume de la salle à manger dans laquelle on les a fait pénétrer. Les lustres, les boiseries, les dessertes en bois précieux, les chaises aux arrondis féminins, délicatement cannelées, la vaisselle élégante, les verres de cristal, les couverts en argent, tout cela constitue à leurs yeux un décor qui relève du conte de fées.

Anna sourit à cette horde affamée, paysanne, à l'odeur de bouc.

Ce sont ses *païs*. Même Livio qui baisse les yeux quand son regard croise le sien est une partie de son passé, de son enfance. Et Dominique qui a posé son accordéon à ses pieds. Ils sont tous là, jusqu'au vieux Fabio.

« Comme ils sont intimidés, ces forts en gueule, et comme ils doivent avoir faim ! » pense Anna en les invitant à s'approcher de la table où trône un magnifique gâteau aux châtaignes.

— *À pastizzu a a farina castignania cû e noce*[1], leur confirme Anna.

Entendre parler la musique de leur village détend l'atmosphère.

1. « Un gâteau à la farine de châtaignes et aux noix. »

“La vie est surprenante, pense Antoine, il y a trois ans, ils étaient prêts à la lapider et, à présent, elle est leur princesse. »

LX

— On commence par quoi ? Par leur apprendre à lacer leurs chaussures ou par l'emploi du participe passé ? demande Fautrier à Antoine.

De son fauteuil roulant, Fautrier, partagé entre l'envie de rire et le désespoir, spécule, en dévisageant chacun des bergers, sur ce qu'il pourra en tirer. Antoine le sait, ces garçons dont cinq sont illettrés ne paient pas de mine, mais ils ont une revanche à prendre sur la vie.

Les gros bras rescapés de l'attaque du Conglomérat les prennent en sympathie et s'offrent de les aider. Leur français rocailleux, leur syntaxe particulière sont un défi pour la compréhension des « continentaux », comme si les bergers ne voulaient être entendus que des seuls Corses. Antoine sert de traducteur. La langue corse, si belle par ailleurs, semble les trouver plus éveillés que la langue de Molière.

— Commencez, Albert, par ce qu'ils voient avec leurs yeux. La ville est plus impitoyable que le maquis. Parlez-leur avec des mots simples.

A la surprise d'Antoine, Fautrier choisit de lire quelques pages de Ferdinand Céline. Si le vieux Fabio est resté sourd à la prose célinienne, Ange, Dominique et d'autres ont tendu l'oreille, sensibles à cette musique.

Trois semaines plus tard, les bergers ont appris à nouer une cravate, à user du savon, à conduire un camion et à servir un résumé aux deux tiers compréhensible des livres qu'ils auront à placer. Pour le tiers restant, Fautrier exige encore dix jours de formation. Mais Antoine n'a pas le temps.

— Au moins pour Dominique, insiste Fautrier. Lui, avec son bégaiement, ça relève de l'orthophonie. Ou alors, peut-être, si on met de la musique sur les paroles.

— Ne vous inquiétez pas, Albert, notre accordéoniste fera l'affaire. On l'enverra chez Pelloquin, le libraire de Vaugirard, il est sourd comme un pot ! Pour les autres, je passerai derrière, et les plus capables aideront les moins doués.

— C'est vrai qu'on peut résumer ces bouquins en deux lignes. Le tout, c'est qu'ils ne sautent pas la première !

Le lendemain, dans le hangar remis à neuf après l'incendie criminel qui l'avait en partie ravagé, règne l'activité des grands jours. Les manutentionnaires amènent les chariots aux camions et les chargent jusqu'à la gueule. Antoine et Etienne passent en revue les dix bergers alignés en une parade bon enfant.

A quelques détails près, un sourire édenté ou une tignasse que la gomina ne parvient pas à discipliner, ces recrues ont presque l'apparence de gentils vendeurs.

Au rayon librairie de la Samaritaine, l'accueil du chef de rayon est plutôt froid. Son visage porte encore la marque de la balafre reçue lors de l'expédition punitive de la bande de Donadieu. Antoine est venu le trouver en compagnie de Jean, l'un des meilleurs élèves d'Albert Fautrier. Mise impeccable, costume cintré, l'œil de velours et un accent corse à couper au couteau. Le vendeur se montre plus que réticent à l'idée d'entrer à nouveau en dissidence.

— Fini les enveloppes. J'aurais pu être tué, à cause de vous.

Antoine hausse les épaules.

— Une erreur de jeunesse. Dorénavant, vous aurez une enveloppe et notre protection.

— Vous rigolez ! On n'est pas dans un film. Vous ne faites pas le poids devant le Conglomérat.

Jean s'approche alors du jeune libraire, vrille son regard dans le sien et écarte le pan de sa veste qui laisse apparaître la crosse d'une arme.

— On fait le poids.

A l'autre bout de Paris, Ange se donne un mal fou pour tenter de persuader le fulminant libraire de la place Clichy qu'il est un représentant chevronné. L'autre le toise, narquois, et le laisse s'enferrer. Avant de lui demander :

— Qu'est devenu le grand gaillard qui m'avait contacté la première fois ?

Le visage du garçon s'assombrit. On lui a raconté la trahison de Cardo. Mais Antoine lui a fait la leçon. Sobriété, discrétion, amabilité.

— Il nous a quittés.

Le visage du libraire se ferme.

— Dommage, je lui aurais bien touché un mot de nos accords. Il y a un an, j'ai pris le risque de vous suivre. Résultat, ces chacals m'ont quasiment acculé à la faillite ! J'ai une femme et trois enfants, jeune homme. Je reste aux Messageries.

Ange improvise.

— Ça se comprend, monsieur. Quand Antoine Forte, le patron, m'a demandé, à moi, simple berger, de quitter mon île, j'ai eu peur. Je n'avais jamais vu la ville. Garder les chèvres, tondre les brebis, c'est tout ce qu'on m'avait appris à faire. On me demande aujourd'hui de vendre des livres alors que je sais à peine lire. Et pourtant, j'ai quitté mon pays pour une vie meilleure.

— C'est une jolie histoire, mais c'est la vôtre, pas la mienne.

— Attendez, j'ai pas fini. Mon père, il a travaillé comme une brute chez des fermiers qui pleuraient misère pour le rendre plus miséreux encore. Alors, les études, j'ai même pas su que ça existait. J'ai pas votre instruction, mais vos enfants, elle sera comment leur vie si leur père se fait voler dans son travail ?

— Tu ne manques pas de toupet, mon gars. Tu la fais à combien ta « vie meilleure » ?

— 40 % au lieu de 30 %, quatorze exemplaires à la douzaine et la protection de dix bergers corses armés jusqu'aux dents.

Ange lui tend la main.

— Alors, pour une vie meilleure !

Antoine veut mettre Livio à l'épreuve. Il l'envoie à Bordeaux chez le libraire de la barrière Saint-Médard. Il fera le trajet en camion. Antoine, retenu à l'imprimerie, le rejoindra par un train de nuit.

Le lendemain matin, Antoine entre dans la boutique. Le libraire l'a reconnu au premier coup d'œil.

— Vous voilà de retour !

— Cette fois-ci, c'est la bonne. Je vous présente Livio Bonanza, c'est lui qui prend le secteur. J'espère que vous vous entendrez bien.

Le libraire dévisage le Borgne qui sourit, mal à l'aise. Son bandeau noir, ses cheveux drus et courts et cet œil, un seul, qui vous fixe avec la froideur d'une bille de métal...

— Où est-ce que vous êtes allé le chercher, celui-là ?

— Chez moi, dans le maquis. Il vous surprendra.

Livio sort de sa serviette la dernière parution de la collection « Passion » et se lance.

— C'est l'histoire de Charlotte Petit, jeune couturière, qui livre une robe chez le comte d'Apremont, aristocrate français marié à une riche américaine. Le comte s'éprend éperdument de Charlotte, qui lui rend son amour. Mais se décidera-t-il à quitter sa femme fortunée et le luxe qu'elle lui procure pour vivre sa passion avec la jeune arpette ?

Le texte, débité d'une voix monocorde, provoque l'hilarité du libraire. Antoine est gagné par le rire. Livio, d'abord vexé, finit par s'esclaffer à son tour.

— Et j'imagine que l'amour triomphe, dit le libraire sans parvenir à reprendre son sérieux.

Livio fait semblant de ne pas comprendre.

— Ça finit bien, quoi, insiste le libraire.

— Vous n'avez qu'à lire le roman et vous le saurez, finit par lâcher le Borgne.

Avant d'ajouter avec une soudaine gravité :

— Pour moi, de toute façon, ces histoires-là, ça commence mal et ça finit pas mieux.

Faire vendre des romans sentimentaux à Livio Bonanza n'est peut-être pas la meilleure idée d'Antoine.

Deuxième partie

Eunicia

I

Un dimanche par mois, au cœur de Neuilly, d'agrestes effluves parviennent aux narines des résidents. Les uns s'en accommodent — ces senteurs mettent en appétit —, d'autres referment les fenêtres en se plaignant de « n'être plus chez soi ». Il est vrai que ce quartier a rarement l'occasion de voir, derrière les grilles d'un jardin par ailleurs fort bien entretenu, un mouton tourner sur sa broche au-dessus d'un feu de branchages. Mais, ce jour-là, dix bergers et leurs hôtes sacrifient à un rituel hérité de la vie pastorale.

Quand le temps s'y prête, le déjeuner se passe à l'extérieur. Seule concession aux usages citadins, les convives s'assoient autour d'une longue table posée sur des tréteaux et mangent leur quartier de viande grillée dans une assiette. Aux beaux jours, Anna Forte, qui reçoit tout ce monde, dispose un parasol pour abriter la jeune Eunicia des ardeurs du soleil. Elle s'assied entre sa mère et son berger favori, Livio le borgne. Il l'a prise en affection. Elle l'a baptisé, au cours de sa troisième année, « N'a qu'un œil ». Et « N'a qu'un œil » est souvent privé de dessert. Eunicia n'hésite pas à grappiller une pâtisserie dans l'assiette du voisin.

Livio se plaît en la compagnie d'Anna. Il est devenu le confident de ses petits soucis quotidiens et domestiques. Le souvenir de leur dramatique affrontement a fini par se perdre dans un brouillard assez opaque pour ne gêner personne. Ils se sont même découvert une passion commune pour le cinéma. Après avoir vu un film, Charlie Chaplin, *Le Dictateur*, Livio l'a commenté à Anna d'une manière si sensible qu'elle a eu envie de le voir à son tour. Tous deux sont devenus des drogués de ciné-club. Devant Antoine que ça agace, ils s'amusent à citer les séquences cultes de films dont il n'a rien vu. Voir Livio imiter Charlot, Antoine ne peut pas y croire.

Lors du repas du dimanche, chacun des invités se fait un point d'honneur d'apporter le plus beau cadeau. Anna doit les gronder. L'argent n'est pas si facile à gagner. Après avoir fait étape, un trimestre durant, dans l'hôtel particulier d'Etienne Brun-Rouard, sept bergers ont élu domicile dans des chambres de bonne d'un immeuble du boulevard Gouvion-Saint-Cyr. Les autres, dont Livio, Ange et Fabio, ont préféré se loger seuls à proximité de la gare de Lyon.

La coupe de leurs costumes s'est améliorée ainsi que leur diction, mais la plupart ont conservé les habitudes de leurs montagnes. La gourde et le couteau à manche de corne sortent naturellement de leurs poches et les sandales sont préférées aux souliers à lacets dès que s'achève leur temps de service.

A table, tous comparent, en plaisantant, leur carnet de commande. Les vins de Corse aidant, on compare aussi les prouesses galantes. Antoine félicite Ange pour ses résultats. Sur tous les tableaux. Dominique le bègue se moque de la science toute fraîche du jeune berger.

— *Per sapè fà l'amore, un c'hé bisognu d'andà à la scola*[1] *!*

Anna apprécie leur naturel. Dans ces moments-là, elle se sent considérée comme un « camarade ». Après le café, elle s'absente pour endormir Eunicia. Antoine profite de ces agapes pour négocier avec ses employés le respect des horaires en vigueur dans l'économie moderne. Ils se lèvent à l'aube, bien avant l'ouverture des magasins, mais certains s'accordent une sieste réparatrice qui dure au-delà du raisonnable.

— On dort dans le camion, se défend Fabio.

— Encore heureux que vous ne dormiez pas dans la réserve des librairies, lui rétorque Antoine, mi-amusé, mi-exaspéré.

Livio, qui a pris le tic de remettre sans cesse son bandeau en place, vient au secours du patron.

— Ça suffit, les gars ! Dorénavant, on se lève à six heures, on embauche à huit, on casse la croûte à midi, on roupille une petite demi-heure, et personne ne s'en va cueillir les nèfles avant sept heures. Compris ?

Antoine approuve discrètement. Livio se comporte aujourd'hui en équipier modèle. Sa personnalité s'est affirmée. Il réalise le plus gros chiffre d'affaires. Il vend ses livres comme d'autres vous font savourer un fromage, rien qu'à le regarder joliment empaqueté dans sa feuille de vigne ou son écorce de frêne. Mieux encore, il s'est mis à goûter ce qu'il vend.

1. « Pour faire l'amour, il n'est point besoin d'aller à l'école ! »

II

Souvent, « N'a qu'un œil » s'échappe de l'entrepôt de la porte d'Orléans pour chercher Eunicia à la sortie de l'école communale de la rue Chauveau. Dès qu'elle l'aperçoit, elle lui saute au cou. Il est la promesse d'une razzia dans la boulangerie-pâtisserie et des galops à perdre haleine dans les grandes allées du parc de Neuilly. Livio s'amuse à courir en portant l'enfant sur ses épaules comme il le ferait d'un agnelet.

Ensuite, Livio sort un jeu de dames d'un petit sac. Il y jouait souvent quand il était berger. Il le tenait de son père. Les jetons manquants ont été remplacés par des capsules de bouteille. Eunicia s'en amuse. Elle s'applique. Elle déteste perdre. Livio la laisse souvent gagner.

Cet après-midi-là, assis sur un banc, à l'ombre d'un marronnier, ils se disputent les dernières bouchées d'un pain au chocolat. La petite fille, qui va sur ses sept ans, passe derrière l'oreille une des belles mèches brunes qui s'est échappée de sa barrette pendant leur course folle. Une miette s'y est accrochée. Soudain, une grimace de souffrance déforme le visage de Livio. La petite ressemble tant à Anna. Ses cheveux longs, sombres aux reflets soyeux, encadrent de grands yeux verts, ourlés de longs cils noirs. Le jeudi, jour de danse classique, elle est coiffée d'un haut chignon, comme les petits rats de l'Opéra. Et c'est émouvant de la voir s'essayer avec une grâce maladroite à ses premières révérences et à ses arabesques.

Triturant le bandeau qui cache son œil aveugle, il parvient à chasser ce malaise. Puis il sort de sa poche une paire de ciseaux et une enveloppe blanche. Avec une rapidité inouïe, il coupe une mèche des cheveux d'Eunicia, la glisse dans l'enveloppe qu'il fait disparaître aussitôt.

Eunicia s'écrie, étonnée :

— Pourquoi t'as fait ça ?

— Pour avoir un souvenir de toi, mon petit cœur. Ne le dis à personne. C'est un secret entre toi et moi. D'accord ?

— D'accord, mais on fait une autre partie.

III

A la nuit tombée, un homme marche rapidement le long du parapet qui borde le canal Saint-Martin. Il se retourne souvent comme s'il redoutait d'être suivi. Le col de son blouson relevé et son chapeau enfoncé sur le crâne le dissimulent aux yeux des rares passants qui le croisent. Il s'arrête devant un estaminet, le bar de la Marine dont l'enseigne blafarde vient éclairer son visage. Livio le borgne a renoncé au bandeau et porte un œil de verre, plus discret, mais sa figure n'est pas faite pour rassurer. D'un geste brusque, il pousse la porte vitrée.

A l'intérieur du café, deux hommes s'approchent de lui et s'apprêtent à le fouiller. Le visiteur abaisse son col et se fait reconnaître, puis, écartant les cerbères, se dirige vers l'arrière-salle. Une silhouette massive l'attend dans la pénombre, se lève à son approche et l'étreint. L'homme est barbu et vêtu comme un ouvrier des faubourgs. Mais ce regard noir à la sensualité trouble appartient à Orso-Paolo. Inscrit à présent au fichier du grand banditisme, ce caïd a exporté ses entreprises criminelles sur le continent après avoir écumé le nord de la Corse. Des trafics de drogue, des rackets et des crimes de sang lui sont imputés, sans que la police ait réussi à mettre la main sur lui.

Devant Orso-Paolo, le dominant de la meute, Livio n'a jamais su que ramper et obéir. Sa vie est celle d'un homme perdu, écartelé. Il ne peut briser l'irréversible allégeance qui le soumet à son parrain.

Orso congédie ses gardes du corps et tourne la douille de l'ampoule pour donner un peu de lumière. Alors émerge un décor calamiteux de cadavres de bouteilles, de cartons et de caisses contenant des articles de contrebande. Un poêle à mazout répand dans la pièce une chaleur lourde et malodorante.

Livio prend une chique de tabac. Ce n'est pas à lui de parler le premier. Son maître le laisse mariner quelques instants, fourrage sa barbe puis le questionne en corse d'une voix sourde.

— Anna, comment va-t-elle ?

— Ça va.

— Je veux des détails. Où elle se rend, qui elle voit. Tu ne parles pas assez, Livio, je vais finir par croire que tu me caches des choses.

Livio blêmit.

— Que veux-tu que je te dise ? Je t'ai déjà tout raconté sur ce qu'elle fait, comment elle s'habille, comment elle passe ses journées.

Il voudrait rajouter que la nuit, il n'est pas dans son lit pour en parler à ce malade. Orso n'en sait jamais assez sur elle.

— Elle s'ennuie ?

Il aimerait tant apprendre qu'elle s'ennuie, qu'elle se lasse de cette existence dorée, qu'elle retrouve ses habits de paysanne et sa fièvre d'adolescente. Mais Livio a d'autres impressions.

— Elle est gaie, active, elle trouve toujours à s'occuper. Tonio et elle sortent beaucoup.

Orso-Paolo maîtrise à peine la pulsion de violence que ces mots déchaînent en lui. Il change de sujet.

— Tu as pu le faire ?

— Oui.

Livio extrait une enveloppe de la poche de son blouson, l'ouvre, exhibe la mèche de cheveux bruns qu'elle contient, la remet à sa place et tend l'enveloppe à Orso. Avec un mauvais sourire, il s'en saisit.

IV

Derrière sa façade en brique, le centre Albert-de-Mun, à Courbevoie, abrite des salles de classe réservées à des étrangers, pour la plupart des réfugiés ayant fui les régimes communistes de l'Europe de l'Est. Ils viennent y apprendre le français ou enrichir leurs connaissances en comptabilité et secrétariat. Cet établissement est financé par des fonds privés. L'enseignement y est gratuit. Etienne Brun-Rouard compte parmi les généreux donateurs. C'est grâce à lui qu'Anna Forte s'est inscrite à un cours de littérature dispensé par une jeune femme de dix ans son aînée, une bénévole, licenciée de lettres modernes.

Dans sa première jeunesse, Albina Dujaric, née Vic de Saint-Affrique, avait fréquenté les amphithéâtres de la Sorbonne. Avant que les nécessités de sa vie d'héritière fortunée ne la conduisent devant l'autel du sacrifice nuptial.

Albina enseigne au centre Albert-de-Mun depuis deux trimestres. Ses élèves comptent une dizaine d'adultes, en majorité d'origine slave, et une jeune Française, une Corse dont la vivacité d'esprit et l'éclat du regard ont attiré son attention dès les premières séances.

Anna suit les cours d'Albina avec application. Son

accent a totalement disparu. Elle a perdu tous ses complexes, s'exprime avec aisance et lit un livre par jour.

Albina a proposé à sa classe un roman de Flaubert, *Madame Bovary*. Les élèves, appelés à s'exprimer, donnent leur point de vue sur cette œuvre. Ce jour-là, Anna est la dernière à prendre la parole. A la surprise d'Albina, elle avoue qu'elle n'a pas pu terminer ce roman, tant il l'a ennuyée et tant Madame Bovary, elle-même, l'a agacée. Elle est révoltée. Elle en veut à Flaubert. Sa ravissante musique ne sert qu'un monde désenchanté et sans espoir. Bien sûr, il semble difficile à Madame Bovary d'échapper à la médiocre condition féminine dans laquelle son éducation et son milieu la confinent. Mais Anna n'en a pas fini avec elle.

— Madame Bovary est une nouille.

Et, retrouvant l'accent et la rudesse de son île :

— Elle aurait pu bouger ses fesses, se battre, si Flaubert, cet avare, lui avait accordé plus de jugeote. Pour moi, elle est trop bête !

Tous éclatent de rire. Mais le visage d'Albina se fait grave.

— Je vous trouve bien sévère envers cette malheureuse. Cela n'est pas si simple.

A la fin du cours, Anna et Albina restent seules dans la classe.

— Nous sommes toutes des Madame Bovary, déclare-t-elle à Anna.

C'est le début d'une discussion passionnée. Elles la poursuivent dans un café voisin et se quittent à regret à la nuit tombée. Elles se promettent de se revoir en dehors des cours. Pourquoi ne pas aller au musée ensemble ?

Ce jour-là, le chauffeur des Dujaric attend les deux jeunes femmes devant le porche d'entrée du centre Albert-de-Mun.

Albina entraîne Anna dans la limousine. La vitre qui les sépare du chauffeur permet les confidences.

— Si Gilbert savait que ma meilleure amie est la femme de son meilleur ennemi...

Anna sourit.

— Mon mari le sait. Vous vous êtes déjà rencontrés chez Etienne. Il t'a trouvée belle et très sympathique.

— C'est réciproque. Ton mari m'a semblé un homme de qualité. Tu as bien de la chance, Anna...

— C'est vrai. Mais je n'arrive pas à croire que tu vis avec un homme aussi dur que tu le prétends.

Albina prend affectueusement la main d'Anna.

— Si tu en as le courage, viens à la maison, tu jugeras par toi-même.

— Merci. Je préfère vous inviter à dîner tous les deux. Tu sais, nous disposons de couverts et d'assiettes. Nous avons renoncé au cannibalisme en nous installant en ville.

Les deux femmes éclatent d'un rire complice.

La limousine s'arrête devant le perron de l'hôtel particulier des Dujaric. Albina insiste auprès d'Anna.

— Tu es sûre, tu ne veux pas monter ?

— Je n'ai plus le temps.

— Alors, je te fais raccompagner.

Albina jette un regard à sa montre.

— On va à l'Opéra ce soir et je ne suis pas habillée. Il va me tuer !

— Là, tu en fais un peu trop !

Seul à l'étage, près d'une armoire sans glace, Gilbert Dujaric se bat avec son nœud papillon et ses boutons de manchette. Il s'énerve. Sa femme est encore en retard.

Derrière lui, une porte s'ouvre. Albina entre, essoufflée.

— D'où viens-tu à cette heure-ci ?

Albina se précipite vers la salle de bains attenante à leur chambre.

— De mes cours, tu le sais bien.

— Ça fait deux heures que c'est terminé !

La réponse lui parvient au milieu d'un froissement d'étoffe et de bruits de flacons manipulés en hâte.

— Je bavardais avec une amie.

Gilbert, endossant sa veste de smoking, part à la recherche d'une paire de chaussures.

— Parce que tu as une amie, toi ? Première nouvelle.

Albina se saisit de son poudrier.

— Oui, mon cher, et c'est la femme d'Antoine Forte.

La réaction promettant d'être violente, Albina s'interrompt dans sa toilette et garde les lèvres pincées. Mais si elle avait glissé un œil dans la chambre, elle aurait découvert une lueur de gourmandise illuminer le visage de Gilbert.

— Tiens, tu connais ces gens-là ! Pour une fois, tu vas pouvoir te rendre utile à la famille.

V

Assise en travers d'un fauteuil club au cuir trop neuf, Anna, pieds nus, en pantalon corsaire et chemisier à rayures, ses cheveux emprisonnés en un chignon austère, annote les pages d'un manuscrit.

Depuis quelque temps, Antoine a pris l'habitude de lui soumettre certains des textes destinés à sa collection rose. Anna est devenue une dévoreuse de livres. Ses opinions divergent souvent de celles d'Antoine. Le débat peut tourner alors à la confrontation hystérique.

Ce soir-là, l'atmosphère est électrique. Un auteur maison, Johnny Herbert, est l'objet de la querelle. Antoine n'apprécie pas son style trop fleuri. Anna est d'un avis contraire.

— Tu voudrais faire lire aux gens un annuaire des Postes. Moi, je trouve que c'est écrit de manière poétique.

— Tu trouves toujours des excuses à Herbert. A croire que tu es amoureuse de lui.

Anna saute de son fauteuil et vient se planter devant Antoine.

— Johnny Herbert ? Mais je ne le connais même pas ! Son manuscrit est magnifique, c'est tout !

— C'est de la guimauve. Ça colle aux doigts ! Et le titre : « Amour dans la prairie » ! Il n'y a pas la moindre prairie là-dedans et, pour ce qui est de l'amour, ils échangent un baiser au trentième chapitre. C'est bouleversant.

— Parce que tu t'y connais en amour, toi ? *Vattini in zinefria !*[1]...

Antoine fait mine de se fâcher. Il serre les poings et s'approche d'Anna qui recule. Il tente de l'attraper, elle se dégage et court se réfugier derrière un guéridon. Il se jette à sa poursuite, parvient à la saisir par un bras et l'attire vers lui. Ils se débattent, roulent sur le tapis et, pour finir, s'enlacent avec fureur.

Anna s'est endormie. Antoine la contemple. La maternité et la vie parisienne n'ont en rien entamé sa sauvage beauté. Elle reste cette adolescente généreuse et fière. Et pourtant, il la découvre aussi riche de métamorphoses qu'il l'est lui-même. Inconsciemment, il la confinait dans le rôle d'amoureuse, d'amante passionnée, de complice capable de démesure, de poésie et, enfin, de gardienne du foyer. Il lui semblait avancer seul. Il n'aurait jamais imaginé qu'elle le suivrait si loin dans sa nouvelle vie. Peut-être le surpasserait-elle un jour.

En lui se crée un mélange de vanité masculine sottement blessée et un surcroît d'amour. Si Anna entendait les folles pensées qui traversent son esprit, elle se moquerait sûrement de lui. Elle lui dirait : que vas-tu imaginer ? Ne sommes-nous pas unis pour le pire et le meilleur, ne devons-nous pas tout partager ? N'es-tu pas prêt à toutes les folies pour moi, comme je le suis pour toi ?

---

1. « Va-t'en au diable ! »

VI

Anna referme doucement la porte derrière la silhouette un peu voûtée du médecin. Sa gabardine jetée sur les épaules, sa sacoche à la main, il se presse en cette fin de matinée pluvieuse. Un autre patient l'attend. La jeune femme, debout au milieu du vestibule, semble perdue. Des larmes embuent ses beaux yeux noirs. Elle serre un mouchoir entre ses doigts crispés.

Antoine a déserté son bureau. Il reste dans la chambre d'Eunicia. Une angoisse sourde, obstinée, le tient dans ses griffes. Il interroge ce visage d'enfant, paupières à demi closes, qui, par instants, se tourne vers lui et tente, lui aussi, de comprendre. Depuis deux jours, la fillette n'a plus le goût ni la force de se nourrir. Elle demeure alitée, apathique. Elle ne se plaint pas. Elle ne souffre d'aucun des maux de son âge, ni infection, ni convulsion, ni intoxication. Sa tension est normale, son pouls régulier. Une première analyse de sang n'a rien révélé d'alarmant.

De lourds rideaux damassés ont été tirés devant les fenêtres, occultant la lumière grise du dehors. Un climat ténébreux, morbide, règne dans la pièce où flottent des odeurs de tisane et de potions que l'enfant refuse d'avaler. Sa mère est revenue dans la chambre, prend place à ses côtés, lui caresse le front, le dos de la main, murmure une comptine. Antoine se tait, puis, adressant un tendre et triste sourire à sa femme, sort de la pièce.

En fin d'après-midi, le médecin pédiatre accompagné d'un confrère a procédé à un nouvel examen. Son diagnostic n'est pas mieux affirmé. Eunicia présente des symptômes atypiques. Son état est stationnaire, mais ce jeûne l'affaiblit. Ils envisagent de l'hospitaliser et de la mettre sous perfusion. A ces mots, le cœur d'Anna se glace. L'hôpital lui fait peur. Elle ne veut pas quitter sa fille des yeux.

— Alors, prenez une infirmière, madame, lui suggère le pédiatre. Mais il faut qu'elle mange.

Dans le salon, Etienne Brun-Rouard, Antoine Forte et quelques bergers sont assis, accablés. Une domestique verse le café en silence et vide les cendriers. Après avoir reposé maladroitement sa tasse, sur le rebord d'une table basse, Fabio le taciturne se risque à donner un avis.

— J'ai vu des brebis se traîner comme la petite. Elles avaient mangé de la fougère des prés. Pour ça, on leur rinçait l'estomac avec de l'eau tiède un peu sucrée.

Dominique le bègue hausse les épaules.

— Où t'as vu que c'était uuu... uuuu... neee...

— Ça va, Nico, l'interrompt Ange, on a compris. Eunicia n'est pas une brebis. N'empêche, le Vieux, il en a vu beaucoup.

Fabio, très gêné, reprend :

— Ces fougères, elles ne viennent pas comme ça dans la montagne. Mon père disait qu'elles poussaient là où crachait le diable.

Antoine, debout près de la cheminée, les mains dans les poches, se surprend à acquiescer. A cet instant,

Anna apparaît à l'entrée du salon. Les médecins sont repartis.

— Antoine, peux-tu monter dans sa chambre ? Je dois téléphoner. Il faut faire venir une infirmière, installer une sonde, enfin...

Des sanglots l'empêchent d'en dire davantage. Etienne s'approche d'elle et lui pose affectueusement une main sur l'épaule.

— Je peux m'en occuper, Anna. Je connais une personne très bien. Vous devriez vous reposer, vous êtes à bout de nerfs.

Mais la jeune femme ne veut rien savoir. Une heure plus tard, les dispositions étant prises pour les soins de l'enfant, Anna enfile son manteau et annonce à Antoine qu'elle sort rejoindre Albina Dujaric.

— Je n'en ai pas pour longtemps. Ange m'y conduira en voiture. Je te laisse avec Etienne.

— Encore un de ces médecins qui ne savent que répéter qu'il faut patienter, attendre, et attendre quoi ?

— Pardon, mon chéri, je ne peux pas t'expliquer, le temps presse. Ange !

Le jeune garçon surgit de l'office et court aussitôt vers le garage.

VII

D'une main légère, l'infirmière soulève le voile qui occulte la lampe de chevet. Elle vérifie la sonde qu'elle a posée deux heures plus tôt pour alimenter la petite malade. Eunicia semble dormir d'un sommeil agité. Sa respiration est courte. Mais son teint cireux, ses yeux cernés et son effrayante maigreur n'ont pas altéré la grâce de ses traits.

On toque à la porte de la chambre avant de l'ouvrir avec précaution. Anna est de retour. Elle n'est pas seule. Albina Dujaric la suit, ainsi qu'une femme âgée, le visage à demi enfoui dans une étole de soie.

Dans ce visage d'un blanc cérusé luit un regard gris et perçant. Gaëlle Lenoir, la voyante, est venue à la demande d'Albina. Elle inspecte aussitôt la pièce à demi plongée dans la pénombre et s'avance vers le lit de la petite fille. Après un long silence, elle se retourne et demande aux deux jeunes femmes et à l'infirmière de la laisser seule avec l'enfant.

Durant un long tête-à-tête avec sa patiente, Gaëlle Lenoir s'imprègne des émanations maladives qui flottent autour d'elle. Elle se tient au pied de l'enfant, immobile, absorbé dans une profonde méditation.

Après un long soupir, elle rappelle les deux jeunes femmes et livre son verdict :

— Eunicia est victime d'un envoûtement.

VIII

A la sortie de Calenzana, la maison aux murs gris de Mama Negra, la sorcière, contraste avec les façades colorées du bourg. Les habitants se signent en passant devant la bâtisse aux volets clos.

Dans ce village en 1954 il est encore des lieux frappés du sceau de la malédiction. Personne n'ignore la présence, dans ces murs, de pratiques occultes. Tout le monde, ici, à un moment ou un autre, peut y avoir recours. Seuls des gamins se risquent, en sortant de l'école, à lancer des cailloux vers la maison avant de s'enfuir à toutes jambes. Gare à celui dont les parents apprendraient qu'il tente ainsi le mauvais œil...

La propriétaire ne sort presque jamais de chez elle. Des visiteurs lui apportent la nourriture, les ingrédients et les objets dont elle a besoin.

Ce soir-là, Mama Negra, une belle femme brune d'une cinquantaine d'années, s'affaire autour d'un plateau en cuivre posé sur une table. Elle fixe les sept bougies allumées, disposées en cercle, à l'intérieur duquel sont posées une photographie d'Eunicia, une mèche de cheveux et une petite bague de pacotille. Ainsi sont réunis les trois éléments nécessaires à l'envoûtement : la photo, représentation physique de la victime, la bague, objet familier, la mèche de cheveux, qui contient une part de son intégrité. Puis elle prononce à voix basse la formule incantatoire qui doit couronner son action maléfique et conduire la victime vers le terme fatal. Ses mains fines s'approchent de la flamme de chacune des bougies. Elle les mouche l'une après l'autre. Une complète obscurité envahit la pièce. Le sortilège doit s'accomplir.

IX

A plus d'un millier de kilomètres de Calenzana, dans une chambre d'enfant tendue de toile de Jouy, au mobilier rose et parme, une fumée dense et odorante s'échappe d'un plateau rempli de braises.

Gaëlle Lenoir a enfin localisé la source et la nature du mal qui frappe Eunicia. Elle demande qu'on lui procure au plus tôt une liste d'objets et de plantes nécessaires au rituel de guérison qu'elle entend pratiquer dans ces lieux.

Anna s'empresse de la satisfaire, avec l'aide d'Albina et d'Antoine auquel l'intervention de la voyante a rendu espoir. « Aucun secours ne doit être négligé », dit-il à Etienne, encore sceptique. Il reste pensif devant l'infirmière qui n'ose rien dire mais semble éberluée par les événements. Gaëlle Lenoir s'approche d'eux et s'adresse à Etienne :

— Servez-moi donc un scotch, s'il vous plaît, ni eau ni glaçons.

Une heure plus tard, la voyante congédie son monde et entreprend de lutter contre le mauvais sort. Eunicia repose sur le lit, inconsciente, à demi recouverte d'un drap blanc. Une fine cordelette entoure son cou. Ce nœud de chanvre est censé piéger le mal. Deux rameaux ont été posés de part et d'autre de sa tête.

Autour du lit, Gaëlle Lenoir a tracé un cercle de feuilles et de graviers qui délimite l'espace dévolu aux soins. Puis, amenant le plateau de braises, elle procède à un bain d'encens purificateur. Après de longues minutes de fumigation, elle s'empare d'un couteau à la lame émoussée. Elle découvre alors le corps de la petite et entreprend de le dépecer symboliquement, avant de fendre l'air avec la lame pour couper les liens invisibles qui l'emprisonnent.

Après avoir procédé à ce rituel, Gaëlle Lenoir impose ses longues mains sur le visage d'Eunicia et s'écrie :

— Le malin a méfait, le seigneur le bienfait.

Au même instant, cette phrase retentit dans le cerveau de Mama Negra et la fait entrer en transe avant qu'elle ne s'écroule, inanimée. Sur la table du sacrifice, les sept bougies se rallument soudain.

Dans son lit, Eunicia ouvre les yeux. Le rose afflue à ses joues. Elle semble sortir d'un sommeil peuplé de cauchemars. Au-dessus d'elle se penche un visage de vieille dame, couronné de cheveux gris, qui lui sourit avec bienveillance.

X

Une volée de gifles s'abat sur Livio qui tente de se protéger en se couvrant la tête des mains et des avant-bras. Un coup de pied le cueille à l'estomac et le fait se tordre de douleur. Il se laisse tomber et se met en boule.

— Ça suffit !

Orso-Paolo fait signe à ses gardes du corps de quitter l'arrière-salle du bar de la Marine. La correction est terminée. Le Borgne est resté par terre. Il se tient le ventre en gémissant. Orso le saisit sans ménagement par l'épaule, le force à se relever et l'assoit sur une chaise. Puis il l'oblige à prendre un verre de gnôle et à le boire d'un trait.

— Ça te remettra les idées en place.

Tandis que Livio recouvre ses esprits, Orso sort du réduit pour s'entretenir avec le patron du café et les hommes qui viennent de tabasser le berger. Il prend soin de refermer la porte derrière lui.

Prostré sur sa chaise, Livio Bonanza semble résigné à son sort. La punition qui vient de lui être infligée, il la mérite pour sa trahison envers Antoine et Anna. La guérison d'Eunicia l'a soulagé d'un insoutenable remords. Mais Orso n'a rien à lui reprocher. Il a obéi. Simplement, il n'a personne d'autre sur qui passer sa fureur.

Livio essuie du revers de la main une lèvre sanguinolente. Ses oreilles rougies le brûlent un peu. Il a soudain envie de se retrouver au pays, dans la bergerie, allongé sur sa couverture, et d'y dormir dans la chaleur des bêtes, comme autrefois.

Orso réapparaît. Depuis leur dernière rencontre, il a rasé sa barbe et conservé une moustache aux pointes tombantes qui le vieillit.

— Allez, ça va. Fais pas ta figure de carême. J'ai une autre mission à te confier, beaucoup plus agréable.

Livio s'attend au pire. Il secoue la tête.

— C'est non.

Orso le dévisage, incrédule.

— T'as dit quoi ? J'ai mal entendu.

— Je dis que j'en ai marre de tes histoires. Fous-leur la paix, Orso !

Il reçoit une claque qui manque de le faire tomber de sa chaise. Mais Livio s'obstine.

— Prends-moi l'autre œil, si tu l'oses ! Moi qui ai été mutilé, blessé dans ma chair, volé de la femme qu'on m'avait promis, c'est moi qui te le demande.

Orso le saisit par le col.

— Tu n'as rien à me demander, l'eunuque.

Puis, relâchant sa prise, Orso lui montre son poing :

— Tu n'es qu'une noix sèche que j'ai dans la main. Je n'ai qu'à presser et je te broie.

Un silence lourd de menaces s'installe entre les deux hommes. Orso finit par se composer un visage plus calme.

— Bon, on ne va pas se chamailler toute la soirée. On s'est mal compris, le Borgne. Je te propose une affaire, rien de méchant. Ton père, ton grand-père, toute la famille l'a fait avant toi. Mais les temps changent. Faut voir plus grand.

— Je ne te suis pas.

— Te fais pas plus crétin que tu n'es. Je te demande, avant vos tournées, de venir prendre livraison de cartouches de cigarettes et de bouteilles d'alcool. C'est juste un petit service à rendre, moyennant un honnête pourboire. Disons 20 % de la valeur de la marchandise écoulée. Joli profit, non ? Et pour un transport tout ce qu'il y a de plus régulier. Tu vois les poulets venir éplucher de la littérature ?

Livio hésite, mais il n'a pas le choix. Ce commerce-là fait partie du contrat. Reste à convaincre les autres bergers. Tous ne seront pas d'accord. Orso ricane.

— Tu prends le pari ? Entre l'argent qui leur tombera dans les poches sans même qu'ils s'en aperçoivent et un trou dans la nuque, à ton avis, lequel jouera les héros ?

Livio aimerait répondre qu'il se voit bien dans le rôle. Il se contente de baisser la tête.

XI

Un coup de dés malheureux et le pion d'Eunicia, douze ans, se retrouve sur une case de la rue de la Paix, à l'emplacement d'un hôtel détenu par Philippe Dujaric, quatorze ans.

— Quelle poisse ! dit Eunicia qui doit s'acquitter d'un loyer exorbitant.

Elle n'a pas assez de billets de Monopoly dans sa caisse pour régler la somme.

Philippe, assis en tailleur sur le tapis persan qui leur sert de table de jeu, propose un arrangement.

— Tu me donnes tout ton argent, plus les quatre gares, tu hypothèques tes hôtels minables des rues Lecourbe et Vaugirard et on est quitte.

— Jamais !

Un silence s'établit. Troublé, Philippe contemple la silhouette de cette presque jeune fille qu'il regardait hier encore comme un bébé. Deux renflements tendent son pull-over.

— Ou alors, concède Philippe, tu me donnes les gares, un hôtel et tu me montres tes doudous.

Le feu aux joues, Eunicia balaie jetons, maisons, cartes à jouer et se rue sur le jeune garçon, en pantalon de golf et chandail à motifs jacquard.

— Touche à mes lolos et t'auras plus rien dans la culotte !

Le garçon fait mine de protéger ses attributs virils et s'enfuit en poussant des cris suraigus. Eunicia le poursuit en riant.

A l'étage du dessous, dans l'hôtel particulier des Dujaric, Gilbert s'apprête à passer un habit. Une porte à deux battants reste ouverte sur la perspective d'un salon où deux hommes se tiennent assis sur des bergères Louis XVI.

Le premier visiteur n'est autre que Pascal Donadieu, l'exécuteur des basses œuvres. Le second, le veston entrouvert sur une confortable bedaine, est un inspecteur des renseignements généraux, Roland Asher.

Sans aucune gêne envers les deux visiteurs, Gilbert Dujaric enfile son pantalon et ajuste le col cassé sur sa chemise de soie.

Le policier consulte un carnet à spirale.

— J'ai pu obtenir les fiches de tout ce petit monde, non sans mal. La police corse se montre jalouse de ses clients. Aucun n'a de casier.

— Et Antoine Forte ?

— C'est l'Immaculée Conception.

Gilbert Dujaric entre dans le salon en ajustant ses bretelles. Il prend un air contrarié.

— C'est tout ce que vous avez en magasin ?

Donadieu, enrhumé, sort son mouchoir et se retient de cracher. Mal à l'aise. Le voisinage d'un flic, même d'un flic ripoux, le rend nerveux. Il croise les jambes et époussette le bas de son pantalon. Roland Asher, sans répondre à la question de Dujaric, sort une pipe de grognard et la bourre méticuleusement de tabac hollandais. Dujaric intervient sèchement.

— Je vous serais obligé de ne pas fumer en ma présence, Asher.

Le policier obtempère sans sourciller et revient à la lecture du carnet.

— J'attends, reprend le directeur des Messageries d'un ton impatient.

— Je crois qu'ils ont fait une connerie.

— Bien. De quel genre ?

A cet instant, l'une des portes du grand salon s'ouvre avec fracas sous la poussée de Philippe que poursuit Eunicia. Les deux gamins, stupéfaits, se retrouvent face aux trois hommes qui considèrent les intrus avec des mines peu avenantes.

Eunicia se réfugie derrière Philippe, qui semble très à son aise devant ces étrangers.

— Je vous dérange, papa ?

— Je travaille, mon petit. On se verra plus tard.

Puis, s'adressant à Eunicia dont l'adorable silhouette tente de se dissimuler aux regards de ces vieux bonshommes :

— Bonjour, jeune fille. Allons, ne vous cachez pas. Il est toujours plaisant de saluer la naissance d'une beauté.

Pour toute réponse, Eunicia réprime un accès de toux et, sans dire un mot, s'enfuit à toutes jambes, suivie de son compagnon de jeux.

Dujaric hausse les épaules.

— Voyez-vous, messieurs, j'ai toujours fait peur aux enfants. Sauf au mien, et encore, il m'a fallu du temps pour l'habituer. Maintenant, Asher, je vous écoute. Racontez-nous ça dans le détail.

XII

Au volant du camion de livraison, Ange débouche à vitesse réduite place des Abbesses. La chaussée est encombrée de voitures et de cyclistes. Un coup d'œil dans le rétroviseur le met soudain en alerte. Une Simca le dépasse sur sa droite et vient se rabattre brusquement devant son capot. Il donne aussitôt un coup de frein. Trois hommes surgissent de la voiture. L'un se rue vers sa cabine en exhibant une carte. Ange baisse sa vitre.

— Police ! Contrôle des papiers. Descendez, s'il vous plaît.

Ange obéit. Le fonctionnaire, qui n'est autre que Roland Asher, vérifie les documents, tandis que ses collègues ouvrent les portes du camion et entament une fouille minutieuse des cartons de livres.

Un attroupement commence à se former. Asher avise un agent venu prendre son poste au carrefour et lui demande de disperser les curieux.

Ange subit le contrôle avec désinvolture. Asher finit par le secouer un peu.

— C'est ça, continue à faire l'âne et je t'envoie braire en cellule jusqu'à demain.

Des cartons sont jetés du camion et gisent à présent sur le pavé.

— Continuez, gueule Asher, vous m'ouvrez tout et après, vous me démontez cet engin, enjoliveurs compris ! Moi, je m'occupe du gaillard.

L'inspecteur tire le garçon par le col de son blouson et le plaque contre la portière du camion. Il le fouille avec brutalité. Ange se raidit.

— Allez-y. La poudre, je me la suis foutue dans le cul !

Sans qu'Asher puisse le retenir, il baisse alors son pantalon, découvrant un derrière bien poilu.

— Si vous voulez y mettre un doigt.

Asher, de rage, lui donne un coup de genou dans les reins qui le fait chuter, puis rameute ses collègues et s'engouffre dans la voiture qui redémarre dans un crissement de pneus.

Le lendemain soir, dans un bistrot situé à la sortie de Dourdan, au bord de la nationale 10, Dominique le bègue, de retour de tournée, trinque avec le tenancier. Apparemment, il n'en est pas à son premier verre, même s'il tient debout.

A l'extérieur, deux silhouettes tournent autour de son camion. Pascal Donadieu et Roland Asher, cette fois en dehors de ses heures de service, une lampe de poche à la main, se lancent dans une fouille prudente et méthodique de la cargaison. Ils ne souhaitent pas laisser de traces de leur visite. Sous la dernière caisse, portant le sigle des Editions BREF, ils trouvent un carton semblable aux autres mais éventré, quasiment vide, à l'exception d'une bouteille de Martini.

Les deux hommes ressortent du camion, remettent la chaîne en place et rejoignent le bistrot dont les vitres, embuées par la pluie, diffusent une clarté jaunâtre.

Donadieu et Asher viennent s'accouder au bar près du chauffeur et lient conversation. On paie des tournées et tous trois se retrouvent bientôt à table, autour d'un steak purée.

— On tient un café-restaurant à Auxerre. Le soir, on fait boîte de nuit. T'aurais pas un tuyau pour les alcools ? demande Donadieu.

Dominique, malgré les vapeurs éthyliques qui commencent à s'emparer de lui et qui dissipent son bégaiement, sent s'allumer en lui la lampe rouge du danger. Il affecte un air de connivence.

— Quel genre ?

Asher prend le relais.

— Whisky, Pernod, Martini...

Dominique fait mine de réfléchir.

— Faut voir. Laissez-moi une adresse. Je vous contacterai.

XIII

Le bâtiment des imprimeries Firmin, à Issy-les-Moulineaux, symbolisait la modernité dans les années vingt. Son constructeur s'était inspiré des entrepôts de triage et de maintenance des locomotives pour loger les ateliers. Tant d'espace et de lumière diffusée par les verrières rendaient le travail moins pénible bien qu'il demeurât bruyant. Les ouvriers n'avaient plus à s'user les yeux sous la faible clarté des ampoules à filament, devant les casses, les boîtes compartimentées en casiers qui contiennent les caractères d'imprimerie. Les composeurs travaillaient alors dans un espace réduit, près de petites vitres, autour des presses étançonnées au plafond.

Les années, puis les décennies ont passé et les imprimeries Firmin emploient toujours les mêmes procédés d'impression mécanique qu'au début du XXe siècle. Fondeuses de ligne, la Linotype, et fondeuses de caractère, la Monotype, permettent d'obtenir neuf mille lettres et signes à l'heure. Actionné par les doigts experts de l'opérateur, un clavier déclenche le mouvement des matrices en cuivre, dont chacune, possédant en creux la forme d'un caractère, passe devant un creuset. Le plomb liquide vient remplir cette cavité, donnant forme à une ligne d'un seul bloc ou à des lignes faites de caractères séparés. Entre les bras chromés des machines sont enserrées, serties dans leur forme, les soixante-quatre pages de caractères en plomb que le typographe a composés de ses mains. A la cadence du va-et-vient, l'imposant matelas de rames de papier s'imprègne des soixante-quatre cadres à chaque passage.

Antoine Forte et le vieil Eustache Firmin contemplent avec un plaisir évident le mouvement des puissants leviers.

Antoine apprécie ce bruit de métal froissé et l'odeur mêlée de l'encre et du papier qu'exhalent les machines à imprimer. Mais, au fil du temps, leur vacarme a rendu Eustache Firmin quasiment sourd.

L'imprimeur assène une tape amicale à Antoine.

— Pas question de baisser mes prix !

— Mais je ne t'ai rien demandé.

— Va voir chez Meissonnier. Ils ont des machines modernes.

Il fait mine de cracher par terre et reprend avec une grimace de mépris :

— Des machines allemandes en plus !

La collection « Passion » éditant deux titres par mois avec un tirage initial de cent mille exemplaires, Antoine a mis en concurrence les imprimeries les mieux équipées pour faire tomber les prix de revient. Et c'est le propre fils d'Eustache Firmin, devenu le directeur de l'imprimerie Meissonnier, qui a enlevé le contrat.

Mais Antoine, dans son métier et par ses origines paysannes, a appris à estimer la valeur du travail artisanal et les traditions d'une corporation où maîtres imprimeurs, typographes, linotypistes, clicheurs constituaient une véritable aristocratie ouvrière. Aussi a-t-il créé une revue, *L'Amour des livres*, destinée à informer les libraires et à les fédérer dans son combat. Et ce journal, son enfant, il tient à le faire fabriquer sans regarder à la dépense.

Eustache entraîne Antoine dans les bureaux où sa petite-fille, Isabelle Firmin, vingt ans, armée des inévitables ciseaux et pot de colle, monte les maquettes. Les deux hommes examinent les nouveaux projets de couverture que la jeune fille a mis en place pour la revue publiée par Antoine.

La préférence d'Isabelle va à une couverture qui représente Raymond Radiguet en compagnie de Jean Cocteau. Antoine se montre réticent.

— Trop élitiste. L'homosexualité ne fait pas vendre.

La jeune fille rougit. C'est une jolie personne, avec des cheveux blond vénitien torsadés et de grands yeux bleus. Vive et susceptible, travailleuse acharnée, elle est une abeille au milieu des bourdons. Mais elle tient à défendre son idée.

— D'un point de vue commercial, vous avez raison, mais évoquer cette amitié littéraire servirait le prestige de la revue.

— Pour une revue historique, je ne dis pas, mais nous sommes en 1965, mademoiselle, et ma revue s'adresse à des lecteurs d'aujourd'hui. Je préfère voir Barthes ou Perec à la une. Vous voyez que je me fiche bien des mœurs des écrivains ; je m'intéresse à leurs ouvrages. Ou alors, tiens, pourquoi ne pas remettre Sartre à l'honneur ?

— Et pourquoi ?

— Parce qu'on le dit très malade. Avec un peu de chance, il meurt le jour de la mise en pages.

Isabelle sourit, hésite à poursuivre le débat. Le vieil Eustache prend affectueusement Antoine par le bras.

Il ne veut pas laisser le bel Antoine seul avec sa petite perle.

— A cet âge, mon cher Antoine, on veut toujours avoir raison.

Ils s'approchent d'un autre « artiste », Yves Deschamps, le maître typographe. Commencent alors d'interminables palabres entre Deschamps, le vieil Eustache et Antoine pour le choix d'un caractère, la mise en place d'un alinéa, l'inclinaison d'une virgule ou d'un accent grave.

Yves Deschamps, qui a son franc-parler, n'hésite pas à rappeler à Antoine qu'« on ne la ramène pas quand on édite des livres de merde ». L'éditeur de romans noirs et de récits à l'eau de rose laisse passer l'orage. Se faire chapitrer par ce technicien d'excellence contribue au folklore de l'entreprise.

Derrière eux, sur un siège semblable à un tabouret de piano, un robuste gaillard a posé son imposant postérieur. Dans ce visage rubicond, congestionné sous l'effet de la chaleur, on distingue des yeux bleus, protégés par des lunettes de coléoptère. Il est assis devant une Linotype, énorme machine automatique à composer.

L'homme tape sur un clavier avec une grâce surprenante pour un colosse de cette taille. Chaque lettre qu'il sollicite fait choir une matrice dans un composteur. Chaque ligne ainsi obtenue tombe dans le creuset bouillonnant qui la soudera à jamais.

Antoine jette un bref coup d'œil à sa montre et prend congé d'Eustache Firmin. Mais, avant de quitter l'atelier, il repasse en coup de vent à la « maquette ». Isabelle est en train de reconstruire sa page de couverture.

— Réflexion faite, lui dit Antoine, gardez Cocteau

et Radiguet quand il avait dix-huit ans, mais trouvez-moi leurs photos de vacances, au Piquey, au milieu des pins. Qu'on voie que la littérature se pratique aussi au bord de l'eau, au soleil, au grand air. Je veux une image qui exprime la jeunesse et le bonheur.

Puis il repart au pas de course. La jeune fille le suit du regard, songeuse. Il vient de lui parler d'amour.

XIV

Sur les quais de Boulogne, face aux ateliers des imprimeries Firmin, se dresse un immeuble moderne, cubique, aux façades rythmées par des panneaux de béton rainuré et de larges baies vitrées. Le cours de la Seine sépare ces deux concurrents que tout oppose. D'un côté, un dinosaure appelé à disparaître. De l'autre, une nouvelle espèce, plus mobile ou plus économe, mais toujours dévoreuse de papier.

Antoine claque la portière de son coupé Peugeot et, à pied, contourne un poids lourd qui stationne devant l'entrée principale de l'imprimerie Meissonnier. Sur la remorque est écrit : BAUER, IMPRIMANTES OFFSET.

A l'intérieur du bâtiment, Serge Firmin est en grande discussion avec Monsieur Bauer en personne. L'industriel est venu faire la démonstration de la machine offset qu'il vient de livrer à son client.

— Ce modèle a une très bonne intensité d'impression en noir et en couleurs. On ne perd plus de temps à préparer les formes imprimantes et à les caler sur les presses. C'est propre, rapide, moins cher.

Les impressionnants rouleaux de métal de la machine offset tournent maintenant à toute vitesse. Les ouvriers imprimeurs regardent fonctionner le nouveau monstre avec un mélange d'admiration et d'inquiétude. Bauer s'efforce de les rassurer. Son phrasé lent, nasal, trahit sa citoyenneté suisse.

— N'ayez pas peur, les gars. L'offset, ce n'est pas le diable, au contraire. Il travaille quatre fois plus vite. Les autres ateliers ne pourront pas lutter. Vous aurez plus de commandes, moins de travail, et pour une meilleure paye.

Clin d'œil à Serge Firmin.

— Parce que le patron, des profits, il en fera !

Le patron en question proteste énergiquement.

— C'est ça, Bauer, donnez-leur des idées ! Vous croyez que le Syndicat du livre a besoin de vous pour faire monter les enchères ? Je préfère vous voir rembarquer votre ferraille à Lausanne !

Les ouvriers se poussent du coude, amusés. Ils ne savent pas encore que leur bleu de travail va être remplacé par des blouses blanches et qu'une part de leur métier, de leur âme, est appelée bientôt à se perdre dans le ronronnement des composeuses électroniques. Antoine confirme à Serge Firmin qu'il doublera ses commandes puisque la nouvelle machine fait chuter les prix.

C'est la pause déjeuner. Les ouvriers imprimeurs quittent la salle des machines. Bauer, resté seul avec Serge Firmin et Antoine, poursuit ses explications.

— La surface de la plaque, fixée autour d'un cylindre, est d'abord humidifiée, puis encrée. Elle décalque son encre sur un cylindre intermédiaire revêtu d'une toile caoutchouc, le blanchet, qui à son tour décalque sur le papier. D'ailleurs « offset » veut dire « décalque ». Ça permet de reproduire des documents photographiques sur du papier de luxe comme sur du papier bon marché.

Antoine approuve distraitement. Serge interrompt le conférencier.

— Allons déjeuner. Autant mouiller nos cylindres avec un bon cheval-blanc.

Mais Bauer est un prosélyte du progrès technique. Tandis qu'on le pousse dehors, il continue.

— Dès le mois prochain, je vous proposerai le massicot automatique et le robot emballeur. Il faut absolument que je vous explique comment opère le...

— Bauer, si vous n'arrêtez pas, je vous mets la langue sur vos cylindres et j'envoie la sauce.

XV

On boucle la revue *L'Amour des livres*. Le grand bâtiment des Imprimeries Firmin n'abrite plus qu'Antoine, qui remplit aussi la fonction de secrétaire de rédaction, la maquettiste, Isabelle Firmin, et Yves Deschamps, le maître typographe.

Antoine reçoit les morasses et corrige sur le marbre. Concentré sur son ouvrage, c'est à peine s'il prend le temps de saluer Deschamps qui semble pressé de rentrer chez lui. Les deux hommes ont livré bataille toute la soirée sur le choix des polices de caractères et les problèmes d'impression. Ils en seraient venus aux mains si Isabelle ne s'était interposée. Mais cela fait partie d'un jeu qu'ils pratiquent sans jamais transgresser les règles du respect mutuel.

Ce soir, le typographe a semblé moins expansif qu'à l'ordinaire. Et il n'a visiblement pas envie de s'attarder. Isabelle, voyant la perplexité d'Antoine, se rapproche discrètement et lui murmure à l'oreille :

— Sa femme est souffrante. C'est dur pour lui.

Sa main se pose sur la main d'Antoine comme si elle l'invitait par ce geste à partager sa compassion. Antoine retire sa main brutalement comme sous l'effet d'une brûlure et se tourne vers le typographe.

— Désolé, Yves, je ne savais pas. On aurait pu en finir plus tôt.

— Laisse tomber. Que je rentre tôt ou que je rentre tard, elle me reçoit toujours avec des reproches. Là, je m'attends au pire. Allez, bonsoir.

Isabelle, qui a regagné le fond de l'atelier, travaille à sa maquette. Comme elle est juchée sur un haut tabouret, les yeux fixés sur la planche à dessiner, la tête penchée sur le côté, le halo de sa lampe de bureau dessine autour de ses cheveux flamboyants une auréole qui la fait ressembler à une madone de Botticelli.

« Pourquoi ai-je retiré ma main ? pense Antoine, troublé. J'ai dû la blesser. »

Quittant le marbre, il va vers elle, il faut qu'il s'excuse. A deux pas, il s'arrête, frappé par la sensualité qui se dégage du visage d'Isabelle. Ses yeux aux longs cils, ses lèvres généreuses à peine entrouvertes, cette mèche qui s'est échappée de sa barrette d'écolière, tout cela le trouble. Il s'en défend. Il se l'interdit. Elle lève les yeux, découvre l'émotion qui se peint sur le visage d'Antoine. Elle frissonne, descend de son tabouret, baisse les yeux et vient se blottir contre lui.

Antoine la serre dans ses bras, pétrifié de désir. Ses yeux cherchent les siens. Il ne peut s'empêcher de l'embrasser. Elle lui rend passionnément ce baiser avant qu'il ne la repousse, tout doucement.

— J'en ai très envie, Isabelle, mais il ne faut pas.

XVI

Quand deux armoires à glace ont précipité Asher d'un coup de poing dans les reins, au milieu des caisses, dans l'arrière-salle du bar de la Marine, l'inspecteur a compris qu'il était tombé dans une saleté de guet-apens et que sa carrière risquait de s'arrêter là, un mardi soir, à la nuit tombée, dans le Xe arrondissement de Paris. Autour de lui, hormis Donadieu toujours ficelé sur sa chaise, le visage tuméfié par les coups reçus, deux hommes l'attendaient, les traits dissimulés par une cagoule. Derrière les fentes pratiquées dans le tissu, des regards noirs. Mais si le premier paraît implacable, le second semble manquer d'assurance. Il le fixe pourtant d'un regard qui ne cille pas.

Les hommes qui l'ont « réceptionné » à l'entrée du café le maintiennent solidement par les bras, décourageant toute résistance de sa part. L'un des cagoulés, le plus costaud des deux, habillé d'un bleu de chauffe, prend la parole. Il a un accent corse très prononcé.

— Mon copain (il désigne Livio le borgne, caché sous son masque) m'a dit que tu voulais faire affaire avec nous. T'aurais trinqué avec un gars qui bégaie quand il est sobre et qui devient bavard quand il ne l'est plus, tu te souviens ?

Asher se contente d'incliner la tête.

— Depuis quand les pourris dans ton genre négocient les prix ? D'habitude, ça vous gêne pas de vous servir gratis.

Donadieu tente d'ouvrir la bouche.

— Y savent tout.

Orso-Paolo, car il s'agit de lui, lui administre une petite tape sur la tête.

— Merci, mon grand.

Puis, s'adressant à nouveau au policier :

— Tes commanditaires, je les oublierai pas dans mes prières. Mais toi, tu les oublies. Tu as une femme et trois gosses, pense à eux très fort. Je ne veux pas te faire peur, juste te faire réfléchir.

Asher se fait alors menaçant.

— Touche à un seul de leurs cheveux et tu auras toutes les polices du pays à tes basques. Et le jour où on te coincera, ça ne sera pas pour t'envoyer devant les juges, mais dans la fosse.

Orso-Paolo esquisse un geste à l'intention de ses gardes du corps. Aussitôt, ils frappent violemment l'inspecteur aux côtes et au foie. Il vacille sous les coups mais reste debout, soutenu par ses tortionnaires.

— C'est moi qui pourrais t'y mettre, dans le trou. T'as ruiné mon commerce, mais je veux bien être sport. On te laisse repartir. Demain matin, tu manges ta soupe en famille, tu classes l'affaire et on est quitte.

Asher, surmontant la douleur qui le plie en deux, demande qu'on relâche Donadieu.

— T'occupes. On est devenus amis. Pas vrai, Pascal ?

Donadieu ne réagit pas. Il semble anéanti. A ses côtés, Livio, qui n'a pas bougé ni dit un mot de toute la séance, serre les poings. Lui sait ce qui attend le malheureux. Un séjour à la cave et, à l'aube, un garrot serré au cou, les cervicales qui craquent, la bouche qui cherche en vain de l'air, le hoquet final, et l'enterrement des malfrats et des indics. Un transport dans le coffre d'une voiture, suivi d'une cérémonie tout ce qu'il y a de sobre, des obsèques champêtres, au milieu de nulle part.

XVII

Dans le salon particulier des Jardins de Sicile, Antoine Forte, Etienne Brun-Rouard, Aurélien Rousseau et même Marthe d'Aulain fêtent l'interview télévisée d'un auteur maison par le redoutable Pierre Dumayet. Ce n'est pas le Goncourt, ni le Femina, mais retrouver Johnny Herbert, l'auteur quelques années auparavant du best-seller *Amour dans la prairie*, dans la même émission que Max-Pol Fouchet et sa *Nubie, splendeur retrouvée*, ainsi que François Nourissier, vantant son roman, *Une histoire française*, déjà promis aux palmes académiques, c'est la marque pour Antoine que les temps changent.

Antoine enlace Anna tendrement et lui murmure à l'oreille :

— Si tu racontes que je n'ai pas voulu de ses livres et que tu m'as forcé la main, je te donne une fessée.

A son tour, Anna lui murmure à l'oreille :

— Laisse-moi faire et nous aurons le Goncourt !

Les ouvrages de la maison BREF ne sont pas consacrés par les grands prix littéraires. Qu'à cela ne tienne, Antoine en a inventé d'autres : le prix du Suspense, le prix des Grandes Aventures, le prix Détective. De jeunes journalistes, de jeunes critiques friands de cocktails, sensibles à cette littérature populaire en mal de reconnaissance et toujours à l'affût des derniers potins, retrouvent aux Jardins de Sicile les auteurs célèbres qui constituent le jury de ces prix. On y aperçoit même ces brillants universitaires qui font leurs premières armes en démontant, pièce par pièce, la critique académique. Pour eux, tous les genres sont nobles.

Antoine et Anna saluent les derniers invités. Ils aiment rester seuls dans ce décor de fin de fête, tandis qu'on enlève nappes, bouteilles de champagne et cendriers remplis à ras bord. Ils sont las, heureux. Etienne Brun-Rouard, si prompt d'habitude à quitter les lieux, est resté. Il les regarde en souriant.

— Venez vous asseoir près de moi, leur demande-t-il.

Anna et Antoine prennent place face à leur vieil ami.

— Il est temps, dit-il.

Puis il se tait, tandis que le couple intrigué attend la suite.

— Il est grand temps, reprend-il, après de longues fiançailles de se marier enfin. Si vous dites oui, dès cette minute, vous devenez mes associés.

XVIII

— Tu vois, dit un jour Eunicia, devenue une jeune fille romanesque, c'est un peu comme dans *Roméo et Juliette*. Moi, je suis une Capulet et toi, un Montaigu. Les familles ne s'entendent pas et leurs enfants s'aiment en cachette. Mais pour nous, c'est surtout nos pères qui se font la guerre.

Philippe n'a qu'une très vague idée du théâtre élisabéthain et de l'œuvre de Shakespeare, mais l'idée d'être un Roméo ne lui déplaît pas. Il l'imagine bien en chien fou, bagarreur, sportif, enfin tout ce qui le caractérise.

De chamaillerie en réconciliation boudeuse, une tendre idylle s'est nouée entre Philippe Dujaric et Eunicia Forte qui vient de fêter ses seize ans.

— Et les Capulet, c'est les méchants ?

— Euh...

La jeune fille ne se souvient pas vraiment de cet aspect de la pièce. En revanche, elle est incollable sur la scène du balcon, le chant de l'alouette au matin et la triste fin des amants. Elle en livre un court résumé à Philippe qui ne trouve pas l'épilogue à son goût.

— C'est idiot, leur histoire. Ils n'avaient qu'à s'enfuir. Si on nous interdisait de nous voir, Eunicia, je t'enlèverais et on partirait vivre dans la taïga ou avec les hommes bleus, dans les ergs sahariens.

Philippe, cancre génial, connaît sa géographie sur le bout des doigts. Eunicia demande à son tour des explications.

— C'est quoi, un erg ?

— Des dunes de sable fin, à perte de vue.

— Ça ne me dit rien. J'aime les arbres. Et comment tu m'enlèverais ?

Philippe éclate de rire, saisit Eunicia par la taille et fait mine de la jeter par-dessus son épaule. L'adolescente se débat en criant :

— Arrête ou je hurle !

Aux beaux jours, le jeudi matin, les deux jeunes gens ont l'habitude de se retrouver dans les box du Polo de Bagatelle, avec l'accord tacite de leurs mères. Philippe range son Solex près des écuries, à côté du vélo d'Eunicia. Ils se sont levés à l'aube et disposent d'une heure pour effectuer une promenade dans le bois de Boulogne. Philippe monte Candide, un cheval de selle à la robe blanche, et Eunicia un poney à l'humeur fantasque, Caramel, qu'elle mène pourtant à sa guise.

Le couple effectue quelques tours de manège, puis s'engage sur les sentiers cavaliers du Bois. Une DS et un fourgon Citroën les suivent discrètement à distance.

Eunicia trotte un moment aux côtés de Philippe, puis galope en direction des sous-bois et disparaît. Philippe se lance à sa poursuite. Plus personne. Il revient sur ses pas, bifurque à nouveau. Eunicia s'est volatilisée. Il retient sa monture, inspecte les alentours, pousse un soupir. Il faut toujours qu'il lui coure après.

Emergeant des sous-bois, Eunicia débouche au galop sur le chemin qui mène au Polo. A sa vue, le chauffeur de la DS accélère et, montant sur les bas-côtés de la route, vient se placer délibérément en travers de la piste. Le poney, surpris, fait un écart. Eunicia, désarçonnée, tombe à terre.

Quatre hommes jaillissent de la DS tandis que le fourgon les rejoint. Ils se saisissent de la jeune fille, lui appliquent un bâillon et la jettent à l'intérieur du fourgon. La porte claque. Les deux véhicules démarrent aussitôt.

Philippe est arrivé au galop au moment précis où les hommes s'emparaient d'Eunicia. Trop éloigné pour intervenir, il se lance à la poursuite des véhicules, mais il est rapidement distancé.

Debout sur les étriers, le regard perdu, le cœur battant à tout rompre, il assiste, impuissant, à l'enlèvement d'Eunicia.

XIX

Après avoir longé les berges jusqu'à Clichy et être entrés dans Paris par la porte de Saint-Ouen, la DS et le fourgon Citroën viennent se ranger devant le bar de la Marine. Deux hommes entraînent Eunicia à l'intérieur du café. Elle se débat et trébuche dans l'escalier qui mène au premier étage. On la fait entrer dans une pièce vide, aux volets fermés, éclairée par deux appliques aux abat-jour crasseux. Un homme brun, de belle stature, vêtu d'un complet veston, l'y attend. Orso-Paolo s'est mis en frais pour accueillir sa nièce. Cela fait longtemps qu'il attend ce moment, à se faire oublier dans son île natale avant de revenir sur le continent pour y assouvir sa vengeance.

Eunicia, les cheveux en bataille, est poussée devant lui. Elle boite légèrement. Son bâillon l'étouffe. On le lui retire. Elle cherche à reprendre son souffle, tousse à plusieurs reprises. La nausée s'empare d'elle.

— Lâchez-lui les bras, ordonne Orso.

La jeune fille se met à trembler. Elle fait un terrible effort pour garder la maîtrise d'elle-même et ne pas s'effondrer en larmes. Elle finit par regarder Orso droit dans les yeux. Une expression de haine s'inscrit sur le visage de l'aîné des Gritti, un visage creusé et vieilli par une vie d'éternel fugitif. Eunicia dévisage son ravisseur : c'est le miroir de sa mère, ou plutôt son reflet démoniaque et brutal. Elle est tombée à la merci de cet oncle dont on ne parle en famille qu'à mots couverts comme d'une malédiction. Etrangement, cette découverte la rassure et la soulage.

Mais Orso-Paolo ne voit dans cette jeune fille qu'une monnaie d'échange, un objet précieux qu'il entend négocier au prix fort. Il fait un pas vers elle, la jauge comme un maquignon, un rictus de mépris sur les lèvres. Elle soutient son regard sans défaillir. La colère le prend. Il réprime une soudaine envie de la frapper.

Mais Eunicia n'a pas peur. Elle s'adresse à lui d'une voix forte.

— Tu ne respectes pas ta nièce, ton sang ?

Orso-Paolo est stupéfait par le courage de cette inconnue qui lui apparaît comme la copie conforme d'Anna, de cette sœur passionnément aimée, désirée, et dont le souvenir brûle en lui comme le feu de l'enfer. Mais il ne peut oublier qu'elle porte aussi le sang du père, d'Antoine. Cet air de défi, cette assurance qu'il lui a connue, il les brisera chez elle.

XX

Il est onze heures du soir. Antoine et Anna ont voulu rester seuls pour attendre des nouvelles, une demande de rançon, un signe. Mais le téléphone est muet et les heures passent en un silence de plus en plus pesant. Antoine se tient debout dans un coin du salon. Il rumine de sombres pensées. Anna est assise dans le canapé. Elle est calme, trop calme. Aucun des deux n'a tenté vers l'autre un geste d'apaisement, de compassion. Chacun d'eux semble enfermé dans son malheur et dans sa révolte.

Antoine se précipite soudain vers Anna, la prend par les épaules et lui demande d'une voix dure :

— Orso ! Tu sais où il se cache !

Anna se lève et se dégage, furieuse.

— Tu deviens fou ! Comment je le saurais ? Je suis comme toi, morte d'inquiétude. Moi aussi, je pense qu'Orso est derrière tout ça. Et je crains le pire. Où étais-tu quand j'attendais Eunicia ?

Puis sa voix se durcit encore.

— Tu ne sais pas ce qui s'est passé au village. Ce que nous avons enduré, demande à ta mère !

A ces mots, sa voix se brise. Elle baisse la tête.

Le black-out a été imposé. Aucun organe de presse

n'est mis dans la confidence. Au Quai des Orfèvres, la police judiciaire dépêche ses meilleurs limiers sur la piste des ravisseurs. Etienne Brun-Rouard, informé dès les premières heures du drame, a actionné ses réseaux. Le ministre de l'Intérieur se tient informé à chaque instant des développements de l'affaire.

Paris, telle une gigantesque toile d'araignée, est quadrillé par des dizaines de policiers à la recherche du moindre indice. Dans tout le pays, le signalement d'Eunicia a été diffusé. Les gendarmes mettent en place des barrages et des contrôles sur les routes.

Antoine est parti à la recherche des bergers. Il n'en trouve aucun. La colère monte en lui, puis le doute. Il sait où trouver Livio. Il accélère nerveusement et fait crisser les pneus du coupé Peugeot sur l'asphalte tandis qu'une pluie diluvienne s'abat sur la ville.

Anna campe sur le canapé du salon, près du téléphone. Albina Dujaric est venue la rejoindre et veille à ses côtés. Cédant à la demande pressante de son épouse, Gilbert a consenti à téléphoner à Antoine Forte pour l'assurer de son soutien dans cette épreuve. Les deux hommes ne se parlaient plus depuis des années. Dans la voix du directeur des Messageries, Antoine a pu percevoir une émotion qui trahissait sa seule faiblesse, celle d'un père qui chérit son enfant.

En fin de matinée, des policiers sont venus au domicile des Forte, ont visité la chambre d'Eunicia, questionné à nouveau ses parents et les domestiques, puis ils sont repartis. D'autres policiers surveillent discrètement les abords de la maison.

Assis au volant d'une Simca Aronde, Orso-Paolo n'ignore rien de ce dispositif de surveillance. Des années de traque ont aiguisé chez lui un formidable instinct du danger. Voici plusieurs semaines qu'il rôde dans ce quartier de Neuilly. Il en connaît tous les recoins. Et, avec Livio, il possède un espion dans la place. Anna est seule dans la maison. Albina est ressortie avec les inspecteurs. Son fils Philippe a aussi besoin d'elle. Elle doit passer à son domicile.

Orso a repéré une brèche dans le cordon policier. Un jardinet attenant, clos par une grille de faible hauteur, donne accès à l'arrière de la maison. S'y introduire présente le risque d'être aperçu par les habitants du voisinage, mais Orso n'a guère le choix. Il sort de la voiture, s'assure de la tranquillité des lieux, franchit rapidement l'obstacle de la grille et court à l'abri des buissons vers le parc des Forte.

Anna descend dans la cuisine. Elle se prépare un café. Elle n'a pas dormi de la nuit. Un bruit de pas la fait se retourner. Son frère surgit dans l'encadrement de la porte. Elle ne l'a pas revu depuis si longtemps. Elle considère cette figure un court instant sans pouvoir mettre un nom dessus. Puis soudain, sa stupeur laisse place à l'horreur. Orso lui sourit.

— Ça fait si longtemps, Anna, si longtemps.

Il porte des lunettes, un costume sombre, une cravate noire qui se découpe sur sa chemise blanche et un fin collier de barbe. Ainsi vêtu, il ressemble à un huissier. Méconnaissable pour tous, mais, pour elle, reconnaissable entre tous. Elle étouffe un cri.

— Que viens-tu faire ici ?

— Je viens te chercher, Anna, ma petite Anna. Tu me manques.

— Tu es fou à lier !

Elle esquisse un mouvement de fuite. Il la saisit par le bras.

— Je souffre trop sans toi. Tu comprends ?

Anna le regarde, égarée.

— Eunicia, je voulais la tuer, mais elle te ressemble tellement...

Anna se jette à ses pieds.

— Je t'en supplie, rends-la-moi ! Je ferai tout ce que tu voudras.

Orso la relève.

— Alors quitte Antoine. Viens vivre avec moi. Tu seras mienne.

Anna s'agrippe au revers de sa veste.

— Tu es un monstre. Prends ma vie mais Eunicia, laisse-la partir !

Orso-Paolo se voit revivre la scène qui s'était déroulée jadis, la veille du départ d'Anna sur le continent. Il aurait dû la poignarder alors avant de mettre fin à ses jours. Il la repousse violemment.

— Tu ne reverras jamais ta fille !

XXI

Les essuie-glaces peinent à repousser la pluie violente qui s'abat sur le pare-brise de son coupé Peugeot. Aveuglé par les phares et les lumières qui achèvent de brouiller sa vision, Antoine, les mains crispées sur le volant, le visage sali par une barbe de trois jours, les traits tirés, roule sur les boulevards des maréchaux. L'enquête piétine. Orso-Paolo n'a plus donné de nouvelles depuis son intrusion au domicile des Forte.

Antoine débouche sur la place Dauphine. Il se gare le long d'un trottoir, laisse tourner un instant le moteur puis coupe le contact. Sa tête bascule vers le volant et vient reposer entre ses bras.

A ses côtés, Livio semble attendre la fin du monde. Lui aussi vit un cauchemar. Il n'en peut plus de mentir à cet homme qu'il trahit depuis des années alors qu'il lui doit le meilleur de son existence. Tandis qu'Antoine reste prostré sur son siège, Livio rompt le silence.

— Antoine, j'ai à te parler.

Il commence par le plus simple. Le trafic d'alcool et de tabac auquel les bergers se sont livrés dans son dos. Il n'a pas encore évoqué la présence d'Orso-Paolo. Antoine écoute sans broncher cette confession dont il ne comprend pas la nécessité. Livio lui inflige une blessure dont il se passerait bien à cette heure.

— Où veux-tu en venir, Livio ? Je ne comprends pas.

— C'est Orso qui nous a obligés, voilà. Il est monté à Paris.

Un déclic s'opère aussitôt dans l'esprit d'Antoine. Il lâche le volant et se tourne vers l'ancien berger.

— Tu as gardé des liens avec lui, c'est ça ? Vous lui mangez dans la main ?

Livio serre les dents, puis il crache le morceau.

— Eunicia, c'est lui qui l'a enlevée. Il ne lui a fait aucun mal, enfin, pas que je sache...

Antoine se jette sur Livio, prêt à l'étrangler. Le berger se laisse choir comme une poupée de chiffon, incapable de se défendre. Antoine, rageusement, le pousse contre la portière.

— Comment as-tu pu te faire le complice de ce salaud ?

Livio rappelle à Antoine ce qu'est un lien d'allégeance et la mort infamante qui attend celui qui a le malheur de rompre le serment. Antoine voit alors surgir la figure animale d'Orso, loup jailli des entrailles du loup qu'il se vantait d'avoir terrassé à vingt ans. A-t-il jamais oublié la violence de cette nuit-là ? Cette odeur de sang qui les rendait fous ? Lui aussi en a gardé la trace, dans les contrées les plus obscures de sa mémoire.

Et Livio vide son sac. L'envoûtement d'Eunicia, les rapports quasi journaliers qu'il lui fallait rendre à son maître, la fureur qu'il lisait dans ses yeux, ses méfaits sans nombre, l'assassinat de Donadieu...

— Il m'a forcé à assister à sa mort. Une mort lente, atroce. Il y mettait du vice pour bien me faire comprendre quel sort m'attendait si je refusais de filer doux. C'est un monstre.

Antoine se ressaisit.

— Livio, chaque minute compte. Où est-elle ?

— Au bar de la Marine, quai de Jemmapes, au 18. Il est armé. Il fera tout sauter plutôt que de se rendre.

Antoine ne peut s'empêcher d'avoir un élan envers cet homme qui lui a fait tant de mal et qui vient de brûler sa vie en quelques mots. La cour d'assises l'attend, mais, bien avant, la mafia aura étendu sur lui sa main noire. Un châtiment terrible, cruel, mettra fin à ses jours, le châtiment que la Veuve réserve à ses apostats. Antoine l'étreint et, ouvrant la portière, l'invite à s'enfuir.

Il le regarde s'éloigner sous la pluie, tête nue.

XXII

Dans la soirée, les forces de l'ordre ont cerné le quartier. Le commissaire en charge de l'opération a demandé à ses hommes de se tenir prêts à investir les lieux dès qu'il en aurait reçu l'ordre. A l'intérieur du bar, tout semble silencieux. A une heure du matin, des projecteurs installés sur les toits environnants éclairent violemment la façade. Le commissaire se saisit d'un porte-voix et somme les occupants du café de se rendre. Aucune réponse. Rien ne bouge. L'endroit semble désert.

A une heure quinze, l'assaut est donné.

Antoine est tenu à l'écart. Deux inspecteurs veillent, lui interdisant tout mouvement. Il assiste, impuissant, au dernier acte du drame.

Après avoir quitté Livio, il a roulé en direction du canal Saint-Martin. Il voulait surprendre Orso. Seul. D'homme à homme. Orso ne lui a jamais fait peur. Il ignorait que deux voitures banalisées de la police l'avaient pris en filature, prêtes à intervenir. A leur arrivée quai de Jemmapes, les détectives, en contact radio avec leur hiérarchie, ont reçu l'ordre de l'intercepter. La police, recoupant l'ensemble de ses sources, soupçonnait déjà la présence d'Orso-Paolo dans l'immeuble.

La porte cède en quelques secondes sous les coups de crosse et une dizaine de policiers casqués, armés de mitraillettes et de pistolets font irruption dans la salle du bistrot. Le bar est désert. Orso-Paolo a disparu. Les murs que l'on défonce à coups de masse ne livrent aucune cache, aucun arsenal. Tout a disparu. Les policiers entreprennent une fouille systématique de la maison, de la cave au grenier. Aucune trace d'Eunicia et de ses ravisseurs.

A une heure trente, un policier en civil rejoint Antoine et lui montre un bracelet de vermeil qu'ils ont trouvé dans un réduit. Le bracelet appartient-il à Eunicia ? Son père le manipule avec précaution, comme s'il tenait enfin la preuve qu'elle était vivante. Le fonctionnaire lui parle doucement.

— Vous le reconnaissez, monsieur Forte ? On n'a rien trouvé d'autre. Gritti et sa bande ont pris la fuite. Ils ont dû emmener votre fille avec eux.

Et, lisant dans les yeux du père un reproche muet, le policier ajoute :

— Il faut garder espoir.

XXIII

Anna Forte est entrée dans la chambre d'Eunicia. Elle presse l'interrupteur électrique et s'avance au milieu de la pièce. C'est une chambre de jeune fille, pareille à toutes celles des adolescentes de son âge. La mode est aux affiches de cinéma punaisées sur les murs et aux tissus écossais. Un pick-up Tepaz est posé sur le tapis. Des pochettes de disques 45 tours gisent par terre, dispersées. Elles portent en effigie le sourire juvénile de Frank Alamo ou la mèche blonde de Sylvie Vartan. Au pied d'une armoire Louis-Philippe, des exemplaires de *Salut les copains* voisinent avec d'anciens numéros de *La Semaine de Suzette*. Des peluches débordent d'un coffre en bois clair. Anna s'approche du cosy, garni de volumes de la Bibliothèque rose et verte. Un cadre y est posé : une photographie du village d'Alziprato. Un canif à manche de corne, cadeau d'un berger, traîne à côté d'une balle de polo.

Sur la table de chevet, s'entassent un coffret à bijoux, un foulard, des épingles à cheveux et un roman policier de Chester Himes édité par Antoine dans sa collection noire.

Anna tombe à genoux au pied du lit et se met à prier. Elle n'a plus de larmes à offrir. Elle prie pour la vie de son enfant, pour son mari parti elle ne sait où, pour Orso, le frère maudit, pour leurs parents, pour elle.

Tandis qu'elle s'abîme dans les images qui lui reviennent par saccades, qu'elle traverse à nouveau cette nuit de décembre, portée sur sa civière, giflée par les rafales de neige, la sonnette de la porte d'entrée résonne soudain dans la maison vide.

Anna se relève, court vers l'escalier qui mène au vestibule, le dévale en nouant la ceinture de sa robe de chambre et ouvre la porte. Eunicia se tient sur les marches du perron, la tête enfouie dans ses bras. Elle est parcourue de frissons. Sa mère, bouleversée, éperdue de joie, la prend dans ses bras et l'entraîne à l'intérieur en la couvrant de baisers.

Eunicia porte encore sa tenue d'équitation mais elle a des sandales aux pieds et un chandail troué qui lui tombe sur les cuisses. Son visage, pâle et défait, ne porte aucune trace de coups. Elle regarde autour d'elle, incrédule, cette maison qu'elle a sans doute désespéré de ne jamais revoir et se blottit contre sa mère.

Trop de questions se pressent aux lèvres d'Anna. Elle balbutie.

— Dis-moi, chérie, dis-moi, il t'a relâchée ?

— Je me suis échappée, maman. Je suis une Forte.

XXIV

Deux semaines se sont écoulées depuis le retour d'Eunicia. Antoine est souvent absent. Anna se sent abandonnée. Elle ne lui pardonne pas. Un profond malaise s'est installé entre eux. Elle le laisse à ses sombres pensées. Livio, Dominique le bègue et deux autres bergers sont retournés en Corse, prétendant avoir le mal du pays. Antoine en est affecté, mais elle sent bien qu'il lui cache quelque chose. Depuis l'enlèvement d'Eunicia, les non-dits entre eux se sont ajoutés les uns aux autres. Ils ont eu si peur et ils sont si fiers tous les deux. Au fond, tout cela est absurde, mais les blessures sont encore trop vives.

Mais, plus qu'Antoine, c'est Eunicia qui inquiète Anna. La jeune fille est retournée au lycée. Elle s'habille, elle se coiffe, elle se montre coquette comme auparavant. Mais elle ne reçoit plus aucune de ses amies et refuse toute invitation. Elle ne veut plus voir Philippe, ni lui parler au téléphone. Les trois lettres qu'il lui a envoyées, elle ne les a même pas ouvertes. Elle passe de longues heures dans sa chambre. Le petit Tepaz reste silencieux. Anna sourit tristement : elle qui s'emportait contre la bêtise des chansons yé-yé qui résonnaient dans toute la maison, elle regrette à présent de ne plus les entendre. Que s'est-il vraiment passé pendant l'enlèvement ?

La jeune fille est assise dans la cuisine. Anna lui propose de préparer du thé. Elle met la bouilloire à chauffer et se tourne vers sa fille.

— Tu ne m'as pas tout dit, Eunicia. Crois-tu que je puisse ignorer ce qu'a fait Orso ? Je connais trop bien ce silence. Il en dit plus long que les mots. Tu ne veux plus voir Philippe Dujaric. Tu agis comme si de rien n'était. Mais moi, tu ne peux pas me tromper. Parle-moi, Eunicia, tu ne peux pas rester comme ça.

Les larmes coulent sur les joues d'Eunicia.

— Il m'a prise, maman, et je ne suis pas sûre de ne pas avoir aimé. Je te ressemblais, répétait-il. Son regard était si brûlant, ses mains si douces. Il me trouvait si belle...

Sa voix se brise. Elle ne peut continuer son récit. Elle se jette dans les bras de sa mère. Elle éclate en sanglots. Anna la serre très fort contre elle, l'embrasse, lui caresse les cheveux. Une haine implacable déferle.

Il faut tuer la bête.

XXV

Pour la première fois depuis la création des vénérables imprimeries Firmin, les ouvriers se sont mis en grève. Un calicot en drap blanc, frappé du sigle de la CGT, a été suspendu à l'entrée des ateliers. On y lit un slogan qui résume les revendications du personnel : « Augmentation des salaires de 30 % ». La grève a été votée le matin même. Le patron n'a pas cédé.

De l'autre côté du fleuve, le carnet des commandes des Imprimeries Meissonnier permet à la direction de faire tourner à plein régime ses machines offset. Les salaires ont été substantiellement augmentés depuis un an. Les presses mécaniques et le tour de main artisanal ont perdu la bataille de la presse et de l'édition à grand tirage.

Antoine gare son coupé Peugeot dans la cour déserte des imprimeries Firmin. Le piquet de grève s'est débandé à l'heure du dîner et du feuilleton télévisé. L'éditeur vient signer le bon à tirer du numéro mensuel de la revue *L'Amour des livres*. Il ne s'inquiète pas des retards dus à ce mouvement syndical. Eustache Firmin a toujours tenu les délais. Ils se sont téléphoné après le premier tour de négociation avec les représentants des grévistes. L'imprimeur lui a paru désabusé mais résolu.

— Je lâcherai 10 % et, dans six mois, je serai obligé de licencier la moitié de mes gars... Mais j'ai beau leur expliquer, ils s'en fichent. Ils croient qu'ils pourront se faire embaucher chez les concurrents. Les cons ! Avec les gains de productivité des nouvelles machines et la photocomposition électronique, il n'y en a pas un qui sauvera sa peau. Moi, je garderai les artistes.

Antoine se rend à la maquette sans presser le pas. Isabelle l'attend là-haut. Son cœur bat toujours au moment de retrouver la jeune fille. Et, dans ses yeux, c'est le même émoi qu'il lit. Mais tous deux surmontent cette délicieuse et dangereuse émotion. C'est même devenu un jeu. Mais le lien est là, imperceptible. Antoine laisse Isabelle l'aimer de loin. Elle semble s'amuser du désir sans cesse retenu d'Antoine.

Elle apprécie sa façon de s'habiller. Elle aime le parfum discret qui l'entoure, ses mains toujours très soignées, la force qui émane de lui et son sourire d'adorable carnassier. Elle n'a jamais oublié leur fugitive étreinte et le sentiment de bonheur absolu qu'elle a ressenti. Pour lui, elle se garde seule. Antoine n'est pas une forteresse imprenable. Elle l'attend et il viendra.

Elle déploie tout son art pour montrer sans montrer. Elle veut le séduire sans l'aguicher. Elle a tout son temps. Elle se veut telle une drogue douce dont on jure qu'elle ne vous séduira qu'un soir et à laquelle on reviendra jusqu'à en être prisonnier.

— Bonsoir, Antoine.

Ses yeux brillent du plaisir de le revoir, mais elle lui tend une main franche et directe tel que le feraient deux collègues travaillant sur le même projet.

Ils relisent une dernière fois les épreuves, commentent les illustrations, se disputent sur le choix définitif de la une, puis le silence s'établit entre eux. La sonnerie du téléphone l'interrompt brusquement. Isabelle hésite une seconde puis se ravise. Elle ne décrochera pas. Elle a planté son regard dans celui d'Antoine. Ils se rapprochent l'un de l'autre, s'enlacent, se caressent, se laissent glisser à terre.

Le téléphone continue de sonner dans le vide.

XXVI

A la même heure, sans éveiller l'attention du surveillant posté dans sa guérite, un homme de grande taille pénètre dans les entrepôts de routage des Messageries et s'engage dans un corridor qui conduit aux bureaux et au siège directorial. Le visiteur nocturne semble connaître les lieux. Il s'y déplace avec aisance, n'éclairant son chemin à l'aide d'une lampe de poche qu'à deux ou trois reprises.

Parvenu dans le grand hall, devant l'ascenseur, il sort une cagoule de la poche de son imperméable et s'en couvre le visage. Ses mains sont gantées. L'endroit est désert et plongé dans une demi-pénombre.

L'ascenseur l'amène au dernier étage. Sans hésiter, il pousse la double porte capitonnée qui conduit au bureau du président. De la lumière filtre sous la porte communiquant entre le bureau et le secrétariat. Il l'ouvre et fait irruption devant un homme, assis à une table, en train de parcourir un dossier. L'intrus marque un bref mouvement de recul.

Gilbert Dujaric porte ce soir-là son masque de cuir.

L'homme en cagoule et le président masqué se font face une fraction de seconde. Gilbert Dujaric n'a que le temps d'apercevoir une arme braquée sur lui. Sans prononcer un mot, l'inconnu fait feu. A deux reprises.

Toutes sirènes hurlantes, l'ambulance remonte la rue de Rivoli, en direction de l'Hôtel-Dieu. A l'intérieur, Gilbert Dujaric gît sur un brancard, inconscient. Les premiers soins lui ont été prodigués sur place. C'est un gardien alerté par le bruit des détonations qui a découvert Gilbert Dujaric. Il avait déjà perdu connaissance.

Les deux projectiles de petit calibre l'ont frappé au thorax.

« Un poumon perforé, une lésion sévère à la trachée, l'une des balles a frôlé l'aorte. Le malade a perdu beaucoup de sang mais il a de bonnes chances de s'en sortir. » Le médecin-chef du service de chirurgie pulmonaire de l'Hôtel-Dieu livre son pronostic aux policiers après avoir quitté le bloc opératoire. Placé sous assistance respiratoire, Dujaric ne pourra recevoir de visites avant trois ou quatre jours.

Albina, prévenue dans la nuit, s'est aussitôt rendue à l'hôpital. Mais elle a dû attendre le lendemain matin pour le voir. Gilbert n'a pas encore rouvert les yeux. Albina regarde, bouleversée, ce corps inanimé, au souffle bruyant, dont les longs bras maigres, transpercés par les canules des perfusions, reposent inertes au-dessus des couvertures. Ce spectacle lui fait horreur et pitié. Une infirmière vient contrôler le fonctionnement de la machine d'assistance respiratoire. Albina l'interroge à voix basse.

— Tant qu'il est intubé, il est préférable de le garder dans un état de semi-conscience. Demain, il vous reconnaîtra.

Le jour même, tandis qu'Anna a rejoint Albina Dujaric à son domicile en compagnie d'Eunicia, Antoine Forte passe à son bureau de la place Saint-

Sulpice. Son esprit est ailleurs. Il ne parvient pas à s'expliquer la tentative de meurtre dont Gilbert a été l'objet.

Il téléphone à Etienne Brun-Rouard mais ne parvient pas à le joindre. Des manuscrits s'entassent sur son bureau. Plus tard. Il a besoin de marcher, de prendre l'air. Trop de choses sont arrivées cette nuit. Il voudrait y réfléchir seul, loin des regards de ses collaborateurs.

Alors qu'il s'apprête à sortir, sa secrétaire vient le prévenir que deux inspecteurs de police l'attendent à la réception. Doit-elle les faire monter ?

Antoine acquiesce, presque soulagé de pouvoir parler aux enquêteurs. Les policiers se montrent courtois. Mais après les premières questions d'usage sur sa profession, ses activités, l'un des deux enquêteurs, un homme d'une trentaine d'années aux cheveux bruns plantés bas, entre dans le vif du sujet. Il s'exprime avec un léger accent du Midi.

— Monsieur Forte, avez-vous demandé récemment à bénéficier d'une autorisation de port d'arme ?

— En effet. Après l'enlèvement de ma fille, Eunicia, le ravisseur n'ayant pas été retrouvé, j'estimais que ma vie était menacée, ainsi que celle de ma famille.

— Pouvez-vous me dire de quel type d'arme vous avez fait l'acquisition ?

— Un Mac 50 9 mm. Je l'ai acheté en avril 1966, chez Sagot & Fils, un armurier du boulevard Caulaincourt. J'ai conservé la facture à mon domicile.

— Ce revolver, vous l'avez toujours sur vous ?

Antoine, pris de court, cherche sa réponse.

— Peut-être dans un tiroir de ce bureau ? reprend l'enquêteur.

— Non, je n'ai pas cette arme en permanence. J'ai dû la laisser dans la boîte à gants de ma voiture.

— Ce n'est pas très prudent de laisser traîner un tel objet dans un véhicule. Pouvez-vous nous conduire jusqu'à votre voiture ? Nous aimerions examiner votre arme.

A cet instant, Antoine prend conscience d'un danger. Il ne doute pas d'être en règle, mais ces policiers cherchent à vérifier quelque chose qui lui échappe encore. En constatant avec eux que la boîte à gants de son coupé Peugeot ne contient plus l'arme qu'il était certain d'avoir déposée à cet endroit quelques jours plus tôt, Antoine sent un piège se refermer sur lui.

— Nous devons vous demander de nous suivre, monsieur Forte. Nous avons un certain nombre de questions à vous poser.

XXVII

Le commissaire Guilpain est en fin de carrière. Trente ans de bons et loyaux services, dont la moitié passée dans les locaux de la police judiciaire, l'ont éclairé sur toutes les facettes de l'être humain. Il se fiche de plaire ou de déplaire à une hiérarchie moins solidement établie que sa personne. C'est un fonctionnaire qui pratique la méthode inverse de celle incarnée par le héros des romans de Georges Simenon. Il n'éprouve aucune empathie envers ses « clients ». S'en tenir à l'objectivité des faits et les confronter à la relativité, sinon à la volatilité des témoignages collectés durant l'enquête et lors des interrogatoires, lui paraît contenir le principe de son métier. Pas de sentiments, pas de visions, mais des données scientifiques autant que possible et un examen minutieux des événements, enfin de tout ce qui résiste à la parole des uns comme aux démentis des autres.

Quant à se laisser impressionner par la qualité ou le rang social de son interlocuteur, Guilpain n'y songe même pas. Il traite les affaires en dehors de tout préjugé intellectuel ou mondain.

C'est dire qu'Antoine Forte, interrogé dans les locaux de la section des affaires criminelles, au cinquième étage du Quai des Orfèvres, est tombé sur un policier peu enclin aux doutes ou à l'indulgence. Les faits donnent tort à Antoine. Ils sont même accablants sur son éventuelle implication dans la tentative de meurtre du président des Messageries. L'arme qui a été utilisée contre Gilbert Dujaric a été retrouvée dans une poubelle proche de l'immeuble des Messageries. Et ce revolver porte le même numéro de fabrication que celui acheté un an plus tôt par Antoine, chez l'armurier du boulevard Caulaincourt.

Le commissaire Guilpain lui apprend la « fâcheuse coïncidence » d'un ton égal. Pour lui, ce n'est pas une révélation.

Pour Antoine, c'est le monde qui s'écroule sur sa tête.

— On m'a volé cette arme. Ma voiture, je ne la ferme pas toujours à clef. C'est un vieux modèle et il m'arrive d'être distrait.

— Une distraction coupable, monsieur Forte. Pour moi, vous êtes le propriétaire de cette arme. En êtes-vous le seul utilisateur ? C'est à vous de me le dire.

— Je ne me suis jamais rendu dans l'immeuble des Messageries, jamais.

— Je serai direct, monsieur Forte. Nous n'ignorons pas que votre maison d'édition et de diffusion dispute le marché détenu par le Conglomérat. La concurrence est vive, parfois déloyale. Bref, Monsieur Dujaric et vous n'étiez pas dans les meilleurs termes.

— Nos rapports sont aujourd'hui distants mais corrects. On peut s'opposer en affaires sans aller jusqu'à se servir d'une arme à feu.

Le commissaire pose sur le témoin un regard las, comme s'il était en train de perdre du temps à débattre de détails mineurs, puis il ouvre une chemise en carton et consulte des fiches.

— Voyons... Dans ce que j'ai là, je trouve des éléments qui datent, certes, mais qui indiquent une certaine... disons... âpreté dans vos rapports avec la concurrence, laquelle, je vous l'accorde, procédait avec la même vigueur.

Suit la liste des incidents et agressions multiples ayant opposé Antoine au Conglomérat. La plupart de ces dossiers avaient été soigneusement établis et classés à portée de main par les fonctionnaires de police.

Antoine se débat contre une accumulation de présomptions qui l'enfoncent chaque fois un peu plus. Il pressent que vouloir se justifier ne sert à rien. Ce flic l'a dans le collimateur. Même le kidnapping dont sa fille a été victime peut se retourner contre lui. Après tout, son ravisseur court toujours. Même si Orso-Paolo Gritti a été identifié comme le principal acteur de l'enlèvement, on peut imaginer qu'un autre tirait les ficelles. Un autre qui pouvait s'appeler Gilbert Dujaric... On peut en déduire alors qu'Antoine l'ait imaginé aussi et qu'il ait cherché à se venger.

— Monsieur le commissaire, lui demande Antoine, comment aurais-je pu commettre un tel acte en abandonnant une arme qui signait ma présence sur les lieux ? C'est absurde.

— Je vous l'accorde. L'être humain a parfois des comportements absurdes. Mais je serai bien le dernier à m'en plaindre. Sinon, combien d'affaires resteraient irrésolues. Mais vous ne m'avez pas tout dit. Où étiez-vous à minuit, hier soir ?

Cette fois, il ne s'en sortira pas. Répondre à cela, c'est perdre Anna. Si elle apprend qu'au moment des faits il était en train de faire l'amour avec Isabelle Firmin, elle ne lui pardonnera jamais. Elle l'a prévenu.

Ce serait sacrifier la meilleure part de lui-même, autant dire sa propre vie.

— Monsieur Forte, insiste le commissaire, il est dans votre intérêt de me répondre.

Le visage d'Antoine est empreint de détermination.

— Monsieur le commissaire, je vous jure sur l'honneur que je n'ai pas tiré sur cet homme. Je ne suis en aucun cas mêlé à cette affaire.

Guilpain ouvre les bras comme s'il n'attendait que d'en recevoir la preuve.

— Alors je vous écoute.

— Je ne peux rien vous dire.

Après un silence, le commissaire se penche vers une petite boîte en fer-blanc et en retire une pastille à la menthe. Il en offre une à Antoine qui refuse.

— Monsieur, j'ai une longue carrière derrière moi et je suis un homme pareillement fait que mes semblables. Quand un mari garde le secret sur son emploi du temps, c'est qu'il cache un crime, un vice ou une occupation susceptibles de nuire à sa réputation, ses affaires ou son ménage. Dans les deux derniers cas, y compris si le vice est passible de poursuites, permettez-moi de considérer une telle pudeur un peu excessive. Que faisiez-vous ou avec qui étiez-vous hier soir entre vingt-trois heures et minuit ?

Un silence obstiné lui répond.

— Très bien. Vous vous expliquerez devant le juge. Pour l'heure, vous êtes en état d'arrestation.

— Me permettrez-vous de prévenir ma femme ?

— Des collègues s'en chargeront. Je souhaite l'interroger elle aussi.

XXVIII

Le lendemain, malgré l'avis du médecin-chef, le commissaire Guilpain s'est rendu au chevet de Gilbert Dujaric pour l'interroger. L'industriel, encore sous l'effet du choc opératoire, n'est manifestement pas en état de poursuivre une conversation. C'est un moribond qui reçoit la visite des policiers. Il cherche son souffle et ne peut s'exprimer que par monosyllabes. Mais il veut témoigner. Il rassemble toute son énergie pour dire ce qu'il a vu de son agresseur. Le commissaire se voit obligé de l'aider à formuler les réponses. Au risque d'influencer le témoin. Il le sait, mais il n'a pas le choix. Ce blessé n'est pas encore tiré d'affaire et peut les lâcher avant l'heure.

Oui, le directeur des Messageries se souvient de son agresseur. Le connaissait-il ? A cette question, la réponse tarde à venir et se fait confuse. Le commissaire ne parvient pas à l'obtenir. Gilbert Dujaric finit par lâcher dans un râle qu'il avait une cagoule. Donc, il n'a pas vu son visage. Autre chose ? Les mots parviennent difficilement aux lèvres du témoin. Il en ressort tout de même une information capitale. Gilbert Dujaric, avant de sombrer dans le coma, l'a entendu parler. Quels mots a-t-il prononcés ? Le commissaire marque alors un geste d'impatience et se retourne vers la porte qu'une infirmière vient d'entrebâiller. Visiblement, les médecins inquiets pour leur patient veulent le presser de mettre fin à la visite.

— Monsieur, je vous en prie, aidez-nous, qu'avez-vous entendu ?

— Un... Forte... n'ou... blie... ja... jamais.

Le lendemain, dans le bureau du juge d'instruction, Antoine Forte est inculpé pour tentative d'homicide volontaire. La tentative de meurtre est requalifiée en tentative d'assassinat.

Quand Maître Bennet, l'avocat chargé de le défendre, prend connaissance du dossier, il ne cache pas à Etienne Brun-Rouard, un ami de longue date, qu'il vient de lui offrir un « cadeau empoisonné ».

— Son dossier est accablant. Votre ami ne bénéficiera d'aucune indulgence. Que faisait-il ce lundi soir, entre vingt-trois heures et minuit ? C'est la question. Qu'est-ce qu'il a à cacher qui serait plus grave qu'une tentative d'assassinat ?

— Je connais bien Antoine, il est innocent.

— Votre certitude est impuissante contre les faits.

— Parlons-en, des faits ! Ça sent la machination. S'il avait à se venger, Antoine l'aurait fait à visage découvert ou il s'y serait pris d'une manière plus subtile.

Etienne marque un temps et reprend :

— S'il se tait, c'est qu'il cherche à protéger quelqu'un. Croyez-moi, il est innocent.

— Etienne, avec les indices rassemblés contre lui et le témoignage de sa victime, Antoine Forte est un assassin.

XXIX

Albina Dujaric se dépense sans compter. La journée, à l'hôpital, elle veille son mari et, le soir, elle se hâte pour rejoindre Anna et l'aider. Albina n'a pas cru un seul instant à la culpabilité d'Antoine. Elle a l'impression d'errer au milieu d'un invraisemblable cauchemar.

Gilbert a réitéré ses déclarations, mais il est incapable d'identifier formellement, dans le chaos de sa mémoire, la voix qui a proféré les mots qu'il a entendus. En revanche, il est certain pour le nom de Forte.

Or n'importe qui aurait pu se prévaloir de ce patronyme pour faire accuser Antoine. Et d'abord son pire ennemi, son beau-frère, Orso-Paolo.

Pour Anna, seul Orso a pu monter une telle machination. Elle l'a confirmé aux enquêteurs. Son frère n'a jamais cessé de rôder autour d'eux. Peut-être a-t-il quitté Paris quelque temps, pour se mettre à l'abri, mais il est revenu sur les lieux de ses crimes. Le juge d'instruction a bien voulu l'entendre. Mais le silence d'Antoine sur son emploi du temps est accablant.

Anna aurait le courage d'affronter ce drame sans le mutisme d'Antoine qui la laisse désemparée. Elle non plus ne s'explique pas ce silence. La vie de l'éditeur est planifiée du matin au soir. Ses employés, ses secrétaires, les clients, tous peuvent témoigner, à un moment ou un autre, s'être trouvés en sa présence ce jour-là.

Mais Antoine a quitté son bureau à dix-neuf heures et personne ne se souvient de l'avoir vu par la suite. Anna elle-même ne peut dire à quelle heure son mari est rentré à la maison. Etienne est revenu plusieurs fois à la charge.

— Enfin, Anna, vous devriez savoir !

— Je me suis endormie tôt ce soir-là, vers neuf heures et demie, en écoutant un concert à la radio. Antoine a l'habitude de travailler tard, surtout le premier jour de la semaine. Il a dû revenir peu après. Il m'a embrassée en venant se coucher près de moi, ça je m'en souviens, mais à quelle heure ? Je ne peux pas le dire, je dormais à moitié.

Une semaine plus tard, un mot transmis par l'avocat d'Antoine enjoint Isabelle Firmin de garder le silence. Son amant ne veut pas la voir mêlée à cette affaire. Son couple n'y survivrait pas. Isabelle, désespérée, finit par se confier à son grand-père, Eustache Firmin. L'imprimeur l'écoute sans broncher avant de laisser éclater sa colère. On a touché à sa petite perle et il a fallu que ce soit Antoine !

— Sacré Bon Dieu de bon sang ! Foutre sa vie en l'air pour la bagatelle ! Je comprends pas. Et toi, tu t'es laissé faire ?

— Non. On l'a voulu tous les deux.

— Ah ben, ça ! Vous êtes bien bêtes tous les deux ! Un homme marié !

— Grand-père, il ne s'agit pas de ça. Antoine risque des années de prison à cause de moi.

— Et tu voudrais quoi ? Que j'aille voir le juge et

que je lui dise : « Cher monsieur, Antoine Forte a couché avec ma petite-fille et même que j'étais là pour lui donner la permission. » Jamais, ma petite ! Qu'il se débrouille avec sa conscience.

Isabelle fond en larmes. Eustache Firmin la prend dans ses bras.

— Ça va, ça va. Je dirai que j'ai eu un trou de mémoire, la grève, tout ça, j'étais chamboulé, quoi. J'irai témoigner que j'étais avec vous lundi soir pour boucler le numéro. Mais je ne veux plus rien entre vous, c'est clair ?

XXX

Au vu du témoignage d'Eustache Firmin, l'avocat a demandé la remise en liberté pour son client. Mais les juges en ont décidé autrement. Antoine a trop tardé à fournir des explications sur son emploi du temps. Et les autres éléments de l'enquête continuent à faire peser sur lui de sérieux soupçons. Le juge n'est pas dupe de la déclaration de l'imprimeur. Dehors, le prévenu peut susciter d'autres témoignages en sa faveur et faire pression sur les personnes déjà citées dans le dossier.

Antoine reste incarcéré à la prison de la Santé. Lui, l'ancien berger, dont la jeunesse se confond avec l'immensité des montagnes et la beauté du maquis, se trouve à présent enfermé dans une cellule de neuf mètres vingt, en compagnie de deux autres détenus. L'administration pénitentiaire ne lui a réservé aucun traitement de faveur. Il partage sa cellule avec un comptable peu scrupuleux doublé d'un mouchard, et avec un ferrailleur accusé de viol sur mineure, une brute qui marmonne à peine trois mots dans la journée.

A travers les barreaux de la fenêtre, Antoine aperçoit la cime des marronniers bordant le boulevard Arago. Un crachin hivernal vient parfois lui dissimuler ce bout d'espace, le seul par où son regard peut encore s'évader de l'univers carcéral.

Dès le premier mois, il a demandé à travailler à la bibliothèque. On lit beaucoup en prison, faute de mieux. Pourquoi ne pas créer une collection destinée aux plus démunis, pense Antoine. Des témoignages, des romans, des livres qui donnent de l'espoir à ceux qui n'en ont plus et ouvrent des horizons dont ici chacun se voit sevré. Prisonniers, malades, reclus de la vie, tous ont besoin de lire pour rompre le cercle de la fatalité.

Si la promiscuité de la vie en prison lui pèse, il reste un nanti aux yeux des autres détenus. Il a de quoi cantiner même s'il partage ses cigarettes et ses colis de nourriture avec les autres. Le comptable se montre empressé, obséquieux. Le ferrailleur, Anselme Carducci, au ban de cette communauté à cause de son crime, se fait tout petit malgré son un mètre quatre-vingt-dix et ses cent vingt kilos. Antoine lui a donné à lire un roman de John Steinbeck : *Des souris et des hommes*. Le surlendemain, Carducci lui rend l'ouvrage en le posant sur la table de la cellule avec une délicatesse infinie.

Le géant a ensuite regardé Antoine avec une expression qu'on aurait pu interpréter comme de la tendresse si son visage n'avait pas été si terrifiant.

— Ça m'a plu. Je me suis... comment t'as dit l'autre jour ?

— Identifié ?

La brute a souri, reconnaissant le mot.

— Identifié, c'est ça.

A chaque visite de l'avocat, Antoine lui remet un paquet de notes rédigées pour sa défense et de lettres à faire parvenir aux siens et à différentes connaissances dont il attend le secours. La thèse d'un complot échafaudé par Orso-Paolo lui semble de mieux en mieux étayée. On est parvenu à retrouver la trace de Livio. Le berger connaît le contentieux qui a opposé le mafieux au directeur des Messageries, lorsque Dujaric avait failli faire épingler Orso dans ses activités de contrebande. Mais Livio ne peut se rendre devant un juge sans avoir à répondre de sa complicité dans l'enlèvement d'Eunicia. Il n'a pu qu'adresser une lettre au magistrat qui instruit l'affaire.

Ce jour-là, Antoine fait part de sa vive inquiétude à Maître Bennet, son avocat.

— Maître, mon épouse et ma fille ne peuvent rester à Paris. Mon beau-frère est une constante menace pour elles. Je souhaite qu'elles trouvent refuge dans notre village, à Alziprato.

— Vous n'y pensez pas ! Monsieur Brun-Rouard les a placées sous la protection d'un détective. Elles ne risquent rien. Elles ne se déplacent pas sans être suivies par deux gardes du corps. Constamment. Alors qu'en Corse, Gritti y a son fief. Ce serait les jeter dans la gueule du loup.

— Vous ne connaissez pas mes compatriotes. Elles seront sous la protection de tout un village. Orso a fait couler trop de sang dans le pays pour ne pas avoir plusieurs contrats sur sa tête. C'est lui qui s'y trouve en danger permanent. Il faut qu'elles aillent chez nous et le plus vite possible.

— Vous en parlerez vous-même à votre épouse. Elle a enfin obtenu un droit de visite. Le juge a renoncé à la soupçonner de complicité.

Un sourire éclaire le visage d'Antoine. Revoir Anna, la réconforter, la rassurer... Il n'a jamais perdu confiance en lui, en eux, il faut qu'il le lui dise de vive voix. Qu'elle retourne à Alziprato en sachant que tout cela va finir bientôt.

Dans le parloir, ils se touchent par l'extrémité des doigts. A travers le grillage, leurs bouches se cherchent, volent un baiser du bout des lèvres. Anna dévore Antoine des yeux, le trouve amaigri, fiévreux, mais lui la rassure. Il est rempli d'espoir. Derrière eux, la silhouette du gardien passe et repasse comme une ombre sur cette rencontre tant espérée.

Ils disposent de si peu de temps pour s'entretenir de la procédure en cours, régler des détails d'intendance... « Etienne se charge de tout, mon chéri, ne t'inquiète pas. Ton personnel est derrière toi, comme la plupart de nos amis, Albina est une sœur pour moi. »

Antoine boit ces paroles comme un naufragé du désert.

— Anna, je veux que vous partiez vous réfugier chez ma mère, à Alziprato. Vous y serez plus en sécurité qu'à Paris.

— Je sais, j'y ai pensé moi aussi. Mais te quitter...

Sa voix se brise. Elle ne peut retenir ses larmes.

— Je ne peux plus vivre derrière ces murs en vous sachant exposées au danger. Orso peut frapper quand il veut. Je t'en supplie, écoute-moi. Partez !

Le gardien agite ses clefs pour annoncer la fin de la visite. Antoine n'a que le temps de glisser à sa femme :

— Aie confiance !

Anna, le visage inondé de pleurs, lui pose alors la question qui la tourmente.

— Antoine, pourquoi tu n'as pas dit au juge que

tu étais à l'imprimerie avec Firmin et sa petite-fille ? Pourquoi ?

Une sonnerie résonne à cet instant dans le parloir. L'entretien est terminé. Antoine se lève, lentement, s'arrache à la vision d'Anna sans ajouter un mot.

— Pourquoi ? répète Anna de façon muette, la bouche grande ouverte sur cette question sans réponse.

Bouleversé, Antoine lui lance un dernier regard.

« Plus tard, je lui dirai plus tard. »

XXXI

Autour de l'immense table ovale du conseil d'administration des Messageries, les « douze apôtres » et leurs conseillers juridiques semblent flotter en état d'apesanteur. La santé du président Gilbert Dujaric, qui se remet lentement, trop lentement, nourrit toutes les discussions. La Pieuvre a gardé ses tentacules, mais a été frappée à la tête ; son pouvoir s'en trouve singulièrement amoindri. La nature a horreur du vide ; le siège laissé vacant par Gilbert Dujaric réveille les appétits. Hiérarques apparentés à la famille Dujaric ou représentants des plus gros actionnaires, chacun aiguise ses crocs.

Peu après le début de la séance, Gérard de Saint-Affrique, l'« oncle Gérard », le bras droit du président, d'un signe discret, demande à l'huissier de faire introduire dans la salle un visiteur inattendu : Philippe Dujaric, dix-neuf ans, bachelier depuis la session de rattrapage du mois de septembre et actuellement inscrit dans une école de commerce où son assiduité laisse à désirer.

Gérard de Saint-Affrique embrasse solennellement son neveu, le présente à l'assemblée, puis le fait asseoir à ses côtés.

— Dans ces circonstances exceptionnelles que j'espère très provisoires, j'ai tenu à la présence de Philippe qui, un jour, nous l'espérons tous, prendra la succession de notre estimé président.

Philippe esquisse un pâle sourire. Les membres de l'assemblée le dévisagent sans aménité. Les proches le savent assez médiocre sujet dans les études tout en ayant pu apprécier sa vivacité d'esprit et un talent certain pour le jeu de polo. Les autres ne savent rien ou pas grand-chose de cet héritier jusqu'alors demeuré invisible.

— En attendant le retour de monsieur Dujaric, poursuit Gérard de Saint-Affrique, l'assemblée doit déléguer ses fonctions de directeur général à l'un d'entre nous.

Les actionnaires baissent les yeux pour éviter d'avoir à croiser le regard d'un postulant. Le doyen, Antonin Brossard, qui ne prétend plus qu'à de confortables jetons de présence, pose alors la question attendue.

— Et qui serait le candidat ?

Gérard Pons se pince furtivement le nez et propose sur le ton de l'évidence :

— Celui d'entre nous qui incarne la jeunesse et l'avenir... Philippe Dujaric.

Le doyen, saisi d'une quinte de toux, parvient à souffler à l'oreille de son voisin :

— Nous voilà propres.

Parmi les fondés de pouvoir qui représentent des actionnaires, banquiers et industriels, extérieurs à la famille Dujaric, cette annonce produit un effet déplorable. Pas question pour eux de risquer leurs parts dans une affaire conduite par un blanc-bec qui aurait prétendument hérité des vertus de la dynastie. Avant même que Philippe ne prenne la parole, l'un de ces

« barons », un Mosellan au visage rougeaud, engoncé dans un complet de coupe anglaise, perd tout à coup son sang-froid.

— On nous a conviés à une farce ! Je proteste !

Et, s'adressant alors à Philippe, qui conserve une attitude réservée :

— Il ne s'agit pas de vous, jeune homme, je ne doute pas que vous ayez quelques qualités, mais vous me permettrez de juger du fond... Gérard, je ne comprends pas. Que votre beau-frère soit malheureusement empêché de siéger parmi nous n'autorise pas les Dujaric à nous traiter de la sorte.

— Je partage cet avis, lance alors un représentant des Aciéries du Forez. Il ne manque pas de gens compétents dans cette honorable assemblée, et vous-même, Gérard...

— Ah non, surtout pas lui, murmure le doyen.

L'oncle Gérard pose alors une main sur l'épaule de Philippe, moins pour le réconforter que pour s'assurer lui-même d'un appui, tant il se sent peu fait pour mater une révolte des actionnaires. Sa voix trahit un certain désarroi.

— Vous m'avez mal compris. Gilbert a toute confiance en Philippe. Vous connaissez sa rigueur. Il a fait le choix qui lui semblait le plus raisonnable dans l'attente de son retour.

Avec la formule « le choix le plus raisonnable », le sous-entendu était clair. Si Gilbert avait désigné l'un des membres du conseil, tout l'édifice patiemment construit entre les ambitions des uns et les rancœurs des autres se serait effondré dans l'heure. Tandis que cet oisillon à peine sorti du nid figurait un innocent compromis.

Le Mosellan croise ostensiblement les bras comme s'il avait à contenir une irrépressible fureur.

— Le cœur d'un père a ses raisons que la raison ignore.

Et l'un de ses pairs d'ajouter, aussi sentencieux :

— La jeunesse est plus souvent une erreur qu'un prodige.

— Qui vous parle d'accomplir des miracles ? lance alors une voix déjà grave.

Philippe s'est défait de la tremblante tutelle de l'oncle pour se faire entendre seul. Il poursuit.

— Messieurs du conseil, je sais tout ce qu'a pu m'apprendre mon père et combien il vous est reconnaissant de l'aider dans son action. Je viens ici pour la servir à mon tour. Vous pouvez me faire confiance. Le Conglomérat est un fier et solide navire. Le capitaine n'en aurait pas confié la barre à un mousse incapable de lire sur une carte.

Le doyen baisse les paupières.

— On ne lui demande pas de lire dans les étoiles mais de savoir déchiffrer un compte d'exploitation.

Le Mosellan se cure maintenant l'oreille gauche. La droite est sollicitée par le soupir éloquent du représentant des Aciéries du Forez.

— Un mois, je vous donne un mois avant de voir les rats quitter ce rafiot.

XXXII

Les parents d'Anna, les Gritti, et Maria Forte, la mère d'Antoine, ont eu beau se disputer le plaisir d'héberger Anna et sa fille dans l'une ou l'autre des maisons, elles ont choisi la demeure de Maria, pour des raisons de commodité. Elles s'y trouvent à proximité du bourg et la maison dispose aujourd'hui d'un chauffage central installé l'année précédente aux frais d'Antoine. Mais trois fois par semaine, le dimanche compris, les « Parisiennes » s'en vont déjeuner chez Félicie et Sylvain.

Anna, malgré le chagrin d'être séparée de son mari, retrouve son pays natal avec délices. Elle y reprend naturellement des habitudes perdues depuis son mariage et court à nouveau les chemins environnants pour les faire découvrir à Eunicia. Elle lui fait connaître les plantes et les racines qu'utilisent encore la cuisine et la pharmacopée locales. La jeune fille se passionne pour ces leçons de choses mais sa mère veille aussi à surveiller son travail. Eunicia prend des cours par correspondance. L'année scolaire bat son plein et il n'est pas question de se croire en vacances.

Tout d'abord, les villageois ont regardé les « Parisiennes » comme des bêtes curieuses, discrètes dans leurs sorties, se mêlant peu à la foule les jours de marché et, surtout, absentes des offices religieux.

Maria et Félicie en ont fait le reproche à Anna qui a tenu bon.

— Pourquoi j'irais à la messe ? Don Pulco, notre curé, n'est plus de ce monde pour me convaincre d'avoir tort.

Mais elle n'a pas empêché Eunicia d'agir selon sa conscience. La jeune fille a choisi d'accompagner sa grand-mère à l'église. Les distractions ne sont pas nombreuses dans le pays et elle se plaît à écouter le nouveau prêtre de la paroisse, un Irlandais, prêcher l'amour dans un français approximatif à des fidèles dont la plupart ne comprennent rien à ce sabir. Enfin, elle aime les cantiques, certains chantés en corse, et peut prier pour une intervention divine en faveur de son cher papa. Elle prie aussi pour Philippe. Elle espère qu'il ne souffre pas trop. Elle se sent si loin de lui à présent. Comment lui confesser son terrible secret ?

Un nouveau venu, étranger à la région, est devenu le meilleur remède aux accès de mélancolie qui s'emparent souvent des deux femmes. Il s'appelle Désiré Pic. Il a quarante ans. Sa taille le distingue des autochtones, plutôt râblés, et plus encore sa chevelure d'un blond roux et son teint rose peu accoutumé aux rayons du soleil méditerranéen. Des yeux très bleus lui donnent un regard d'enfant et sa bouche généreuse s'ouvre en un sourire timide sur de grandes dents bien blanches.

Né dans le nord de la France, près de Dunkerque, il y a enseigné le français pendant vingt ans à d'insolents fils de bourgeois, dans une institution privée. Un petit héritage l'a libéré de ce calvaire. Nul ne sait pourquoi il a choisi cette île et ce village des contreforts du mont Cano pour s'y retirer et pour tenter d'écrire. Il loge dans une petite maison des hauts d'Alziprato qui appartient à l'ancienne mercière. Son seul luxe tient dans la possession d'une machine à écrire Olivetti sur laquelle il s'escrime du crépuscule à l'aube.

La gentillesse de cet étranger, sa simplicité, sa bonne humeur ont fini par désarmer les préjugés à son encontre et fait taire les moqueries. Il a même converti à la bière le patron du café qui sert désormais à sa clientèle des demi-pressions à la savoureuse amertume. En retour, Désiré Pic s'est mis à la langue corse et à la belote.

Devenu l'attraction d'Alziprato, Désiré Pic n'a pu longtemps échapper à la curiosité d'Anna et Eunicia. En quelques semaines, ces trois-là sont devenus inséparables. Au point que, dans le village, on murmure qu'Anna la boiteuse n'est pas insensible au charme de l'ancien professeur.

XXXIII

Un chaud soleil de mai vient attiser les parfums sauvages du maquis. Eunicia est partie se promener dans les collines en compagnie de Désiré Pic. Il a loué un âne pour porter le panier de pique-nique et donner du piquant à cette excursion printanière. L'âne, accoutumé à grimper par tous les temps sur les sentiers de contrebandiers, chemine à petits pas.

En passant devant un verger de cerisiers, Eunicia court chaparder les premiers fruits rouges suspendus aux branches basses. Désiré Pic fait mine d'être scandalisé.

— Petite voleuse ! Pourquoi dérober les biens de son prochain alors que la Providence pourvoit au nécessaire et profite à tous ?

— Ah ? et comment elle s'y prend, la Providence ?

Désiré Pic saute un talus, enlève ses chaussures et ses chaussettes, retrousse ses bas de pantalon et court vers un torrent qui s'écoule en contrebas du verger. Eunicia le suit en riant mais, arrivée sur la berge, elle assiste, stupéfaite, à une pêche miraculeuse. En quelques minutes, agile comme une loutre, Désiré, l'homme des villes, parvient à se saisir à mains nues de quatre truites de belle taille. Puis après avoir ramassé des pierres et du menu branchage bien sec, il allume un feu et fait griller le poisson comme s'il n'avait jamais eu d'autre vie que celle d'un coureur des bois.

Eunicia rit aux éclats. Désiré lui raconte avec beaucoup d'humour comment il a accompagné ses élèves en excursion à la découverte de la nature. Combien, enfant, puis adolescent, il a rêvé en dévorant les romans de Fenimore Cooper, de Stevenson, de Jules Verne. Un aventurier sommeille en lui. Combien de fois lui, le petit professeur sans le sou, l'a-t-on pris pour un de ces clercs casaniers et ennuyeux. Eunicia l'interroge.

— Vous parlez des parents de vos élèves ou des femmes que vous avez rencontrées ?

Désiré Pic rougit. Eunicia hésite.

— Je ne voulais pas vous embarrasser.

— Non, non. Vous êtes une jeune fille moderne, simple et directe. Et c'est bien. Surtout, ne changez pas ! En fait, je parlais des deux.

Désiré se laisse tomber dans l'herbe et, sur un ton mi-rieur, mi-songeur, il ajoute :

— Eh bien, si on m'avait dit, ce matin à mon réveil, qu'aujourd'hui je partagerais mes états d'âme d'intellectuel incompris avec une gamine de dix-sept ans !

Eunicia, le visage soudain grave, se penche vers Désiré et lui dit avec douceur :

— Il n'y a pas d'âge, monsieur Pic, seulement des expériences. Et l'enfance n'est pas toujours ce beau royaume protégé de tous les dangers !

Désiré se redresse, regarde Eunicia et lui prend les mains.

— N'en dites pas plus. Ce serait trop pour aujourd'hui ! Chassons nos vilains fantômes. Nous sommes déjà amis et nous avons tout le temps de nous faire des confidences.

A leur retour, Désiré Pic demande à Eunicia de l'attendre à l'entrée de sa maison. Il en ressort peu après avec un paquet soigneusement emballé. C'est son trésor caché. Il veut le lui confier. Ce sera leur secret.

Eunicia repart le cœur rempli d'allégresse. Elle n'avait jamais connu une telle complicité et un tel bonheur à partager l'indicible. Désiré lui parle d'égal à égal. Jour après jour, en sa compagnie, elle se sent renaître. Aujourd'hui, il vient de lui donner deux très belles preuves d'amitié : sa compréhension et son premier manuscrit d'auteur que personne n'a encore jamais lu. Un roman à la veine sociale qui se déroule dans les décors de sa jeunesse, autour des filatures de la banlieue de Roubaix.

Eunicia parcourt les premiers chapitres du manuscrit le cœur battant, puis le lit jusqu'à l'aube, incapable de s'en arracher. La dernière page refermée, elle exulte. Enthousiaste, elle persuade Désiré de le faire lire à Anna qui accepte avec plaisir.

Les manuscrits lui manquent depuis son départ de Paris. Elle regrette les bureaux enfumés, tous ces romans entassés dans un joyeux désordre en attendant d'être lus par le comité éditorial qui donnera son verdict. Elle a la nostalgie des discussions enflammées qui l'opposaient à Antoine pour publier tel ouvrage qui n'entrait pas dans le cadre des collections. Combien de milliers de pages médiocres a-t-elle parcourues pour quelques bonnes surprises et parfois même une œuvre qui lui donnait du bonheur ? Aussi, c'est avec une grande curiosité qu'elle entreprend de lire le manuscrit de ce personnage hors norme. Cette nuit-là sera une nuit sans sommeil. Dès le premier chapitre, Désiré Pic l'a attrapée et conduite à dévorer son roman d'une seule traite. Eunicia a raison. C'est un très beau livre. Leur nouvel ami possède un talent rare. Cette découverte surprenante, là, au bout du monde, dans le village de son enfance, est très émouvante.

Quelques jours plus tard, dans sa prison, Antoine reçoit le manuscrit de Désiré Pic accompagné d'un mot très élogieux d'Anna. Lui aussi s'enflamme pour le roman. Tout éditeur rêve de rencontrer un tel auteur. Sa joie est d'autant plus forte que ses espoirs d'échapper à un procès et d'être libéré sous peu n'ont plus rien d'une chimère. Il s'en explique longuement dans une lettre à sa femme.

« Te souviens-tu du capitaine Angeli, un natif de Cargèse, qui m'avait recommandé il y a des années à l'un de ses compatriotes en poste à la préfecture de Police ? Je m'en suis souvenu, voici trois mois, juste avant ton départ en Corse. Le capitaine Angeli s'est depuis longtemps retiré dans sa ville natale, mais il ne m'a pas oublié. Il a suivi de loin ma carrière et compte parmi les fidèles lecteurs des romans policiers que publie la maison. Je lui ai écrit au début de mon incarcération. Il m'a répondu chaleureusement. Son ami est aujourd'hui chef du cabinet du ministre de l'Intérieur. Il a consenti à rencontrer mon avocat ainsi qu'Etienne. Ils ont su plaider ma cause et l'enquête a pris un tour nouveau. J'ai attendu pour t'en parler car je ne voulais pas que nous ayons de faux espoirs, mais sache qu'ils ont retrouvé un comparse d'Orso et qu'il s'est mis à table. Il semble que l'homme ait participé au vol du revolver dans ma voiture. Il aurait aidé Orso-Paolo à commettre son forfait en faisant le guet. La police est en train de vérifier ses aveux. Mon amour, je vais être innocenté, enfin, et vous retrouver, toi et ma fille chérie, qui me manquez tellement et à qui je pense à chaque instant, du fond de ma cellule. »

Le jour même où elle reçoit cette lettre, un appel téléphonique d'Etienne Brun-Rouard confirme la bonne nouvelle à Anna. Antoine est sur le point d'être lavé de tout soupçon dans la tentative de meurtre de Gilbert Dujaric.

Antoine va revenir ! Le cœur battant, Anna dévale la pente qui la mène à la cabane où jadis ils se donnaient rendez-vous. Son lourd chignon s'est défait pendant la course et ses longs cheveux tombent sur ses épaules, librement, *comme avant*. Elle met la main à sa poitrine, chancelante, parcourue de frissons. Elle ferme les yeux et s'appuie contre la porte de la cabane pour reprendre son souffle. Les odeurs puissantes qui montent du maquis l'enivrent. Ses mains glissent sur sa poitrine, à sa taille, puis sur ses hanches.

— Anna, comme ta taille est fine ! Tu es une belle jeune fille ! s'exclame-t-elle en riant. Prends garde à toi, Antoine, il va falloir que tu te montres à la hauteur !

XXXIV

Il a débarqué sans crier gare à Alziprato, en fin d'après-midi, son sac à l'épaule, vêtu d'un jean et d'un polo Lacoste, avec la mine réjouie d'un étudiant qui s'est accordé un petit séjour dans le Midi. Philippe Dujaric a obtenu de l'oncle Gérard une permission de trois jours avant de prendre les rênes de l'attelage familial. Soixante-douze heures d'escapade sur l'île de Beauté, le billet d'avion aller-retour en poche. Une nouvelle vie commence pour le jeune homme. Sans explication, Eunicia a disparu. Il ne veut pas la perdre. Si leur histoire est terminée, il veut l'entendre de sa bouche.

La région est superbe, le village plus austère qu'il ne l'imaginait mais parfaitement en accord avec l'âpreté et la majesté du paysage environnant. Les gens sont aimables et il s'émerveille de leur disponibilité. C'est son premier voyage en Corse.

Un passant lui indique le chemin qui mène à la maison de Maria Forte. Cinq minutes de marche tout au plus. A une fontaine, il s'asperge le visage sous le regard attendri d'une vieille femme. Il lui sourit, resserre les bretelles de son sac à dos et gagne à grandes enjambées la sente qui mène chez les Forte.

Derrière la porte qui s'ouvre, c'est le visage étonné

et méfiant de Maria qui l'accueille. Elle ne l'a rencontré qu'une fois, dix ans plus tôt, lors d'un séjour à Paris. Le jeune homme s'en souvient apparemment mieux qu'elle.

— Vous me reconnaissez, madame ? Je suis Philippe Dujaric, un ami d'Eunicia.

Maria se pince les lèvres. Certes ce visage lui semble familier. Mais la présence du jeune homme la met dans un cruel embarras. Sa belle-fille, Anna, s'est absentée pour la journée et Eunicia ne va pas tarder à rentrer avec Désiré Pic qui reste dîner presque tous les soirs à la maison.

— Bien sûr, bien sûr... Philippe. Pardonnez-moi, à mon âge, la mémoire me joue des tours. Entrez donc.

Réconforté par le sourire avenant de cette grand-mère dont il connaît si bien l'histoire, Philippe entre dans la maison et dépose son sac. Il l'ouvre aussitôt et en retire un paquet légèrement froissé qui contient son premier cadeau. Un châle en cachemire acheté avant son départ chez Old England.

— Oh, mon enfant, vous n'auriez pas dû !

— C'est pour me faire pardonner d'arriver à l'improviste.

Maria ose à peine toucher l'étoffe si légère et moelleuse. Elle se sent de plus en plus confuse. Eunicia ne l'a-t-elle prévenu de rien ? Ni Anna ? Les jeunes femmes d'aujourd'hui se comportent avec trop de légèreté.

— Avez-vous reçu des nouvelles d'Eunicia récemment ? demande Maria.

Le visage de Philippe s'assombrit.

— Pas depuis un certain temps.

— Vous savez, pour son père ?

Par Albina, sa mère, Philippe a appris les derniers

développements de l'enquête. Il ignore encore la prochaine libération d'Antoine.

Des pas se font entendre dans l'allée de gravier qui mène au perron.

— Mon Dieu, je crois que les voilà, dit Maria en croisant les mains.

Philippe, croyant alors qu'elle parle d'Anna et d'Eunicia, se retourne aussitôt vers la porte d'entrée demeurée entrouverte. Et ce qu'il aperçoit lui transperce le cœur.

Eunicia s'avance, le sourire aux lèvres, au bras d'un grand type coiffé d'un chapeau de paille. Ils plaisantent en marchant. Ils n'ont pas encore vu Philippe dont la silhouette se confond avec la demi-pénombre qui règne dans le vestibule. Maria, dans un élan instinctif, prend la main du jeune homme. Il la retire aussitôt.

— Ne vous inquiétez pas, madame.

Désiré Pic s'est retiré avec tact quelques minutes à peine après avoir été présenté à Philippe. Le jeune homme, maîtrisant son émotion et son dépit, a pris d'emblée la mesure de ce rival. Un étrange bonhomme, personnage burlesque mais sympathique, indubitablement sympathique. Pour Eunicia, toute raidie de gêne et de tristesse, il ne sait pas encore s'il lui en veut ou s'il doit la plaindre. Fameuse idée qu'il a eue de vouloir la surprendre dans son jardin secret !

Il voudrait repartir, mais Maria refuse de le voir courir les routes à la nuit tombée. Et Eunicia insiste pour qu'il reste. Philippe accepte.

Après le dîner, Eunicia et Philippe sont seuls dans le jardin. Anna, sous prétexte d'aider Maria, a disparu dans la cuisine. Elle a de la peine pour Philippe. Elle aime bien ce jeune homme qui a la douceur et l'intelligence d'Albina. Il a tout de même pris l'avion pour venir jusqu'en Corse, retrouver Eunicia en terre inconnue. Il a simplement besoin de sortir de son cocon et de mûrir un peu, songe-t-elle, en le voyant assis face à Eunicia, le pull sagement noué sur les épaules, tel un fils de bonne famille. Sa fille est si loin de tout ça à présent.

Philippe observe Eunicia. Elle est encore plus belle que dans ses souvenirs, mais c'est à peine s'il la reconnaît. Lui aussi mesure l'indicible abîme qui les sépare. On lui a enlevé sa compagne de jeu, sa petite princesse sauvage et puérile. Il retrouve une femme dans un corps d'adolescente. Elle marche pieds nus, s'habille avec une simplicité désarmante et lui parle de passions qui le dépassent. Elle a l'air heureuse. Mais dans ce bonheur, il n'entre pas. Il se sent désarmé, insipide, maladroit. Tous les mots qu'il voulait lui dire, son amour fou dont il voulait la submerger, il les retient, incapable à présent de parler ou de la prendre dans ses bras. Cela n'a plus de sens. Elle lui a échappé.

Eunicia lui parle d'amitié. Elle dit qu'elle l'aime et qu'elle aime aussi Désiré Pic. Elle s'excuse pour son long silence, mais elle n'explique rien. Qu'est-ce qui s'est passé ? Que lui cache-t-elle ? Il faut se rendre à l'évidence, ils sont devenus deux étrangers. Il a la gorge serrée. La nuit va être longue à Alziprato. Il aurait aimé reprendre son avion aussitôt. Mais il est là et il faudra bien passer la nuit. Il se tourne alors vers la jeune fille.

— Je suis fatigué, Eunicia. Je vais me coucher. Tu connais mes sentiments pour toi. Ils n'ont pas changé. Tu comprendras qu'entre nous toute amitié est impossible et que je ne veuille plus te revoir.

Le cœur d'Eunicia se serre. Philippe marque un temps et, avec un sourire, il ajoute :

— Du moins, pendant dix ans ! Peut-être alors t'aurai-je oubliée, tu seras devenue une grosse dondon et moi un homme d'affaires impitoyable... Alors on verra !

Faire de l'humour quand tout va mal. Eunicia a un élan vers lui. Elle s'approche pour le prendre dans ses bras. Philippe l'arrête.

— Non, ne me touche pas. Disons-nous au revoir, c'est tout.

XXXV

De retour à Paris, Philippe n'a plus qu'une obsession, réussir à son tour, relever le défi qui l'attend au Conglomérat, ce marigot. Au sein du conseil d'administration, les mieux disposés le croient incompétent et les autres, idiot de naissance. Il n'est pour ces maréchaux d'Empire, couverts de décorations, jaloux de leurs titres, accrochés comme des huîtres à leur fauteuil, qu'un « fils à papa », un enfant gâté, sans diplômes ni expérience. Il a hérité du nom, il lui reste à se construire une légitimité.

Mais la tâche s'annonce ingrate. Les revendications salariales ont pris de l'ampleur parmi les employés et jusque chez les cadres. La direction, très conservatrice, fait la sourde oreille. Les syndicats sont muselés. La menace de licenciements est savamment entretenue, mais rien n'y fait, la grève est imminente.

Philippe organise une réunion dans son bureau entre deux de ses directeurs et deux responsables syndicaux afin d'éviter le conflit. Les directeurs, habitués à des méthodes de gestion hérités du patronat d'avant-guerre, se montrent inflexibles. Le spectre du grand ancêtre, Geoffroy Dujaric, capitaine d'industrie avide de conquêtes et peu regardant sur leur coût humain, hante encore les esprits. On ne négocie pas avec la piétaille.

Philippe intervient pour apaiser les esprits. Que chacun expose ses vues.

Un des syndicalistes prend alors la parole.

— Monsieur le directeur, je sais lire un bilan. Cette année, vos dividendes ont augmenté de 22 %. Associez-nous, pour une part, à ces bénéfices. Vous savez, mon père déjà était chauffeur aux Messageries. On est fier d'appartenir à cette grande famille, mais là, nos gars n'y arrivent plus. Ils en ont marre.

La direction aligne des chiffres, invoque la concurrence. Les salaires représentent déjà une lourde charge pour l'entreprise. Et les employés revendiquent une semaine de congés payés supplémentaire. Le patronat a bon dos.

— Messieurs, vous bénéficiez chez nous d'un emploi à vie. Et avec l'âge, le poids salarial augmente.

Le syndicaliste s'insurge devant ce sous-entendu.

— Vous voulez dire que votre projet c'est de virer les vieux pour embaucher des jeunes, pas chers et malléables ?

— Vous m'avez mal compris. Je souhaite simplement qu'on se montre raisonnable. Nous sommes tous embarqués sur le même bateau. S'il prend l'eau...

Philippe intervient à nouveau.

— Nous ne sommes pas là pour faire naufrage. Ce débat est stérile. Trouvons un compromis.

Déjugeant ses directeurs, le jeune président propose une augmentation des salaires et un intéressement du personnel aux profits. Il demande un audit sur l'organisation du travail et souhaite qu'on mette en place une commission où siégeraient des représentants des salariés et de la direction pour veiller à la bonne application des accords. Cette politique sociale soulève un vent de panique au sein du conseil d'administration. Lors d'une réunion particulièrement orageuse, l'un des actionnaires traite Philippe Dujaric de « révolutionnaire ». Le jeune homme le rassure :

— Je n'ai jamais eu l'intention de couper des têtes. Je veux sauver ce navire. Si rien ne bouge, d'autres se chargeront de nous faire sombrer.

Antonin Brossard, somnolent comme à son habitude, semble approuver du chef. Le triple menton s'affaisse sur son nœud papillon.

— Cette fois, il s'est endormi pour de bon, souffle son voisin à un fondé de pouvoir de la banque Humberger-Neuchâtel.

Le seul écueil sur lequel vient se briser la volonté de Philippe touche aux rapports belliqueux que continue d'entretenir le Conglomérat avec les Editions BREF et leur société de diffusion. La majorité des membres du conseil s'opposent farouchement à toute tentative de conciliation. Et Gilbert Dujaric, de son lit d'hôpital, a fait en sorte de verrouiller les issues. Son fils a été nommé pour défendre la citadelle, pas pour hisser le drapeau blanc.

XXXVI

Dans le parc du château de Louveciennes transformé en une luxueuse maison de repos, sous une tonnelle dont les feuillages laissent filtrer les rayons du soleil à la manière d'un tableau pointilliste, Gilbert Dujaric se repose sur une chaise longue. Le dossier a été redressé de manière à ce qu'il soit en position assise. Près de lui se trouve une table basse où s'empilent des magazines et des quotidiens.

Sur ce visage anguleux, ravagé par un goitre, portant l'empreinte d'une mort à laquelle il a échappé de peu, le teint cérusé, flétri, des mèches grises se mêlent à ses cheveux d'un noir corbeau.

Il consulte fréquemment sa montre-bracelet et ne cesse de porter son regard vers l'allée qui mène au château.

Son pouls s'accélère : les voilà qui s'approchent. La silhouette élégante d'Albina lui cause un émoi presque douloureux. Elle vient vers lui, lui qui avait cessé de la voir aussi belle, qui la considérait avec moins d'attention qu'un meuble de famille et ne trouvait à lui parler que pour lui infliger son ironie sadique, l'humilier à plaisir.

En retrait, il reconnaît la souple démarche de Philippe, longiligne, élégant, une version épurée du grand-père Geoffroy, sans afféterie. Philippe, sa revanche.

Il leur fait un petit salut de la main et retire ses lunettes noires. Albina lui adresse un sourire affectueux et vient s'agenouiller près de lui. Il s'empare de ses mains, les enferme dans les siennes et les embrasse longuement. Philippe se penche au-dessus de lui et pose sa main sur l'épaule.

Gilbert sourit devant ce jeune adulte qui lui témoigne à la fois sa compassion et sa déférence. Il le revoit soudain, enfant élancé et nerveux, galopant à le toucher, leurs poneys flanc contre flanc, sur le terrain du Polo de Bagatelle.

Philippe semble lire dans ses pensées.

— Ça va être dur pour vous, père, de me prendre une balle. J'ai fait de gros progrès.

— Nous verrons cela.

Un instant distrait par le ballet des jeunes infirmières autour des grabataires qu'elles promènent en chaise roulante sous les frondaisons, Philippe s'adresse à nouveau à son père.

— Revenez vite, père. L'oncle Gérard m'a imposé comme directeur général pendant votre absence. Le costume est encore trop grand pour moi.

L'étonnement s'inscrit sur le visage de Gilbert.

— Mon petit...

Il vient de découvrir les délices de la compassion. Et le réconfort de se savoir irremplaçable. Pour un temps.

Une infirmière vient leur servir une appétissante collation. On évoque le retour prochain de Gilbert aux affaires. Philippe lui rend compte des derniers événements survenus dans l'entreprise. Gilbert, pour des raisons tactiques, partage les vues de son fils sur la participation des employés aux bénéfices. En revanche, il le met en garde contre une politique des salaires qu'il juge inflationniste.

— Les syndicats, tu leur tends la main, ils te bouffent le bras.

Une heure plus tard, Philippe doit retourner à Paris. Gilbert reste seul avec son épouse. Ils sont rentrés dans le château et se tiennent dans un des salons réservés aux visites. Les yeux d'Albina sont rivés sur ceux de Gilbert en une question muette. Son mari s'en détourne lentement.

— Antoine Forte est toujours en prison ?

Albina répond « oui » d'un signe de tête. Puis elle ajoute :

— Mais plus pour longtemps. Ils ont retrouvé l'un des complices de Gritti. Il est passé aux aveux. C'est ce bandit qui a voulu te tuer.

Gilbert semble en proie à une lutte intérieure.

— Je ne connais pas un Corse pour racheter l'autre. Gritti, Forte, c'est la même engeance.

— Tu es injuste, mon chéri. Les Forte ont eu à souffrir de cet homme presque autant que toi.

Un rire sec se fait entendre.

— Presque autant ! Merci de m'associer à leur malheur, Albina.

Albina pousse un soupir d'agacement. On ne le changera donc jamais. Mais, pris d'un soudain repentir, Gilbert saisit la main de son épouse et passe un doigt caressant sur sa bague de fiançailles ornée de diamants. Il est sur le point de lui parler, hésite un long moment, puis s'emmure dans un impénétrable silence.

XXXVII

Les Editions Brun & Forte, déclarées en faillite, sont mises aux enchères par le tribunal de commerce de Paris, à l'Hôtel des ventes publiques. Les candidats ne manquent pas pour racheter au prix de la casse ce remarquable outil d'édition et de distribution.

Antoine en prison, Etienne Brun-Rouard s'est retrouvé seul à la tête de la maison d'édition. Pour la défense de son associé, il s'est dépensé jusqu'à l'épuisement. Il n'est plus très jeune et ce coup de destin l'a profondément affecté. Le départ d'Anna et d'Eunicia en Corse a précipité le déclin de ses forces. Victime d'une grave dépression, il a dû consentir à se faire soigner dans une clinique de Ville-d'Avray. Privées de leurs dirigeants, les éditions ont sombré.

Au cours de la séance, alors que les repreneurs, véritables charognards, s'entendent entre eux pour limiter les enchères, deux acquéreurs viennent contrarier ces manœuvres.

Le premier, représenté dans la salle par un mandataire, n'est autre que Guiseppe Gemmi, un parrain de la mafia. C'est lui qui fournissait Orso-Paolo en marchandises de contrebande. Le second enchérisseur est un banquier qui gère les grandes fortunes.

Dépassés par la montée des enchères, les candidats

à la reprise jettent l'éponge les uns après les autres. Seul le représentant du mafioso parvient à surenchérir sur le banquier, mais il est contraint de céder à son tour. La banque a le dernier mot. Le mystère sur l'identité de l'acquéreur reste entier.

Les Editions BREF sont tombées entre des mains gantées de noir. Le lendemain un journaliste, dans un quotidien appartenant au Conglomérat, prononcera l'oraison funèbre et enterrera dans un style fleuri le génial inventeur du « nouveau roman à deux sous ».

XXXVIII

En franchissant le portail de la prison de la Santé, Antoine cligne des yeux, aveuglé par la lumière de la rue. Une 404 Peugeot noire s'avance devant la sinistre bâtisse et s'arrête face à lui. La portière s'ouvre. Antoine a un mouvement de recul.

Sa famille exilée, ses amis dispersés, qui peut venir le chercher ?

— Bonjour, monsieur Forte.

Face à Antoine se tient un jeune homme de grande taille, vêtu d'un élégant col roulé noir et d'un pantalon de velours sombre. Antoine reconnaît Philippe Dujaric qui lui tend la main, intimidé de se trouver là, devant un homme innocent qui vient d'endurer six mois de prison. Devant le père d'Eunicia.

Surpris, Antoine le regarde en silence. Comme Philippe a changé en six mois ! L'adolescent est devenu un homme. Dans un élan sincère, Antoine le prend dans ses bras et lui donne l'accolade. Pour lui, c'est le retour à la vie, les retrouvailles avec la chaleur humaine. Tout d'un coup, la tête lui tourne, le soleil, le bruit de la circulation, l'air enivrant de la liberté... Le jeune homme l'invite à prendre place dans sa voiture.

L'auto démarre et se dirige vers la place Denfert-

Rochereau. Antoine confie à Philippe l'envie folle qu'il a de prendre un café-crème en terrasse. Ils rejoignent le boulevard Montparnasse.

— La Closerie des Lilas, ça vous va ? demande Antoine.

— Parfait.

Une fois installé à leur table, à l'écart des autres clients, Antoine pose son regard sur l'un d'eux, un homme à la fine moustache, aux traits de cosaque, qui feuillette son journal en tournant négligemment sa cuiller dans une tasse à café.

— Ce visage me dit quelque chose, pas à vous, Philippe ?

— Un comédien, sans doute. A moins que...

— Il est marié à une comédienne, une ravissante actrice... Jean Seberg. Lui, c'est Romain Gary.

— Pardonnez mon ignorance, mais je n'ai pas lu ses livres.

— Vous allez les apprécier.

Après avoir échangé quelques propos anodins, Philippe interroge Antoine.

— Est-ce que ça n'a pas été trop dur ?

— J'ai eu le temps de réfléchir.

— Antoine, j'ai un aveu à vous faire. C'est moi qui ai mandaté mon banquier pour racheter votre maison d'édition.

— Pourquoi avez-vous fait ça ?

— Pour vous la rendre. Pourquoi l'héritier d'une dynastie de voyous ne serait-il pas un honnête homme ?

Antoine dévisage ce jeune homme surprenant, un semblable, presque un petit frère, dont il admire le courage et la détermination. Cela lui fait chaud au cœur. Emu, il lui dit :

— Tout d'abord, Philippe, je vous remercie. Vous vous êtes montré un véritable ami. Mais il faut que je réfléchisse. Et avant tout, je dois m'acquitter d'un devoir. Dès demain, je pars pour la Corse. Quand j'en aurai terminé, je reviendrai avec ma famille.

La tristesse se lit sur le visage du jeune homme.

— Eunicia et moi... enfin, nos relations ne sont plus les mêmes.

Antoine le savait. Anna le lui avait écrit. Il essaie de réconforter le jeune homme.

— Je sais, Philippe. Eunicia est encore jeune, très jeune, elle se cherche... Mon emprisonnement a dû la perturber bien plus qu'elle ne l'avoue. Elle aussi a connu des épreuves. Il faut lui laisser le temps.

Philippe acquiesce en silence. Près d'eux, Romain Gary s'est levé de sa chaise et, passant devant eux, leur jette un regard aigu et froid. Comme s'il tenait à souligner dans cette fraction de seconde l'énigme qu'il incarne. Antoine a baissé les yeux. Il admire trop l'écrivain pour lui rendre son dédain.

En souriant, Antoine et Philippe échangent un regard de complicité.

XXXIX

Antoine gravit les chemins escarpés qui mènent aux pâturages, au-delà des châtaigneraies, à travers la végétation inextricable du maquis. La pleine lune éclaire d'une lueur fantomatique les sommets alentour. Il porte un sac en bandoulière, garni de quelques fruits secs, d'une gourde et d'une lame effilée dormant dans son fourreau. Il tient un fusil de chasse, chargé de balles qui servent à tirer le sanglier.

Il n'a pas pris le temps de revoir les siens. Il veut d'abord retrouver l'homme qui le poursuit de sa haine depuis toujours. Il en a la conviction, Orso se cache quelque part dans cette montagne. Antoine est parti sur ses traces depuis trois jours. Il marche d'un pas assuré, règle sa course sur le bruit des semelles ferrées qui raclent le sol affermi par l'humidité de la nuit.

Autour de lui, la nature frémit et palpite comme une onde agitée par l'étrave d'un navire. Sa progression dérange de petits rongeurs, affole les insectes qu'il piétine au passage, remue des herbes noires, des branches calcinées. Antoine s'enivre des senteurs qu'exhale le maquis. Devant lui, l'obscurité semble toujours plus profonde, plus difficile à franchir. Il s'y enfonce pourtant, léger et grave. Serein.

Une détonation claque. Avant même que l'écho ne

s'en répercute dans les vallées encaissées, les tympans d'Antoine ont vibré. La balle a frôlé sa tempe.

Il n'a pas cillé. Il reste debout, immobile, à découvert.

La voix d'Orso-Paolo lui parvient, distante de quelques pas.

— J'aurais pu te tuer, Tonio.

— Tu le peux encore.

Une silhouette bondit alors des buissons, pelage hérissé, gueule entrouverte... Orso est nu, entièrement nu, et porte sur son dos et sa tête la dépouille d'un loup. L'animal écorché le recouvre à demi. Antoine cherche les yeux d'Orso, le blanc de la pupille. Le reste de son corps est noir, passé au brou de noix ou couvert de terre. Antoine se trouve devant un homme qui a brûlé sa conscience. Une bête féroce qui bouge et se déplace comme un danseur des ténèbres.

Orso s'approche en louvoyant, courbé en deux, grognant et crachant. Possédé. Soudain, il se redresse, jette son fusil et tombe à genoux.

— Vas-y, tue-moi. Soulage-moi ! Prends ta part. Donne-moi la mort.

Antoine arme son fusil, pointe son canon vers le visage d'Orso à le toucher. Son doigt blanchit sur la détente. Orso hurle, la voix déchirée par de brusques sanglots.

— Vas-y, tire !

Antoine le contemple, bouleversé. Le diable a quitté cet homme. Il n'a plus à ses pieds qu'un malade enfermé dans sa cage de souffrance. Orso ne cesse de crier. Il se griffe jusqu'au sang, comme s'il voulait s'écorcher vivant.

Lentement, Antoine abaisse son fusil.

— Que Dieu te pardonne !

Sans un regard, il rebrousse chemin. Il va enfin regagner Alziprato et retrouver les siens. Quelques minutes plus tard, une nouvelle détonation, plus lointaine que la première, troue le silence des montagnes.

L'aîné des Gritti s'est rendu libre à jamais.

XL

Le bâtard, un semblant d'épagneul à poil ras de couleur indécise, vient se coucher aux pieds d'Eunicia. Assise sur la pierre du seuil, un ciré bleu marine jeté sur les épaules, elle le caresse entre les oreilles. Elle a recueilli ce chien errant la veille, en compagnie de Désiré qui l'a baptisé Séraphin, sans trop savoir pourquoi. C'était le premier nom qui lui venait à l'esprit.

Elle pense que ce chien est très vieux et qu'il a bien droit à une retraite paisible. Elle a suggéré à sa grand-mère que cela lui ferait une compagnie quand tous seraient repartis sur le continent. Maria a souri. C'est sa manière à elle de porter le fardeau des autres.

Eunicia regarde tomber la pluie, une averse d'orage, tiède et brutale, qui réveille des odeurs de terre et de feuillage. Elle est seule dans la maison. Elle a refusé de se rendre à l'enterrement d'Orso-Paolo. Ses parents n'ont pas insisté. Eunicia ne veut pas prier pour le repos de son âme. Elle ne croit pas que le suicide d'un monstre lui vaille le pardon de ses victimes.

Désiré Pic est le seul homme à qui elle ait offert cette blessure. Elle n'aurait jamais accepté de Philippe, dans la pureté de leur amour, ni le rejet, ni la compassion. Désiré, lui, s'est contenté de la prendre dans ses bras sans rien dire. Elle a su alors qu'elle guérirait peut-être. Mais jeter une branche d'olivier sur le cercueil de l'oncle, ça, jamais.

Devant le caveau, tous ont défilé, des policiers en civil et des mafiosi, également en civil, c'est-à-dire sans holster sous le veston à rayures, tous avec des mines de circonstance. Puis la petite foule s'est dispersée entre les tombes, à l'abri des parapluies, tandis que les proches et la famille demeuraient groupés près de la fosse d'où les employés communaux retiraient les cordes.

Anna se tient près de Sylvain, son père, qu'elle entoure de ses bras. Il a les paupières rouges, le teint gris. Il n'a pas trouvé la force de parler au moment de l'inhumation. Il aurait voulu dire que ce fils maudit était aussi son fils, qu'il l'avait connu vaillant et loyal avant de le voir se perdre sur des chemins où trop d'enfants du pays s'étaient perdus avant lui. Il aurait voulu dire qu'au-delà de la honte et du chagrin, son père n'avait jamais cessé de l'aimer.

Félicie répond aux condoléances de voisines soutenue par Maria. Toutes ces femmes portent des chaussures à talons qui les font trébucher sur l'allée de gravier. Tandis que se perdent les derniers mots de réconfort, Félicie aperçoit une voiture garée devant l'entrée du cimetière. Le chauffeur ouvre la portière avant, côté passager. Un vieil homme, vêtu d'une longue cape brune, coiffé d'un feutre noir qui dissimule ses cheveux blancs en sort, une canne à la main. Félicie le voit s'avancer vers elle, escorté de deux hommes. Il marche avec difficulté.

Gabriel Gritti, patriarche des familles de l'ombre, est venu saluer la dépouille de son neveu et honorer sa mère.

Félicie, bouleversée par la venue de l'homme qui a

hanté sa jeunesse, ne trouve pas les mots. A peine parvient-elle à le remercier de sa présence. Gabriel lui apprend qu'il est presque aveugle.

— Je ne te vois plus qu'à travers un nuage gris, Félicie, mais ta lumière reste en moi. En ce triste jour, je voulais te dire que mon cœur souffrait avec le tien. Orso n'a pu changer le destin qui m'a tenu loin de toi. Son âme mérite la pitié.

La main du vieil homme vient serrer le bras de Félicie. Il reprend d'une voix profonde, si grave qu'on la distingue à peine :

— C'est la dernière fois que nos chemins se rencontrent. Je ne veux pas m'en aller sans t'avoir dit que tu auras été le seul remords de ma vie et la seule lueur dans les ténèbres que j'ai parcourues en ce monde. Adieu, ma belle, salue pour moi tous ceux qui te sont chers, qu'ils vivent en paix avec les morts.

Gabriel se tourne alors vers l'un de ses gardes du corps et lui fait un signe. L'homme court vers la voiture et en rapporte une immense gerbe de fleurs qu'il dépose sur la tombe d'Orso-Paolo. Puis le patriarche regagne la voiture qui redémarre lentement.

Antoine, un moment mêlé à la cohue qui s'est formée à l'entrée du cimetière, s'apprête à retrouver les siens quand il aperçoit, derrière un cyprès, une silhouette familière. Il s'approche. C'est Livio, méconnaissable derrière des lunettes noires et un collier de barbe.

— Toi aussi, tu es venu...

— Je viens d'arriver. J'ai su par Dominique. Il s'est acheté un bar-tabac à la sortie de Calvi.

— Tu revois ton père ?

— Non, mais j'ai gardé des relations ici. On m'a raconté.

Antoine regarde autour de lui. Personne ne les observe. Il se penche vers Livio.

— Je suis content de te savoir en bonne santé.

— Merci.

— Tu as de la peine, Livio ?

— Oui. J'ai partagé ses crimes et maintenant, je reste seul avec mes remords.

Antoine se retourne à nouveau. On le cherche. Il tend la main à Livio.

— Je dois y aller. *Buena fortuna*, Livio.

— Tu embrasseras la petite pour moi. C'est elle qui m'a séparé de lui, Tonio. C'est elle qui m'a sauvé. Dis-le-lui.

Dans la soirée, après le repas pris en commun avec les Gritti, Antoine a fait plus ample connaissance avec son futur gendre, Désiré Pic. Il a du mal à imaginer que cet homme de quarante ans, à la figure osseuse, aux gestes empruntés, puisse épouser sa fille. Pourtant, Désiré l'émeut par la simplicité et la modestie avec laquelle il parle de son amour pour Eunicia.

Désiré Pic ne s'aveugle pas sur la réalité.

— Je sais, Eunicia est bien plus jeune que moi. En fait, je suis plus vieux que son père... d'un an ou deux seulement, ajoute-t-il en souriant.

Antoine répond à ce sourire.

— Il faudra vivre à Paris.

— Là ou ailleurs...

Antoine propose alors à Désiré d'écrire pour lui une série de romans policiers aux intrigues pimentées d'humour.

Désiré Pic accepte avec enthousiasme.

— Il faut bien que je fasse bouillir la marmite !

Antoine se sent soudain mal à l'aise. Favorise-t-il

le talent de Désiré Pic en le faisant travailler pour sa maison d'édition ?

Désiré Pic se montre pour l'heure très reconnaissant.

Eunicia les interrompt. Antoine, amusé, constate qu'elle le vouvoie encore.

— Vous avez appris l'affreuse vérité ? Je n'ai pas de dot !

Désiré Pic rougit.

— Je vous laisse avec votre père.

Antoine, pensif, le regarde s'éloigner.

— Tu ne vas tout de même pas épouser un vieillard !

— Si maman n'existait pas et que tu tombes amoureux d'une fille de mon âge, tu crois que je me permettrais de te juger ?

Antoine, atteint par ce trait décoché ingénument, s'empourpre à son tour. Eunicia lui saute alors au cou et l'embrasse.

Il cherche Anna des yeux. Leurs retrouvailles n'ont pas été ce qu'ils espéraient tous les deux. Les tristes événements des derniers jours en ont décidé autrement. Ils ont tellement de temps à rattraper. Il a envie de l'étreindre, là-haut, dans cette chambre qui fut la sienne, adolescent, avant d'abriter leurs ébats de jeunes époux. Il la rejoint et l'entraîne vers l'escalier. Anna résiste un court instant. Un jour pareil. Un jour de deuil.

— Justement, lui souffle Antoine. La vie doit l'emporter ce jour-là. Tu es ma vie et mon unique amour.

— Peux-tu le jurer ?

Elle chuchote et sa bouche implore un baiser, mais une lueur étrange, proche de la folie, brille dans ses prunelles.

A présent, il en a la certitude, il ne pourra jamais avouer à Anna ce qu'il faisait au moment du crime.

XLI

Après six mois de pérégrinations, du continent américain à l'archipel nippon en passant par les régions minières de l'Afrique du Sud, Philippe a jeté l'ancre dans les contrées hyperboréales. L'appel de la forêt... Il n'a jamais rompu le lien avec Antoine Forte. Sur les conseils d'Etienne Brun-Rouard qui se remet peu à peu de sa dépression, Antoine l'a recommandé auprès d'un fabricant de pâte à papier finlandais, Dirk Palme.

Colosse taciturne, le Finnois s'est pris de sympathie pour le jeune aventurier. Il lui conseille d'abord de s'initier au rude labeur des bûcherons. Philippe n'attendait que cela. Il déborde d'énergie et se montre enthousiaste. Dans cette région frontalière de la Laponie, les papetiers sont rois et cette immense étendue plantée de pins et de bouleaux, ponctuée de lacs tranquilles est leur royaume.

Les bûcherons sont liés aux papetiers depuis des générations, tels des vassaux envers leur suzerain. Philippe rejoint leurs rangs mais découvre vite que le métier n'est plus celui de la cognée et des bivouacs.

Dans la nuit polaire qui dure parfois plus de vingt heures, une armée de cyclopes métalliques nimbés de vapeurs d'essence s'avance dans un rugissement de moteurs. Ce sont les bûcherons sur leurs tracteurs-tronçonneurs. Chaque jour, quinze heures d'affilée, ils abattent des fûts de résineux. Labourant les chemins forestiers, d'énormes camions transportent les grumes vers l'usine. Un travail harassant, une corvée dangereuse où chacun doit pouvoir compter sur ses équipiers.

Les hommes sont rudes, les cœurs simples. Philippe trouve à leur contact et dans l'épuisant ronronnement des chantiers de coupe un puissant remède à sa mélancolie. Aux heures de détente, il se rend avec eux sur les berges des lacs glacés pour y pêcher le saumon et s'enivre en leur compagnie de lampées d'aquavit.

Le réveil est parfois douloureux. La pensée d'Eunicia le poursuit et le blesse chaque fois qu'il baisse la garde.

Au bout de six mois d'un tel régime, il ne se reconnaît plus. Il est devenu un athlète aux muscles puissants et son regard a perdu la candeur qui lui venait d'une enfance protégée et rêveuse.

Dirk Palme semble satisfait du résultat. Il lui propose d'entrer dans sa société et d'endosser la blouse des ingénieurs. Philippe découvre alors un univers cyclopéen, jalonné de forteresses de métal aux vapeurs sulfureuses.

Dans l'usine de pâte à papier, à l'entrée de la chaîne de fabrication, de robustes coupeuses à lames débitent le bois écorcé en copeaux. Hans, le directeur technique, montre à Philippe les deux méthodes pour obtenir une cellulose purifiée de ses composants ligneux. L'obtention de pâte chimique s'opère par dissolution des copeaux dans un milieu aqueux renfermant de l'anhydride sulfureux ou de la soude caustique, à l'intérieur d'énormes silos, des « lessiveurs » bardés de pompes et de vannes, précise le jeune directeur technique. En une demi-journée, la portion liquide est évacuée et la cellulose solide, désintégrée par soufflage à air comprimé, est dispersée dans une grande quantité d'eau propre. Il en ressort une pâte « papetière » qu'il reste à compacter et à raffiner.

Puis Hans le conduit face à de titanesques engins en acier pourvus d'une grosse meule, les défibreurs. Ils râpent les rondins de bois qui sont pressés contre les meules par des dispositifs à pistons. Mélangés à l'eau, ils se transforment en pâte liquide.

— C'est le procédé mécanique. Impressionnant, n'est-ce pas ?

Hans lui montre ensuite le circuit de canalisations qui achemine ces pâtes vers l'usine à papier où elles seront épurées, raffinées, blanchies et couchées. Philippe, fasciné, observe la nuée de mécaniciens postés devant les pupitres de contrôle, qui suivent le mouvement d'une immense machine. Longue de plus de cent mètres, c'est elle qui produit jusqu'à deux cents tonnes de papier par jour.

— Voici maintenant les dernières opérations, reprend Hans. Après raffinage, la pâte devenue « grasse » et laiteuse part sur la table de fabrication, une toile métallique sans fin dotée d'un mouvement horizontal qui reçoit le liquide, le tamise et produit un matelas fibreux que viennent comprimer deux ou trois sections de presses, de gros cylindres tournant en sens opposé. Vous me suivez toujours ?

— C'est trop en une fois, dit Philippe en souriant. Laissez-moi reprendre des forces.

— Cela ne sera plus très long, lui répond Hans. Plus que le séchage et le couchage. Après je vous invite à déjeuner.

— Et à boire ?

— Et à boire.

— Alors, allez-y.

Hans reprend son cours magistral.

— Une batterie de tambours sécheurs éliminent l'eau encore contenue par le papier. Il se présente alors sous la forme d'un ruban continu qui va s'enrouler autour d'un mandrin et constituer des bobines de cinq à neuf mètres de large. Certaines d'entre elles, refendues en bobines plus étroites, seront livrées en l'état au client, comme celles que vous voyez là-bas. Les autres subissent un repassage sur des calandres qui satinent le papier. Enfin le couchage consiste à déposer sur la feuille un revêtement de kaolin ou de carbonate de sodium, qui la rend parfaitement lisse. Voilà, vous en savez autant que moi. Allons déjeuner à présent.

Après cette visite, Philippe confie à Dirk Palme qu'il ne regardera jamais plus un journal ou un livre de la même façon.

— Ça ne donne pas envie de gâcher du papier.

— De gâcher, peut-être pas, Phil, mais j'espère bien que les gens continueront de lire ou d'empaqueter, sinon, nous n'aurons plus qu'à retourner à la vie de nos ancêtres et à transhumer avec nos rennes au-delà du cercle polaire.

Le week-end, Philippe s'échappe du chalet qu'il loue à proximité de l'usine et rejoint un centre d'équitation. Sa passion pour les chevaux demeure intacte. Il part galoper dans les sous-bois. Un jour, emporté par sa fougue et son chagrin, il sollicite trop l'animal qui se cabre et le fait lourdement chuter à terre.

Il se relève, étreint l'encolure de son cheval et fond en larmes.

Son exil doit prendre fin. Il n'en peut plus de fuir.

XLII

Le vaisseau amiral des anciennes Editions BREF a survécu au naufrage de l'entreprise. Sur la place Saint-Sulpice, l'immeuble abrite aujourd'hui un bourdonnement de ruche. Fixée sur la porte d'entrée, une discrète plaque de cuivre en indique la raison sociale : « Editions Antoine Forte ».

Dans la cour, autour des camions portant la même inscription, des manutentionnaires déplacent des chariots chargés de piles de livres. Ange, l'ancien berger, qui s'est légèrement empâté, presse le mouvement. Il a pris du galon. Le voilà responsable des expéditions.

A son retour de Corse, Antoine avait eu la bonne surprise de retrouver un Brun-Rouard guéri de sa dépression. Anna et Eunicia sont aux petits soins pour lui. Emu, il leur avoue :

— J'ai été fou de ne pas vous suivre en Corse, de belles femmes comme vous !

Puis il s'adresse à Antoine.

— J'ai une bonne et une mauvaise nouvelle. Expédions la mauvaise. Gilbert Dujaric est sans surprise. Il a fait semblant de tenir les engagements de Philippe envers nous. Mais il s'est arrangé pour que le conseil d'administration s'oppose à sa demande mollement défendue. La bonne nouvelle, c'est qu'il garde les Editions BREF et leur ancien catalogue. Mais vous et moi savons que c'est une coquille vide. Dès que les éditeurs ont su que vous reveniez, ils n'ont pas renouvelé leur contrat avec les Editions BREF, ravis d'échapper à nouveau aux Messageries. Je les ai tous rencontrés et je leur ai annoncé qu'il allait exister une maison d'édition et de distribution qui s'appellerait...

Etienne Brun-Rouard s'interrompt, regarde Antoine d'un air malicieux et reprend :

— Un nom au hasard... « Les Editions Antoine Forte ».

Antoine le regarde, abasourdi.

— C'est de la folie, Etienne ! Nous avons déjà perdu une fortune et vous voulez remettre ça ? Je ne peux pas accepter.

Brun-Rouard plisse les yeux derrière ses lunettes cerclées d'or.

— Trop tard pour refuser, Antoine. La machine est lancée. Et vous êtes le seul capitaine. C'est votre argent, de toute façon. Vous êtes le fils que je n'ai jamais eu...

Etienne verrait bien s'agrandir la famille d'Antoine. Le couple est encore jeune. Mais Anna prend goût à sa nouvelle fonction. Sous la houlette professionnelle et bienveillante de l'irremplaçable Aurélien Rousseau, elle fait ses débuts de directrice littéraire. Pour eux, l'avenir a pris le visage des auteurs qu'ils éditent et des livres qu'ils publient.

Les romans policiers écrits par Désiré Pic connaissent un énorme succès. Chacun d'eux tire à plus de cent mille exemplaires. Pic devient célèbre sous le pseudonyme de Géronimo. De quoi « faire bouillir la marmite »... Mais l'écrivain sensible, inconnu du grand public, commence à souffrir de cette notoriété qu'il juge de mauvais aloi.

Les Editions Antoine Forte prospèrent, se distribuant elles-mêmes comme le faisaient les Editions Brun-Rouard. De nouveaux éditeurs, séduits par ce circuit dynamique et affichant des tarifs toujours plus concurrentiels, désertent à leur tour le Conglomérat.

Antoine Forte peut traiter d'égal à égal avec son vieil ennemi. Toutefois, le combat est devenu plus feutré, presque courtois. La profonde affection liant Albina et Anna a fini par contaminer les rapports existant entre leurs maris. Gilbert est même venu en personne visiter les nouveaux bureaux.

Bien sûr l'immeuble des Editions Forte ne peut se comparer au majestueux palais du Conglomérat, mais Gilbert est impressionné quand il pénètre dans le hall au luxe fonctionnel et discret. On a disposé des plantes en opulence, des bouquets aux couleurs éclatantes. Derrière un comptoir de bois précieux, deux ravissantes hôtesses en uniforme lui proposent un café. Aux murs, sur des panneaux, se trouvent les affiches des best-sellers maison. Aux collections populaires s'est ajoutée, sous la direction d'Anna, une collection littéraire dont la qualité s'améliore de mois en mois. Antoine dispose à présent des moyens pour débaucher des auteurs célèbres chez ses confrères.

Antoine vient vers lui et l'invite à le suivre dans son bureau. Le cœur de Gilbert se serre. Décidément, Antoine Forte est trop beau, trop doué, trop heureux. Et lui ? Albina ne l'aime plus, elle se consacre à ses bonnes œuvres et Philippe, son Philippe, a mieux anticipé que lui les nouvelles donnes économiques et la puissance grandissante des syndicats.

XLIII

Sans nouvelles d'Eunicia depuis une bonne semaine, Anna décide de lui rendre visite, dans le ravissant pavillon que Désiré Pic a acheté à Auvers-sur-Oise, au bord de l'Oise. Eunicia y vit depuis son mariage civil, un an plus tôt. Antoine et Anna Forte la voient de moins en moins. Son caractère s'est assombri. Ils sont inquiets.

La jeune femme accueille sa mère sans manifester de réelle surprise. Elle attendait, espérait sa venue. Toutes deux s'installent dans le jardin, sous les cerisiers en fleur. Elles échangent leurs confidences au milieu des pépiements d'oiseaux. Mais Eunicia n'est pas d'humeur à partager cette liesse printanière. Son mari a changé. Il ne cesse de dénigrer la célébrité et la fortune que lui apporte sa série policière. Ombrageux, mutique, il s'enferme dans son atelier et rédige fiévreusement un roman que son contrat avec Antoine lui interdit de faire publier.

— Je l'ai aimé. Il m'a délivrée de la malédiction d'Orso. Je croyais qu'il m'aimait, finit par avouer Eunicia. Mais sa vraie vie se passe dans ses romans. C'est ma douleur qu'il a aimée, et ma beauté. Mais moi ?

Puis, refoulant ses larmes :

— Il ne peut pas avoir d'enfant. Les derniers examens l'ont confirmé...

Anna la prend dans ses bras. Eunicia pleure sur son épaule.

Le soir même, de retour à Paris, Anna fait part à Antoine du désespoir d'Eunicia et du mal-être de Désiré.

— Comprends-moi, Antoine, je ne veux pas t'obliger à revenir sur vos accords, mais Désiré se méprise d'écrire des polars miteux. Il se méprise aux yeux d'Eunicia et, sans le formuler, il tient ta fille pour responsable de ce succès qu'il exècre.

Antoine soupire, puis répond :

— Je voulais le faire depuis longtemps. Inconsciemment, j'ai repoussé ce moment. Chaque roman de Géronimo avait un tel succès ! Qu'il parte, je l'estime trop pour l'en empêcher. Mais il a tort de mépriser ce qu'il a écrit. Il y a de grandes qualités littéraires là-dedans, beaucoup d'imagination. Donner du plaisir et faire rêver des millions de lecteurs, ça n'est pas rien !

XLIV

Rue Sébastien-Bottin, au siège des Editions Gallimard, le champagne coule à flots. L'honorable maison fête son nouveau prix Goncourt. Le nom du lauréat ? Désiré Pic. Un parfait inconnu des cercles littéraires. Un modeste tâcheron de l'édition. Un ouvrier sorti du rang. Lui-même ne le croit pas. C'est bien son nom qui est imprimé sur la couverture ivoire aux liserés rouge et noir. C'est bien l'illustre anonyme d'hier qui est caressé ce soir par la lumière des projecteurs.

Les journalistes se disputent les interviews, conquis par la simplicité et la fraîcheur de l'écrivain tiré de l'ombre par la grâce d'un jury qu'on avait connu plus prévisible dans ses choix.

Perdue dans la foule des invités, Eunicia, son verre de champagne à la main, se sent soudain terriblement seule. Pourtant Antoine et Anna ne sont pas loin. Elle les voit côte à côte s'approcher de Désiré et le féliciter. Puis ils s'éloignent sans même l'apercevoir. Arrivé près de la sortie, Antoine enlace Anna qui se tourne vers lui et dépose un baiser furtif sur sa joue. Le cœur d'Eunicia se serre. C'est donc cela, un vrai couple.

Elle sent ses forces l'abandonner. Ses yeux se ferment. Une main se pose doucement sur son épaule.

Derrière elle, elle sent un souffle tout près de son visage. On lui murmure à l'oreille :

— Tu ne vas pas t'évanouir tout de même...

Le souffle coupé, elle se retourne, lâche sa coupe de champagne qui se brise en tombant.

Philippe Dujaric se tient devant elle.

Tout l'amour qu'elle s'était interdit de ressentir pour lui après son enlèvement la submerge aussitôt. Elle se sent rougir comme une enfant. Le trouble qu'elle lit sur le visage de Philippe est sans équivoque. Il lui prend la main, la porte à ses lèvres, y dépose un baiser.

— Je ne te laisserai pas t'échapper une seconde fois.

A cet instant, Désiré cherche Eunicia des yeux. Son regard se voile. Il la voit aux côtés d'un jeune homme en qui il reconnaît Philippe Dujaric. L'adolescent timide est devenu un homme d'une accablante beauté. Sur son visage romantique, émacié par les épreuves, s'inscrit la passion qu'il porte à Eunicia. Foudroyé, Désiré Pic trouve l'énergie de rompre le cercle des flatteurs qui l'entourent et, sans plus d'explication, quitte les lieux.

Le lauréat du Goncourt 1968 a disparu et ne donne plus signe de vie.

Les médias s'emparent de ce mystère, véhiculant les rumeurs les plus folles. Il serait interné dans un asile, enfui dans une île du Pacifique ou tout bonnement terré dans quelque chambre d'hôtel. Eunicia elle-même est sans nouvelles.

— Désiré est plus solide qu'il n'y paraît.

— Papa, il a disparu le soir où j'ai retrouvé Philippe. Cela ne peut pas être une coïncidence.

— Crois-tu bien le connaître ? Désiré a une vie à

tiroirs. Il est à l'image de ses romans, bien malin qui peut y démêler la vérité du mensonge, l'autobiographie de la pure fiction.

— Explique-toi.

— Vous vous êtes séparés pendant l'écriture de son roman. Vous n'aviez même pas eu le temps de vous retrouver quand le Goncourt lui est tombé dessus. Te revoir avec Philippe ne lui a rien appris qu'il n'ait pu pressentir. Il est trop fin pour cela. Je le connais bien. Il a juste besoin de réfléchir.

Le lendemain, un télégramme destiné à Eunicia parvient au domicile de ses parents. La jeune fille découvre ces quelques mots :

« Chère Eunicia, un autre homme que moi t'est destiné de toute éternité. Ainsi se rétablit l'ordre des choses. Sois heureuse. Pardonne-moi. Désiré. »

Alziprato, 21 septembre 1969

Mon papa chéri,

Devant moi, les collines d'Alziprato ajustent leurs habits d'automne sous cette lumière dorée que tu aimes tant. Je t'écris de la chambre où tu es né et où tu as grandi. C'est sur ta table d'écolier que j'ai rédigé ces « Chemins de la gloire ».

Il me faut passer aux aveux et régler mes comptes.

Je suis jalouse de toutes les heures, les jours et les nuits que tu m'as volés, occupé à entrer dans l'intimité d'innombrables inconnus, les auteurs, dont tu dévorais les manuscrits.

Je suis encore plus jalouse de l'amour que tu portes à Anna, ma maman chérie. Je suis jalouse de la passion qui vous lie et qui m'excluait.

A présent, j'ai le bonheur d'en vivre une, aussi intense et aussi furieuse avec Philippe, mon mari.

Et me voilà mère à mon tour.

Mon fils est là, à mes côtés, sans un regard vers moi, fasciné par la magie de ses jouets. Il est seul dans l'univers qu'il s'invente déjà et pourtant, entre nous le lien est si fort. Nous sommes seuls et ensemble. C'est toute l'histoire de notre famille.

Alors voilà, je te rends ce que vous m'avez donné. Cette histoire, bien dans le style de « Passion », je te la confie. Je l'ai écrite à ta gloire et à celle de notre famille. J'ai pris nos vies et elles sont devenues celle d'Antoine, celle d'Anna... la mienne aussi. Tu ne chercheras pas à démêler le vrai de la fiction. Tu sais trop bien combien leur valse est capricieuse.

Ce sont mes premiers pas dans ce jeu de miroir entre réel et romanesque où l'on se trouve. Et je pense avec beaucoup de tendresse à Désiré. Avec toi, papa chéri, j'ai appris à lire, avec lui, à écrire et, avec Philippe, à aimer.

Tout est bien qui finit bien. Comme dans les comédies de Shakespeare ; mais les comédies, comme tu le sais, châtient en riant. Mes questions à maman, dans l'exploration de la mémoire familiale, m'ont permis de remplir les blancs que tu avais laissés. Les femmes sont perfides, surtout lorsqu'elles aiment. Alors, nous t'avons inventé une liaison, assouvie ce fameux soir où tu n'avais pas d'alibi.

Allez papa, ne fais pas la tête, c'est de bonne guerre et, après tout, cela n'est que du roman dont on fait les rêves.

Ta fille qui t'aime tendrement.

Composition réalisée par JOUVE

IMPRIMÉ EN ESPAGNE PAR LIBERDUPLEX
Barcelone
Dépôt légal Éditeur : 61681-09/2005
Édition 01
LIBRAIRIE GÉNÉRALE FRANÇAISE - 31, rue de Fleurus - 75278 Paris Cedex 06.
ISBN : 2 - 253 - 11211 - 9

31/1211/7